✦それぞれの道を歩む二人——
JN037632
《ルイス・ミラー》
《ロザリー・ヴェルデ》
サイレント✦ウィッチ
-another-
Rising
the Barrier Mage
結界の魔術師の成り上がり〈下〉

魔術は規模が大きくなるほど、
術者への負担も大きい。
そして今、ルイスは過去最大規模の
魔術を使おうとしていた。
（広域結界、展開！）
目を見開き、
ルイスは編み上げた魔力を解放する。

「初めまして。私は〈結界の魔術師〉ルイス・ミラーと申します」
少女はビクゥッと肩を震わせ、血の気のない唇をわななかせた。
「みっみみ、みみみ、みみみみみみ……っ」

サイレント・ウィッチ -another-

結界の魔術師の成り上がり

Rising of the Barrier Mage

〈下〉

依空まつり

Illust
藤実なんな

口絵・本文イラスト
藤実なんな

装丁
百足屋ユウコ＋モンマ蚕（ムシカゴグラフィクス）

Contents

Rising of the Barrier Mage

プロローグ　結界の魔術師

真《ま》っ直《す》ぐに立っていられぬほどの強い風が、雨粒を伴ってゴウゴウと吹き荒れている。

まだ昼だというのに空は暗雲に覆われ、風に吹かれる木々は枝を揺らしてしなり、夏を越えたばかりの葉や花を散らした。

リディル王国南部のナディン地方を襲った嵐は、一〇年に一度と言われるほどに規模の大きいもので、家畜や家の屋根まで吹きとぶほどの勢いであった。

時間の経過とともに勢いを増す雨は、濁流となって街を流れ、人々は慌てて家畜を連れて、小高い土地へと避難する。

その街は南に丘、東に山と川があった。人々は南の丘を目指して逃げたが、東の山の土砂が道の一部を塞《ふさ》いで、思うように移動できない。

おまけに川は増水し、氾濫《はんらん》は時間の問題だった。

人々はバシャバシャと足下の水をかき分け、少しでも安全な場所を求めて走る。

そんな中、赤ん坊を背負い、右手で三歳ほどの少女の手を引く、若い母親の姿があった。

母に手を引かれる少女は、膝《ひざ》が隠れるほどの水を懸命にかき分けて走っていたが、水に足を取られてよろめく。

「お父さんの工房までもうちょっとだから、頑張って」

転びそうになった少女の手をしっかりと掴《つか》み、声をかける母親に、幼い少女は小さく頷《うなず》き、ヨタヨタと走り出す。

その頭上で、バキバキと大きな物が乱暴に引き剥《は》がされるような音がした。すぐそばにある木造小屋の屋根の一部が、風に負けて剥がれ落ちたのだ。

扉三枚分はある大きな板だ。直撃したら、ひとたまりもない。

近くにいた町人が、「危ない！」と声をかけた瞬間、屋根の一部が風に煽《あお》られ、母娘《おやこ》の頭上に落下した。

刹那《せつな》、母娘の周囲に白い輝きが集い、透明な壁となる。

落下物は透明な壁にぶつかり、派手な音を立てて砕け散った。母娘は無傷だ。

「サリーちゃん、大丈夫か！」

「娘さんは、無事かっ⁉」

一緒に避難していた町人達が、声をあげて母娘に駆け寄る。

母親は目を見開いて、頭上を見上げていた。彼女の視線の先——民家の屋根に佇《たたず》んでいるのは、魔法兵団の制服を纏《まと》い、上級魔術師の杖《つえ》を握った魔術師の男だ。

栗《くり》色の髪の毛を伸ばして一つに束ねたその男は、灰紫の目で注意深く周囲の被害状況を確認している。

若い母親は屋根の上の魔術師を見上げ、ポツリと呟《つぶや》いた。

「……ルイス？」

その呟きは雨と風の音に紛れて、人の耳には届かない。

屋根の上で周囲を確認していた魔術師の男は、懐から指輪を取り出し、掲げる仕草をした。

「契約に従い、疾《と》くきたれ。風霊リィンズベルフィード！」

その声に応じるように、嵐の雨風を切り裂くようにして、メイド服の女が上空から降りてくる。

金色の髪を首の後ろで結った美しいメイドは、地面を流れる雨水のすれすれのところで、ピタリと靴を揃《そろ》えて空中静止した。

それを確認し、屋根の上に立つ魔術師の男が声を張り上げる。

「魔法兵団です。皆さんを助けに来ました。私の契約精霊が安全な場所までお連れするので、一箇所に集まってください」

それは上流階級の人間が使うような、美しい発音だった。

若い母親は、人違いかな、とひとりごちながら、幼い娘の手を引いて、メイドの姿をした精霊のもとに向かう。

美貌《びぼう》のメイドはこの激しい雨の中、瞬《まばた》き一つせずジッとしていたが、町人達が集まったのを確認すると、勢いよく首を左右に回して、周囲を見回した。どうやら、他に人がいないか確認しているらしい。

やがてメイドは首を元の位置に戻すと、口を開いた。

「確認完了。それでは、避難場所までお連れいたします故、その場を一歩も動かぬよう、お願いいたします」

その言葉と同時に、メイドと町人達の周囲に風が巻き起こる。風は一〇人近い人々を包み込むと、そのままフワリと浮かびあがった。

若い母親の隣で、幼い娘が丸い目を更に丸くする。

「おかあさん、とんでる。わたしたち、とんでるよぉ！」

「うん、魔法兵団が来てくれたから、もう大丈夫だよぉ」

母親が娘に優しく話しかけると、娘は「まほーへいだん」と呟き、屋根の上の男を見る。

そして、まだ若い魔術師に向かって、声を張り上げた。

「あのねっ、わたしのおうち、しずんじゃイヤなの！」

幼い少女の願いに、魔術師の男は微笑《ほほえ》んだ。

ゴウゴウと強い風が吹く中、それでも優しく、上品に、見る者を安心させる穏やかさで。

「えぇ、大丈夫ですよ、お嬢さん。この街は私達が守りま……」

全てを言い終えるより早く、メイドの操る風が地面の雨水を豪快に巻き上げる。その大量の雨水が、魔術師の男に直撃した。

泥水でビチャビチャになった魔術師の男は額に青筋を浮かべ、歯を剥《む》き、凶悪な顔で怒鳴る。

「クソメイドぉぉぉぉぉっ‼」

その怒声を聞きながら、若い母親は呟いた。

「あ。やっぱ、ルイスだぁ」

＊　＊　＊

泥水まみれになった、魔法兵団第三部隊隊長ルイス・ミラーは、飛行魔術を操り、街で一番高い鐘楼の屋根の上に降り立った。

雨も風も弱まるどころかますます強くなり、身につけたマントもすっかり重くなっている。それでも、彼の体がよろめくことはない。

右手で杖を握ったルイスは、左手で目の上に庇《ひさし》を作り、街の東にある山と川を観察した。

山は既に数箇所で小規模な土砂崩れが起きているが、このままだと更に規模の大きい土砂崩れが起こるかもしれない。

茶色く濁った川は水嵩《みずかさ》が増して氾濫寸前。いずれ街の方に濁流が流れ込んでくるだろう。

「ルイス」

ルイスと同じ制服を着た、灰色がかった金髪の青年が、飛行魔術で飛んできてルイスに声をかけた。魔法兵団第一部隊の所属で、名をオーエン・ライトという。魔術師養成機関ミネルヴァ時代のルイスのルームメイトで後輩だ。

普段はあまり大声を出さないオーエンだが、今は暴風に負けぬよう声を張り上げ、ルイスに報告をした。

「〈治水の魔術師〉様が北門に到着した！　今、第一部隊を伴って、川に向かってる！」

ルイスは頬にペトリと張りついた髪を払い、思案する。

七賢人が一人〈治水の魔術師〉バードランド・ヴェルデは、その二つ名の通り、水を操ることに長《た》けた魔術師だ。彼なら、氾濫寸前の川を治めることもできるだろう。

問題は、詠唱にかかる時間だ。

（この規模の川となると、それなりに詠唱に時間がいるはずだ）

川の氾濫まで、もう時間がない。おまけに、山の方で土砂災害も起こっているのだ。

今、ルイスの部下である第三部隊の隊員達が住民達を避難させているが、このままだと犠牲が出かねない。

『あのねっ、わたしのおうち、しずんじゃイヤなの！』

そう懇願する幼い少女と、その横にいた若い母親の顔を思い出す。

（ショボい魔術は見せらんねぇな）

ルイスは手にした杖で肩を叩《たた》いて不敵に笑い、オーエンに告げた。

「〈治水の魔術師〉殿の詠唱が完了するまで、私が時間を稼ぎます。他の隊員は引き続き、住民の保護を」

「了解」

オーエンは短く応じて、飛行魔術でその場を離れる。

ルイスは杖を掲げ、勢いを増していく川を睨《にら》みつけた。

「さて、始めますか」

まず初めに目の前の広がる光景を、空間を、頭に叩き込み、必要な魔力量を計算。

そして、最適な詠唱をしながら、己の中にある魔力を意味ある形に編み上げる。

魔術は規模が大きくなるほど、術者への負担も大きい。そして今、ルイスは過去最大規模の魔術を使おうとしていた。

（広域結界、展開！）

目を見開き、ルイスは編み上げた魔力を解放する。杖の先に白く輝く魔法陣が浮かび上がり、パッと弾《はじ》けて光の粒となる。

その光の粒は風向きに逆らうように、川に向かっていった。

＊＊＊

この街で一番高い土地にある工房の窓に張りつき、びしょ濡《ぬ》れの少女が声をあげる。

「おかあさん、みて！　あれ！」

濡れた子どもを拭《ふ》いてやっていたサリーは、窓に近づき、川の方角に目を向けた。

街の東にある川は増水し、いつもよりもずっと大きく膨れ上がって見える。

本来ならすでに堤防を越えて街に流れ込んできていてもおかしくない川の水が、不自然に空中で途切れていた。今にも決壊しそうだった堤防を、透明な壁が覆っているのだ。

濁流は透明な壁に阻まれ、街に流れ込むことなく下流に向かっていく。防御結界が堤防の役割をしているのだ。

防御結界が、街に水が流れ込むのを防いでいる間に、更なる大魔術が発動した。川の水がまるで意思を持ったかのように、宙に浮かび上がったのだ。

誰かが「〈治水の魔術師〉様だ」と叫んだ。七賢人が一人、〈治水の魔術師〉バードランド・ヴェルデが川の水を操り、治水を始めたのだ。

窓に張りつき、川を見守っていた少女が、「あっ」と声をあげる。

少女の視線の先では、暗雲の切れ目から光が差し込み、水に濡れた結界が輝いている。

「あのキラキラしたかべが、まもってくれたんだね」

子どもの無邪気な言葉にサリーは頷き、笑った。

「やるじゃん、ルイス」


ナディン地方の大規模水害は、〈治水の魔術師〉バードランド・ヴェルデと、魔法兵団の活躍により、最小限の被害で済んだ。

この功績が評価され、魔法兵団第三部隊隊長ルイス・ミラーは、魔法兵団団長に就任。同時に、〈結界の魔術師〉の肩書きを得る。

それはかつてミネルヴァの悪童と呼ばれていた少年が、魔術師養成機関ミネルヴァを卒業して、三年と少しが過ぎた秋のことであった。

Louis loves Rosalie more than anyone else......

ルイスは、誰よりもロザリーを愛している……

he lives for love.

愛に生きる男だ。

サイレント・ウィッチ -another-

結界の魔術師の成り上がり

Rising of the Barrier Mage

〈下〉

一章　駆け出し紳士の夜会デビュー

月の綺麗《きれい》な夜だった。杖《つえ》に腰掛けた人影が、秋の夜空を飛行魔術で駆け抜ける。

その人影はリディル王国城の四階にある、灯《あか》りのついた部屋に近づくと、窓をコツコツと叩いた。

しばし待つと、窓が内側から開かれる。窓を開けたのは、金髪を撫《な》でつけた大柄な男だ。

彼の名はライオネル・ブレム・エドゥアルト・リディル。このリディル王国の第一王子である。

ライオネルは窓を叩いた人物を見ると、厳《いか》つい顔をパッと明るくした。

「久しいな、ルイスよ！」

「馬鹿。声がでけぇ」

飛行魔術で窓に近づいた人影――ルイス・ミラーが窓から部屋に入り込むと、部屋の隅に控えていた黒髪の従者、ネイトがボソリと言う。

「……口調」

「殿下、どうぞお静かに」

ルイスは上流階級の発音で言い直し、慣れた態度でソファに座る。無論、お上品にだ。

ソファ前のローテーブルには、酒やツマミがズラリと並んでいる。今日はルイスの魔法兵団団長就任を祝う、ささやかな宴《うたげ》なのだ。

ミネルヴァを卒業してからも、ルイスは時々ライオネルと連絡を取り、こうして酒を飲んでいる。

従者のネイトも慣れたもので、ルイスとライオネルが席につくと、手際良くワインをグラスに注《つ》いだ。

ライオネルがグラスを掲げる。

「それでは、我が友の魔法兵団団長就任を祝して……乾杯！」

ルイスもまた、グラスを掲げてあおった。

安酒に慣れているルイスだが、それでも良い酒の美味《うま》さは分かる。

良い酒、良いツマミ、そして良いジャム！　クラッカーにこんもりと盛られたジャムを見て、ルイスは舌なめずりをした。

「これはこれは、気の利いたツマミですね」

「ジャムなら瓶で用意してあるので……追加で必要ならどうぞ」

そう言ってネイトは、ルイスのそばにジャムの瓶を置いた。今日のジャムは木苺《きいちご》とアプリコットだ。

ルイスが目を輝かせると、ライオネルが咳払《せきばら》いをした。

「ルイスよ。そのジャムは土産にして持ち帰って構わん。だから、一晩で二瓶とも空にするのはやめてくれ」

「ええ、勿論《もちろん》。一週間かけて大事に食べますよ」

ルイスがにこやかに頷《うなず》くと、ネイトが掠《かす》れた声でボソボソ呟《つぶや》く。

「……魔法兵団の団長になったのなら、ジャムぐらい好きなだけ買えば良いのでは？」

「貯蓄中なのです。王都に家を買いたいので」

魔法兵団の団員は、魔法を扱う戦闘のエリート集団。今まで隊長を務めていたルイスは、平民の中ではそれなりに高給取りだ。

昔みたいにボロボロの服をいつまでも着回したりはしないし、ブーツだってピカピカに磨いている。

それでもルイスは、己の身嗜《みだしな》みを整えるのに必要な金以外は、殆《ほとん》ど貯蓄に回していた。

魔法兵団に入団してから三年間、ずっと窮屈な宿舎暮らしだし、酒も安酒で済ませている——それも全ては、王都に家を買うためだ。

ライオネルがワイングラスを置き、ふぅむと唸《うな》った。

「王都に家、というのも、〈治水の魔術師〉殿の出した条件だったか……」

「ええ、ロザリーの親父《おやじ》……〈治水の魔術師〉殿は言ったのです」

ルイスはグラスを持つのと反対の手に力を込める。

「知性と品性があり、王都に家を持っていて、七賢人になれるぐらいの男でないと、ロザリーとの結婚を認めない、と」

かつて〈治水の魔術師〉の前に立った時、ルイスの手はアカギレだらけで、短い髪はパサパサだった。それをみっともない、と罵倒《ばとう》された日のことを今でも覚えている。

だからルイスは毎日クリームを塗ってアカギレを治し、それでも殴りダコが消えないので手袋をするようになった。髪も手入れをしながら伸ばしている。

ルイスがワイングラスを空にすると、ネイトが新しいワインの栓を開けながら、ボソリと言う。

「……わざわざ髪を伸ばす必要があったのですか？」

「手入れの行き届いた長い髪は、裕福さの象徴でしょう」

ルイスはフフンと鼻を鳴らし、自慢の髪を指先で弄《いじ》る。

「こうなったら、徹底的に伸ばしてやります。誰が見ても、一目で裕福だと分かるように」

一つに束ねた髪は、今は背中に届くぐらいに伸びている。この調子で伸ばせるだけ伸ばしてやろうとルイスは決めていた。

二度と、みっともないとは言わせねぇぞ、という覚悟の表れである。

そんなルイスに、ネイトがワインを注ぎながら、ボソリと呟く。

「発想が貧乏人……」

ルイスは座ったまま裏拳を放ち、ネイトはそれを軽く体を捻《ひね》ってかわした。ワインを一滴もこぼすことなく、だ。

ネイトは、ライオネルのグラスにもワインを注ぎながらぼやく。

「口調が丁寧になっただけで、暴力直結の思考はそのままですよね……」

「何を仰《おっしゃ》います」

ルイスはいかにも心外だと言わんばかりの態度で、言い返した。

「ちゃんと殿下には見えぬよう、角度に気をつけて裏拳を放ちましたよ。気配りが行き届いているでしょう?」

「ルイスよ、見えていたぞ」

「それは失礼しました、殿下。次からは、机の下で足を踏み砕きます」

「むぅ……」

ライオネルは渋面で唸ったが、ふと何かを思い出したような顔で立ち上がり、サイドボードに置いていた小さな包みを持って戻ってきた。

「お前の魔法兵団団長就任を祝って、贈り物があるのだ。良かったら使ってくれ」

そう言ってライオネルは包みを差し出す。片手の上に載るほどの小さい包みだ。装飾品の類だろうか。

「有難く頂戴《ちようだい》いたします」

昔のルイスなら雑に包みを破っているところだが、今はお上品な紳士なのだ。

粗野に思われぬよう、丁寧に包み紙を剥《は》がして箱を開ける。

箱の中身は片眼鏡だった。ルイスはそれを指先で持ち上げ、右目の前にあてがう。

ルイスはこの手の視力矯正具がなくとも、向かいの席に座るライオネルの顔が見えるぐらいの視力はある。

それが片眼鏡をつけると、上着に織り込んだ模様やブローチの細かな装飾も、ハッキリ見えるようになった。

へぇ、と声をあげたルイスは続く言葉を飲み込む。

いいなこれ。すげー頭良さそう——は、あまりお上品ではない。

「とてもよく見えます。素晴らしいお心遣いをありがとうございます、殿下」

「うむ。片眼鏡は普通の眼鏡より落ちやすいからな。これをつければ、すぐ暴れるのも自制できるだろう」

ライオネルは嫌味を言う男ではない。このゴリラ顔で心優しい王子様は、ルイスがすぐに暴力を振るうことを心から憂い、片眼鏡を贈ったのだ。

「ご安心を。私は有能なので、これを落っことすようなことはしませんよ」

ルイスは片眼鏡を指先で押さえ、ニヤリと笑う。

「私は〈結界の魔術師〉ですから」

災害から街を守った功績が評価され、ルイスは魔法兵団団長就任と同時に、〈結界の魔術師〉の肩書きを得た。

また一つ、自分は目標を達成したのだ。その喜びを噛《か》み締《し》めるように、ルイスはワインを飲み干す。美味《おい》しいワインだ。テーブルにはご馳走《ちそう》のジャムもある。

……それなのに、足りない。

ワイングラスを空にしたルイスは、ジャムの瓶の蓋《ふた》を開け、用意されたパンにたっぷり塗った。

そうしてガツガツとパンを平らげ、空の皿を無言でネイトに突きつける。

ネイトは何か言いたげな顔をしたが、余計なことは言わず、空の皿を持って部屋を出て行った。

パタンと扉が閉まる音を聞きながら、ルイスは手にしたグラスを見つめる。

「なぁ、ライオネル」

グラス越しに、ライオネルがこちらを見た。

ルイスは少し俯《うつむ》き、己の表情を隠す。

「七賢人は、遠いなぁ」

ルイスがミネルヴァを卒業して三年と少し。この間に、七賢人の入れ替わりが二回あった。

まずはルイスが卒業した直後、ルイスの姉弟子である〈星槍《せいそう》の魔女〉カーラ・マクスウェルが七賢人に就任。

それから三年と経《た》たぬ内に、カーラの身内が不祥事を起こし、カーラは責任をとって七賢人を退任した。

そして入れ替わりで七賢人になったのが、〈宝玉の魔術師〉エマニュエル・ダーウィンだ。

この時の七賢人選考に、ルイスは呼ばれていない。

この時点で、ルイスは精霊王召喚という大魔術を覚えていたし、上位精霊である風霊リィンズベルフィードとの契約にも成功している。

精霊王召喚も、上位精霊との契約も、誰にでもできるようなことではない。どちらか一つを成し遂げただけで、他の上級魔術師とは一線を画しているのだ。ルイスはまだ二〇代前半という若さで、その両方を成し遂げた。

それでも、ルイスはカーラの後任の七賢人として、推薦されなかった。

七賢人になるには、相応の実績や信用、信頼、そして権力者の推薦がいるのだ。

ミネルヴァの教授達は——師であるラザフォードも含めて、ルイスを推薦しなかった。

実績不足なのもあるが、それ以上に学生時代の素行の悪さが足を引っ張っているのだろう。在学中に研究発表を二回ほどしたが、それだけで七賢人に推薦してくれるほど、教授陣は甘くない。

ルイスは魔法兵団に入団してから、かなりの数の竜討伐をこなしてきた。

単独討伐数では歴代五位に食い込んでいるのだが、それでも歴代一位の〈雷鳴の魔術師〉グレアム・サンダーズには遠く及ばない。追い抜かそうと思ったら、あと二〇年はかかるだろう。

「お前はよくやっている。最年少の魔法兵団団長だ」

ライオネルの言葉に、ルイスは口の端を持ち上げて皮肉気に笑う。

「でも、七賢人じゃねぇ」

〈治水の魔術師〉が認める七賢人になって、ロザリーと結婚する。それが、ルイスの目標だ。

ヨボヨボの老人になってから七賢人になっても、意味がない。

「俺は、ロザリーを待たせたくねぇんだよ」

「……ならどうして、ライオネル殿下に自分を推薦してくれと言わないのです？」

扉の方から聞こえた声に、ルイスは顔をしかめた。

いつの間に戻ってきたのやら、ネイトがつまみを載せた皿を手に、壁際に控えている。

うっせぇぞ、壁。とルイスが悪態をつくより早く、ネイトはヒューヒューと掠れた声で言った。

「……自分は、ヴィルマ様のそばにいたかったので、手段を選びませんでしたよ」

ヴィルマ。それは、この国の第一王妃でライオネルの母親の名前だ。

何故《なぜ》、ここでヴィルマ妃の名前が出てくるのか。ルイスが眉《まゆ》をひそめると、ライオネルが静かに口を挟んだ。

「ネイトは母上の小姓だったのだ。輿入《こしい》れの際に、ランドール王国から同行した」

ヴィルマ妃はリディル王国の隣国であるランドール王国の王女だが、自国にいた頃は騎士団で指揮を執り、姫騎士として名を馳《は》せていたらしい。

ネイトはその頃から、小姓としてヴィルマ妃に仕えていたのだという。

「いや待て、それってお前が幾つの話だよ」

ルイスは紳士面も忘れて、素の口調で訊《たず》ねた。

ヴィルマ妃の輿入れは、ライオネルが生まれる二年前――今から二三、四年ほど前の話だ。

「当時の自分は、八つか九つぐらいでしたね……どうしてもヴィルマ様にお仕えしたかったので、何でもしましたよ。護衛でも、毒味でも」

ネイトは己の喉《のど》を軽く撫《な》で、暗い目でルイスを見る。

「……その結果、毒で喉をやられて、こんな声になりましたが、後悔はしてないですね」

八つか九つ。その年のルイスは、まだ娼館《しょうかん》で雑用係をしていた。将来の展望なんて、爪の先ほども考えていなかった。ルイスは膝《ひざ》の上で拳を握りしめる。

「つまり、私には必死さが足りないと言いたいのですね？」

「まぁ……その喋《しゃべ》り方を始めた時点で、相当なりふり構ってないなぁとは思いますが」

うっせぇ、という言葉を飲み込み、ルイスは鼻から息を吐く。そうして、少し傾いた片眼鏡を元の位置に戻した。

なるほど、片眼鏡は便利だ。ここがクソガキでいられる場所ではないと、冴《さ》えた視界が思い出させてくれる。

（……私は、魔法兵団団長〈結界の魔術師〉ルイス・ミラー）

己にそう言い聞かせて悪童を封印し、ルイスは改めてライオネルと向き合った。

「ライオネル殿下。私は七賢人を目指すにあたり、貴方《あなた》の推薦を貰《もら》うつもりはありません」

「うむ」

「……が、貴方の護衛が必要なら、バンバン声をかけてください。休日返上して駆けつけます」

今のルイスは魔法兵団の団長だ。ライオネルの護衛という名目があれば、社交界に顔を出すことができるし、そこで顔を売れば、次の七賢人選考で推薦してくれる人間が見つかるかもしれない。

本当は社交界なんて嫌いだ。愛想笑いをして、媚《こび》を売って、自分を売り込むなんて馬鹿らしい。

それでも、なりふり構ってなどいられないのだ。

現七賢人は、〈雷鳴の魔術師〉、二代目〈深淵《しんえん》の呪術師〉、三代目〈茨《いばら》の魔女〉、〈星詠みの魔女〉、〈治水の魔術師〉、〈砲弾の魔術師〉、そしてカーラと入れ替わりで就任した〈宝玉の魔術師〉。

全体的に高齢の者が多いが、その内の二席――〈茨の魔女〉のローズバーグ家と、〈深淵の呪術師〉のオルブライト家は、現当主が引退したら、次の当主が七賢人になると決まっている。

つまり、七賢人の座は実質五席しか用意されていないのだ。

次はいつ七賢人が入れ替わるか分からないが、その機会を逃したくない。

ルイスの本気を受け取ったのか、ライオネルは精悍《せいかん》な顔を引き締め、力強く頷《うなず》いた。

「そういうことなら、冬至休み前……冬招月《シエルグリア》の中旬に夜会があるのだ。そこで、個人的な護衛を頼めるか？」

ルイスは片眼鏡をしっかりと指で押さえた。その指先の感覚を、体に覚えさせる。

自分はもう悪童ではない。いずれ七賢人になる、〈結界の魔術師〉ルイス・ミラーなのだ。

「お任せください、殿下。殿下に近づく不届者は、一人残らず血祭りにしてさしあげます」

「う、む、心強い、な？」

「……殿下。ここは突っ込んで良いところです」

ネイトがボソリと呟《つぶや》き、ワインのおかわりを注いだ。

＊＊＊

ルイスがライオネルに護衛を任された夜会の主催者であるバリエス侯爵は、魔導具作りに必要な鉱石で財を築いた人物である。そのためか、夜会の出席者は魔術師関係の重鎮が多いらしい。

会場である宮殿に向かう馬車の中、立派な正装を着込んだライオネルは、夜会の出席者について分かる範囲で教えてくれた。

「主催のバリエス侯爵は、親族に魔術師組合の幹部が多い。組合の重鎮がそれなりの数、出席していると見て間違いないだろう。あとは、魔導具産業で有名なアンバード伯爵、魔術の名門ベルスティング侯爵……ベルスティング侯爵が来ているなら、おそらく現当主の妹である、〈星詠みの魔女〉殿も出席されるだろうな。あの方は、七賢人の中でも夜会好きだ」

ライオネルの言葉を頭に叩《たた》き込《こ》んでいたルイスは、ふと気がつき、口を挟んだ。

「七賢人が、今日の夜会に来ているのですか？」

「魔術師絡みの集まりなら、半分ぐらいは出席されるのではないか？　二代目〈深淵の呪術師〉殿と、〈宝玉の魔術師〉殿は夜会でよく見かける。三代目〈茨の魔女〉殿は高齢だから難しいが、ローズバーグ家の人間が誰かしら出席するだろう」

七賢人と言われて、ルイスの頭に真っ先に浮かんだのは、ロザリーの父である〈治水の魔術師〉バードランド・ヴェルデだった。

ルイスはこの人物に、ロザリーとの結婚を認めさせるために、ここまで来たのだ。どうしたって、意識せずにはいられない。

だが、ライオネルがわざわざ名前を挙げないということは、恐らく今日の夜会には来ないのだろう。

(次の七賢人選考で推薦人が欲しいんなら、狙うのは現七賢人、魔術師組合の幹部、上位貴族あたりか)

ルイスが思案していると、隣に座るライオネルがまじまじとルイスを見た。

どうやらライオネルは、ルイスの服装に感心しているらしい。

「よく、この短期間でそこまで揃《そろ》えたな」

「一式揃えるにはギリギリでしたけどね。靴だけでも、事前に立派な物を作っておいて良かった」

今のルイスが身につけているのは、夜会用の正装だ。

魔術師にとってローブは正装なので、夜会に着てくる者もいる。ただ、それは魔術師としてそれなりの地位にある者か、貴族階級の魔術師の場合が殆《ほとん》どだ。

ルイスみたいに庶民の出身で、最近魔法兵団の団長になったばかりの若造がローブで参加すると、現場警備の仕事で来たと思われかねない。

今夜のルイスは、ライオネルの護衛という名目の同伴者だ。それなのに、現場を警備するお兄さんと思われては困る。

「上着の形が流行を押さえているな。生地や小物選びも悪くない」

感心した様子のライオネルに、ルイスは気を良くした。

ルイスは特別、着る物に興味があるわけではないが、〈治水の魔術師〉にみっともないと言われてから、それなりに研究はしたのだ。

流行《はや》りを押さえて、場に合った服を、自分に合った寸法で仕立てる。それだけのことだが、褒められれば悪い気はしない。

「髪も、今日は編んでいるのだな」

「ええ、ますます上品さに磨きがかかったでしょう」

「う、うむ？」

ライオネルが言葉を詰まらせたが、ルイスは自信満々だった。

今の自分は完璧《かんぺき》な紳士だ。きっと、ロザリーも惚《ほ》れ直すに違いない。

ルイスは馬車の外の景色を眺めながら、片眼鏡を指先で押さえた。

＊＊＊

絢爛《けんらん》豪華な宮殿に臆《おく》することなく、ルイスはライオネルの斜め後ろを歩く。

なんとも金のかかった内装だ。装飾の施された燭台《しょくだい》、毛足の長い絨毯《じゅうたん》に、繊細な模様の食器の数々。それらの金額を予想しつつ、ルイスは聞こえてくる会話に耳をすませた。

「今夜はフェリクス殿下がお見えになっているそうですよ」

「クロックフォード公爵はいらっしゃらないのに？　フェリクス殿下は、クロックフォード公爵がいない社交界には、顔を出したりしないものとばかり……」

「わたくしは先ほどご挨拶《あいさつ》をしましたが、それはもうご立派でいらっしゃいましたよ。あの美しさは、アイリーン様を思い出しますなぁ」

「おや、そういえば今日は、ハイオーン侯爵はお見えになっていないのですね」

「あそこの家は、跡目問題で揉《も》めているらしいですよ」

「ご覧なさい、向こうにローズバーグの魔女が来ておられる。あれは当主の娘だったかな？」

「ここだけの話、ローズバーグの魔女は、見分けがつかなくてなぁ……」

「今日は、当主の曾孫《ひまご》達の婚約者を探しにきたのでは？」

「そういえば、オルブライト家にも年の近いお孫さんが……」

ルイスは夜会にも、噂話《うわさばなし》にも興味ない。

だが、ここが戦場で、やっていることが情報収集だと思うと、少し楽しくなってきた。

聞こえてくる噂から交流関係や出席者を予想していると、ライオネルが足を止めてルイスを見る。

「ルイスよ、楽しそうだな」

「ええ。社交界など、私には不要かと思っていましたが……なかなかどうして、興味深い話が聞けそうです」

「それは何よりだ」

二人が言葉を交わしていると、「あれっ」という中年男性の声が聞こえた。思わず声の方に目を向けたルイスは、懐かしい顔に目を丸くする。

白髪混じりの黒髪の、痩《や》せた中年男性——ミネルヴァの常駐医、ウッドマンだ。

医務室ではくたびれた白衣を着ているのが常だったが、今はそれなりにパリッとした礼服に身を包み、髪を撫でつけている。無精髭《ぶしょうひげ》もきちんと剃《そ》っていて、それだけで幾らか若返って見えた。

「懐かしい顔触れだと思ったら、あらまー……っとと、ここではちゃんと挨拶しないと駄目か」

ウッドマンはライオネルの正面に立つと、姿勢を正し、丁寧に頭を下げた。

「ご機嫌よう、ライオネル殿下」

「久しぶりです、ウッドマン先生。ミネルヴァでは、大変お世話になりました」

「いやー、どっちかというと世話になったのミラー君……」

俺の手当てをしたのは大体ロザリーだろうが、という言葉をグッと飲み込み、ルイスはウッドマンに上品な笑みを向けた。

「ご無沙汰《ぶさた》しております、ウッドマン先生」

「……あ、うん。卒業式から更に磨きがかかったね、ミラー君。面と向かって話すと、おじちゃん、背筋がゾワゾワしちゃう」

いかにも寒そうに腕を擦《さす》るウッドマンに、ルイスは白い歯を見せて爽《さわ》やかに笑った。

「ウッドマン先生。今日の私は、ライオネル殿下の護衛も兼ねておりまして」

「うんうん」

「殿下に近づく不届者は、血祭りと決めているのです」

「人のこと、不届者とか言うのやめて⁉」

ウッドマンが悲鳴じみた声をあげて後ずさり、ライオネルが呆《あき》れたようにルイスを睨《にら》む。

「ルイスよ……」

「はて、私はウッドマン先生を不届者と言った覚えはありませんが……ウッドマン先生はこの手の夜会に、よく参加されるのですか？」

ウッドマンは魔力が影響する症状にも対応できる稀有《けう》な医師で、医師会や王立魔法研究所に顔が利く。故に、魔術師関係者を集めた夜会に招待されていても、おかしくはない。

ただ、面倒臭がりのウッドマンが率先して夜会に顔を出すのが、ルイスには少し意外だった。

ルイスの疑問に、ウッドマンは「あ〜」と言葉を濁し、気まずそうに顎《あご》をかく。

そして、近くに人がいないのを確認し、ルイスとライオネルだけに聞こえるような声で言った。

「二年ぐらい前に、禁術使用罪で処刑された研究者がいるでしょ？　禁術使用罪の処刑者なんて、もう何十年もいなかったのに」

「ええ、噂ぐらいは聞きましたが」

ルイスが相槌《あいづち》を打つと、ウッドマンは葛藤《かっとう》を飲み込むかのように口を閉じ、鼻から息を吐いた。

きっと葛藤と一緒に、いくつかの言葉も飲み込んだのだ。

「あの件以降、禁術扱いされている肉体操作魔術の規制を緩和すべきだって声が増えてね。ほら、肉体操作魔術と医療用魔術って、切っても切り離せないでしょ？」

「ウッドマン先生は、規制緩和派で？」

ルイスが訊《たず》ねると、ウッドマンは一瞬ライオネルを見た。

ライオネルは第一王子だ。故に、政治的な話題をする時は、慎重にならざるをえない。

ウッドマンはそれを心得ていて、その上で話しても問題ないと判断したらしい。

「まぁね。肉体操作魔術の規制緩和をしないと、医療用魔術の研究でどんどん他国に後れをとっちゃうし。だから、規制緩和に向けて、あっちこっちにコネ作って回ってるの」

コネ作りのために夜会に来たウッドマンを、ダセェとは思わなかった。

ルイスもまた、七賢人になるという目的のために、コネを作って回っている最中だからだ。

ウッドマンは会場にいる人々を眺めて、そのまま窓の外に目を向ける。その仕草は、会場にいる人間から目を逸《そ》らしたがっているようにも見えた。

「……処刑された研究者がね、本当にすごい人だったのよ。何度か会ったことがあるけど、この超優秀なおじちゃんでも敵《かな》わないぐらいの大天才」

ウッドマンは皮肉っぽく笑い、小さく肩を竦《すく》めた。

「だからね。おじちゃんもまぁ、思うところがあるわけですよ……それで、魔法兵団の新団長殿のご意見は？」

なるほど、わざわざルイスに声をかけたのは、久しぶりにミネルヴァの卒業生を見かけたから、というわけでもないらしい。

今のルイスは魔法兵団の団長である。まだ若造故、魔術師組合の重鎮達には劣るが、発言力が全くないわけでもない。

つまりは、規制緩和について、現魔法兵団団長に探りを入れにきたのだ。

ルイスは片眼鏡を指先で押さえ、その顔に愛想笑いを浮かべた。

「我が国の魔術と医療の水準が上がるのは、喜ばしいことです。ただ、規制緩和することで、よからぬことをする輩《やから》が増えるのも困りますね。それを捕らえるのが、我々の仕事なので」

お行儀の良いルイスの言葉にウッドマンはパチパチと瞬《まばた》きをし、そして次の瞬間、肩を震わせ笑いだした。

「ミラー君、日和見発言ができるようになったんだ？　ようこそ、オッサンの世界へ！」

「あぁ？」

ルイスは思わず、顔をしかめて低い声で唸《うな》る。

周囲を威嚇する悪童の唸りに、ウッドマンは目尻《めじり》の皺《しわ》を深くした。

「いやー、これで怒るんなら、まだ若い若い」

ウッドマンはしばらく、ケラケラと笑っていたが、やがて笑いを引っ込め、丁寧に一礼をする。

「それでは、わたくしはこれで。ライオネル殿下、ミラー団長、良い夜を」

文句のつけようのない挨拶をし、ウッドマンはその場を立ち去る。

ルイスは思わず舌打ちをした。

「相変わらず、食えないオッサンだな」

「口調」

「煮ても焼いても不味《まず》そうな中年ですね」

ライオネルの指摘に発言を訂正し、ルイスは口元を手で隠す。お上品な笑顔を取り繕うのに、少し時間がかかりそうだ。

今のルイスは、ミネルヴァの悪童ではない。魔法兵団の団長であり、そして第一王子の護衛だ。迂闊《うかつ》な発言をすれば、自分だけでなくライオネルの立場も危うくなる。それが社交界なのだ。

（なるほど、気を抜けない戦場だ）

ホールでは美しく着飾った男女が、楽しそうにダンスをしている。彼ら彼女らは、そのダンスの間に、睦言《むつごと》や秘密の約束を交わしたりするのだろうか。

ロザリーも、こういうところでダンスをすることがあったのだろうか。ロザリーは七賢人の——

つまりは魔法伯の娘だ。ライオネルとはミネルヴァ入学前から面識があったようだし、きっと社交界に顔を出すこともあったのだろう。

煌《きら》びやかなホールで、ロザリーをダンスに誘う自分を想像する。社交ダンスはライオネルに教わった。それなりに上手《うま》く踊れる自信はある。

田舎者のミネルヴァの悪童では、夜会に足を踏み入れることすらできなかったけれど、今の自分は魔法兵団の団長なのだ。

立派な服を着て、ピカピカの靴を履いて、髪もきちんと整えている。

(俺は……私は、ここまで来たんだ)

絶対に、立派な七賢人になってロザリーを迎えに行き、そして夜会でロザリーをエスコートして、ダンスに誘うのだ。

ダンスホールを睨みながら、決意を新たにしていると、年若い少年がこちらに近づいてくるのが見えた。

緋色《ひいろ》の華やかな上着を堂々と着こなした、一四、五歳ほどの金髪碧眼《へきがん》の少年だ。彼が動くだけで、警備の人間がこちらに意識を向けるのが分かった。

(誰だ?)

ルイスが警戒していると、少年はライオネルの前に立って、一礼をした。

「お久しぶりです、ライオネル殿下」

「おぉ、フェリクスよ！　また背が伸びたのではないか？」

少年に声をかけられたライオネルは、パッと表情を輝かせる。分かりやすく嬉《うれ》しそうな態度だ。

「ルイスよ、紹介しよう。弟のフェリクスだ」

第二王子フェリクス・アーク・リディル。流石《さすが》のルイスでも名前ぐらいは知っている。ライオネルとは腹違いの兄弟だ。

年齢は九歳差と聞いているから、今は一二、三歳のはずだ。

（それにしては……）

随分と発育が良いな、とルイスは思った。

第二王子は病弱だと聞いていたが、目の前にいるフェリクスは健康的な顔色だし、同年代の少年より背が高い。なにより立ち振る舞いが堂々としていて、病弱とは程遠い生命力を感じた。

だが、考えてみれば兄のライオネルなど、発育が良すぎて金のゴリラである。王家の血筋はそういう血筋なのだろう、とルイスは一人納得した。

この美しい少年も、いずれは立派なゴリラになるのだろう、なんてことを考えていると、フェリクスが碧《あお》い目でルイスを見る。水色に緑を一滴垂らしたような色だ。澄んだ水色のライオネルとは似て非なる色に、一瞬、ルイスの胸がざわついた。

この少年は今、ルイスのことを観察した。

社交界で相手のことを観察し、探るのは当たり前のことだ。ライオネルと共に会場に入ったルイスは、先ほどからずっとその手の視線を感じている。

それと同じものを、まだ一二、三歳ほどの少年から感じたのだ。

「初めまして、〈結界の魔術師〉様」

ルイスはまだ名乗っていないのに、〈結界の魔術師〉と呼んだ。ライオネルの同行者が、魔法兵団の新団長であると知っているのだ。

ライオネルが不思議そうにフェリクスを見た。

「フェリクスよ。ルイスのことを知っているのか?」

「はい。最年少で、魔法兵団の団長に就任されたと聞きました。竜討伐の戦果も素晴らしく、先日はナディン地方を嵐から守ったのだとか」

フェリクスは美しく微笑《ほほえ》んだ。少しはにかみつつ、こちらに対する敬意を感じさせる笑顔だ。

それを、ルイスは純粋な尊敬とは思わなかった。

(これは、こちらの心証を良くするために作られた笑顔だ)

違和感を飲み込み、ルイスは丁寧に礼をする。

「大変に恐縮です、フェリクス殿下」

礼をしながら、ルイスはフェリクスに妙な気持ち悪さを覚えていた。

王族に相応《ふさわ》しい堂々とした振る舞い、所作の美しさ、少年特有の憧《あこが》れ――あまりにも完璧《かんぺき》に再現しすぎている。

それが整いすぎた容姿と相まって、なんだか作り物めいて見えるのだ。胸焼けのような感覚に、胃がムカムカする。

「最近は夜会で会うことも増えたな、フェリクスよ。今宵《こよい》は冷えるが、体調を崩したりはしていないか?」

「ええ、大丈夫です。お気遣い、ありがとうございます」

病弱だった弟を気遣う兄、その厚意を笑顔で受け取る弟。どこから見ても、仲の良い兄弟だ。

リディル王国 第二王子
フェリクス・アーク・リディル

だからこれはもう、治安の悪い北部育ちの勘としか言いようがない。

(第二王子は、本当にライオネルを慕っているのか？)

この会場に来てから耳にした噂話を思い出す。

いつも祖父であるクロックフォード公爵の陰に隠れていたフェリクスが、最近は一人で夜会に参加することが増えたのだという。それはつまり、王位を継承するに値すると、周囲にアピールしたいのではないだろうか？

そう考えると、この夜会の参加者に第二王子を褒める声がやけに多いのに、第一王子であるライオネルに触れる者が少ないことも気になってくる。

(この会場……おそらく、第二王子派の方が多い)

今、こうして挨拶《あいさつ》に来たのも、ルイスに対する牽制《けんせい》ではないか？　ライオネルが魔法兵団と繋《つな》がりがあるのか、探りを入れにきたのではないか？

「いけない、兄上に早く挨拶《あいさつ》をしたくて、友人を置いてきてしまいました。一度失礼いたします」

今までは社交の場だからライオネル殿下と呼んでいたが、思わずポロリと「兄上」と言ってしまった……というのを、計算してやったように見えたのは、ルイスの穿《うが》ちすぎだろうか？

だが、単純なライオネルは「兄上」の一言に分かりやすく相好を崩した。

「うむ、友人は大事にするのだぞ、フェリクスよ」

「はい」

フェリクスは優雅に一礼し、その場を立ち去った。

緋色の上着の背中をじっと見送り、ルイスはボソリと呟《つぶや》く。

「……話に聞いていたより、健康そうですね」

「あぁ、フェリクスは何年か前に大病を患ってな。一時はどうなるかと思ったが、今ではすっかり元気になって、こうして夜会にも出られるようになったのだ」

応じるライオネルの声には、喜びが滲《にじ》んでいた。

この優しい男は、心から腹違いの弟の身を案じ、元気になったことを喜んでいるのだ。

馬鹿ゴリラ、分かってんのか、とルイスは密《ひそ》かに悪態をついた。

ミネルヴァにいた頃、貴族出身の生徒の中には、ライオネルに対して距離を置いている者が一定数いた。

あの頃から、第二王子派筆頭であるクロックフォード公爵に遠慮する気風ができていたのだ。

フェリクスの病が治り、あれだけ立派な振る舞いができるようになった今、第二王子派は以前より勢いを増すだろう。対立は、これから一層激化していくはずだ。

「殿下は弟想《おも》いでいらっしゃる」

皮肉を込めたルイスの言葉に、ライオネルは真摯《しんし》な態度で頷《うなず》いた。

「あぁ、フェリクスも、この場にいないアルバートも、大事な家族だ」

以前、ライオネルは言っていた。

自分の目標は王になることではなく、この国を良くしていくことなのだと。

彼は自分が王になろうとも、弟が王になろうとも、国のために尽くし続けるのだろう。

（……お人好《ひとよ》しめ）

だったら、自分は第一王子派であろう、とルイスは密かに決意する。

これは決して、ライオネルが王に相応しいと思ったからではない。あの胡散臭《うさんくさ》い第二王子が気に入らないからだ。

どうしたって、ライオネルは小狡《こずる》いことができない。それなのに、なんでもかんでも背負って守ろうとする。

だったら、小狡いことは自分が背負ってやろうではないか。

――いずれ七賢人になる、〈結界の魔術師〉が。

＊　＊　＊

「殿下」

ライオネルのもとを離れたフェリクスに、声をかける少年がいた。

フェリクスと同じ年頃のその少年は、ダーズヴィー伯爵令息エリオット・ハワードという。フェリクスの幼馴染《おさななじみ》だ。

焦茶の髪に垂れ目のエリオットは、不機嫌そうに唇を尖《とが》らせた。

「一人でフラフラしないでくれよ。父上に言われてるんだ。フェリクス殿下のお供をしろって」

「すまないね。兄弟の話を人に聞かれるのが、なんだか恥ずかしくて」

恥ずかしくて、などと言いながら、美しい王子様はどうでも良さそうな顔をしていた。

彼がどうでも良いと思っているのは、ライオネルか、エリオットか、或《あ》いはその両方か。

エリオットは、唇の端を皮肉気に持ち上げる。

「へぇ。兄弟仲がよろしいことで」

「自慢の兄上だからね」

エリオットは小さく鼻を鳴らし、離れたところにいるライオネルの方に目を向けた。第一王子は立派な体躯《たいく》の持ち主なので、人の多い会場でも見つけやすい。

ライオネルを見つけたエリオットは、その隣にいる青年を見て、眉《まゆ》をひそめた。

「ライオネル殿下のそばにいるのは誰だ？　あまり見ない顔だな」

「最近、魔法兵団の団長に就任した、〈結界の魔術師〉ルイス・ミラー。去年の七賢人選考で、お祖父様《じいさま》が意図的に潰《つぶ》した相手だよ」

半年ほど前、七賢人が一人〈星槍《せいそう》の魔女〉カーラ・マクスウェルが七賢人を辞めることになり、新しい七賢人選考が行われた。

その時、魔術研究に知見のある貴族の中で、ルイス・ミラーを推薦する声もあったのだという。

だが、当時のルイスはまだ魔法兵団の一部隊の隊長に過ぎず、〈結界の魔術師〉の肩書きも持っていなかった。おまけに彼は平民出身だ。

そのような者を七賢人にするなど、七賢人の品格を下げる行為である――とクロックフォード公爵が口を挟み、ルイスを推薦する話は流れたのだという。

そうして新七賢人には、クロックフォード公爵と繋《つな》がりのある、〈宝玉の魔術師〉が就任した。

「〈結界の魔術師〉は第一王子と学友だからね。お祖父様は、七賢人に第一王子派を増やしたくないのだろう」

「じゃあ、〈結界の魔術師〉は一生七賢人にはなれないのか。可哀想《かわいそう》にな」

「そうだね、現七賢人からの推薦でもない限り、まず握り潰されてしまうだろうけれど……」

碧い目が細められ、ライオネルの横に並ぶルイスを、油断なく観察する。

「ああいう人は、上がってくるかもしれないね」

「へぇ、どういう根拠で？」

「君が嫌いそうなタイプだから」

「………………」

「冗談だよ」

閉口するエリオットにニコリと微笑み、フェリクスはライオネルに背を向け歩きだす。

エリオットは苦虫《にがむし》を噛《か》み潰したような顔で、その後に続いた。

二章　元悪童、弟子をとる

　魔法兵団の団長に就任してから、ルイスの仕事は現場を駆け回るものより、指示を出したり、部下を鍛えたりする方が増えた。

　ルイスとしては、現場に出て竜を狩り、単独竜討伐の実績を増やしたいところだが、団長ともなると、そうそう現場に出てばかりもいられない。

　椅子に座り、書類と向き合ってハンコを押す仕事は退屈ではあるが嫌いではなかった。ルイスは効率良く書類を捌《さば》く方法を考え、実行するのが割と好きだ。

「ミラー団長、先日、夜会に出席されたんですって？」

　ルイスのもとに書類を持ってきた、魔法兵団副団長のアンダーソンがのんびりした口調でルイスに言った。

　アンダーソンは四〇代半ばの小太りの男だ。どこかのんびりした空気を漂わせているが、会計絡みの仕事に滅法強く、年下の上司であるルイスに対しても礼儀正しい男である。

　アンダーソンの言葉に、ルイスはハンコを押す手を休めず、相槌《あいづち》を打つ。

「ええ、なかなか良い経験になりました。新しい仕事にも繋《つな》がりましたし」

　夜会では魔術師組合の人間に挨拶をし、会場に張られた防御結界に話を膨らませたことで、国内の主要施設に防御結界を張る仕事を回してもらえることになったのだ。

地味ではあるが、実績作りは大切である。なにより、こういう仕事をこなしていけば、貴族との繋がりを作りやすい。

七賢人になるには、ミネルヴァや魔術師組合、あるいはそこと繋がりのある貴族の推薦がいる。

だが運の悪いことに、魔術師組合には、学生時代ルイスが肥溜《こえだ》め送りにしたテレンス・アバネシーの親戚《しんせき》が幹部にいた。

魔術師組合も一枚岩ではないから、必ずしもそこから推薦をもらうのが不可能というわけではないが、チャンスを潰されやすいのは事実。

（魔術師組合、ミネルヴァ、魔導具産業の有権者……この辺りに、片っ端から恩と名前を売って、推薦人を確保するしかない）

書類を捌きながら、その算段をしていると、珍しく早足でオーエンが駆け込んできた。

「ルイス、緊急事態だ」

最近、所属部隊の副隊長になったオーエンは、普段は冷静沈着で知られている若き精鋭である。そんなオーエンが分かりやすく焦っているのだから、これは非常事態なのだ。

ルイスはハンコを置き、居住まいを正した。

「何事です、ライト副隊長？」

「ミネルヴァで魔力暴走による爆発事故が発生して……研究棟の一部が吹き飛んだって」

副団長のアンダーソンが「えぇっ⁉」と声をあげた。

ルイスは研究棟という言葉に反応し、ピクリと頬を震《ふさわ》せる。

それでも逸《はや》る心を押し殺し、冷静沈着な魔法兵団団長に相応しい慎重さで訊《たず》ねた。

「具体的な被害状況は？　研究棟のどこが吹き飛んだのです？」

「夜間の事故だったから、死傷者はゼロ。吹き飛んだのは、三階にあるラザフォード教授の研究室」

ルイスの脳裏に、ラザフォードの研究室で過ごした思い出が蘇《よみがえ》った。

殴り倒され転がった床、鼻血のシミ、首根っこを掴《つか》まれ投げ飛ばされた窓、縛りつけられて反省文を書かされた椅子と机、そして、黒歴史の反省文を収納した鍵《かぎ》付きの棚——それら全てが、木っ端微塵《みじん》になったのだという。

「っしゃ、おらぁ！　ザマ見ろジジイ！」

立ち上がり、拳《こぶし》を天高く掲げて吠《ほ》えるルイスに、オーエンとアンダーソンが物言いたげな目を向けた。

ルイスは着席し、片眼鏡をクイと持ち上げる。

「失礼。それで、魔力暴走の原因はなんだったのです？」

「夜中に学生が寮を抜け出して、魔法戦の練習をしたんだって。それで流れ弾が魔法戦用の簡易結界を吹き飛ばして、研究棟の一部も削ったんだ」

「簡易結界を吹き飛ばした？」

オーエンの報告にルイスは眉をひそめた。

魔法戦用の結界は、本来魔術師二人が必要な大規模な物だが、魔導具を使った簡易結界なら、学生でも容易に展開できる。

簡易結界は規模が小さく、強度も通常の魔法戦用結界より低い。

それでも、未熟な学生の魔力暴走程度で破壊できるものではないはずだ。

（……これは、何かあるな？）

ミネルヴァの教授達に恩を売る、良い機会かもしれない。

ルイスは口元を手で隠してニヤリと笑い、オーエンに命じた。

「分かりました。ライト副隊長は引き続き、ミネルヴァの情報収集をしてください。それと、結界の再構築に人手が必要なら、この〈結界の魔術師〉が喜んでお手伝いします、とミネルヴァの教授達に伝言を」

「……教授達、複雑な顔しそう」

ボソリと呟くオーエンに、ルイスはニコリと微笑《ほほえ》み、言った。

「教授達がどんな顔をしていたか、是非教えてくださいね」

＊＊＊

ミネルヴァで起こった魔力暴走事故の報告を受けてから、一週間が過ぎた。

オーエンの報告によると、事故を起こしたのは最近入学したばかりの男子生徒らしい。

男子生徒の名はグレン・ダドリー、一一歳。王族でも貴族でもない、肉屋の息子だ。

このグレンという少年が、訳ありなのである。

数ヶ月前、この国一番の予言者である、七賢人が一人〈星詠みの魔女〉メアリー・ハーヴェイが、ある予言を口にした。

『グレン・ダドリーが、ダドリー精肉店を継ぐと、この国は滅びるでしょう』

なんとも馬鹿げた予言だが、それでも〈星詠みの魔女〉は国一番の予言者なのだ。彼女の予言は無視できない。

国の重鎮達はグレンのことを徹底的に調べ、その結果、グレンが非常に魔力量の多い少年であるということが判明した。

魔力というのは、一〇代が成長のピークで、この時期に使うほど増える。二〇歳を超えたら、緩やかに減少していくのが一般的だ。

そして、このグレン・ダドリーという少年は、調査を受けた時点で魔力量が二〇〇を超えていたのだという。

一一歳で魔力量二〇〇超えは、尋常ではない数字だ。優秀と言われているルイスですら、ミネルヴァに入学した当初は一〇〇前後しかなかった。

魔術と無縁の暮らしをしていて、魔力量が異常に多い少年。それは確かに危険だ。何かの折に魔力暴走を起こし、大きな事故を起こす可能性が高い。

そこで国の重鎮達は相談し、グレンを魔術師養成機関ミネルヴァに入学させることにした。ミネルヴァで魔力操作技術について学ばせれば、魔力暴走事故を防げる。

なにより、一一歳で魔力量が二〇〇超えともなれば、これから先、まだまだ伸びる可能性が高い。順調に成長すれば、歴史に名を残す魔術師として大成するのではないか、と彼らは考えたのだ。

だが、入学して三ヶ月が経《た》ったある日、グレンは寮を抜け出して勝手に訓練をし、魔力暴走事故を起こした。

幸い、夜だったので死者はいなかったが、時間帯によってはもっと大きな被害が出ていたかもしれない。

事態を重く見たミネルヴァは、グレンをミネルヴァから少し離れたところにある、アリンダルの塔に隔離したという。

アリンダルの塔は、魔術を用いた犯罪者を隔離するのに使う、強固な封印結界が施された塔だ。

今、国の上層部とミネルヴァは、このグレン・ダドリーという少年を生涯幽閉するか否かで、揉《も》めているという。

……という話を聞いて、ルイスは密《ひそ》かに動き出した。

これは、予言をした〈星詠みの魔女〉、国の上層部、そしてミネルヴァにまとめて恩を売るチャンスだ。

＊　＊　＊

アリンダルの塔の最上階の一室で、金茶色の髪の少年がベッドに寝そべり、ぼんやりと天井を見上げていた。

年の頃は、一一、二歳。同年代の子ども達よりも少し背が高い彼は、本来は快活で溌剌《はつらつ》とした少年であった。

だが今は、有り余る生命力をどこに向ければ良いのか分からず、燻《くすぶ》らせている。

少年の名は、グレン・ダドリー。〈星詠みの魔女〉の予言を受けた、膨大な魔力量を持つ少年である。

（ここに閉じ込められて、何日経ったっけ……）

思い出そうとして、グレンはあっさり断念した。最初の一週間は数えていたが、途中から面倒くさくなって数えるのをやめたのだ。

グレンは寝転がったまま、横目に室内を見た。部屋はグレンが寝ているベッドの他に、テーブル、椅子、と最低限の家具は用意されている。

地下牢《ちかろう》よりはマシだが、窓には鉄格子がはめられていて、その鉄格子を見る度に、グレンは気が滅入《めい》った。

この塔が何階建てで、自分が何階にいるのかは分からないが、多分五階以上だろう、というのは分かる。鉄格子の向こう側には渓谷があり、人が通る気配はない。

自分の処遇について、大人達は口を濁している。ただ、生涯幽閉という言葉を扉越しに何度か聞いた。

（オレ、だっせー……）

国の遣いが来た時、自分は予言に選ばれたすごい人間なのだと、グレンは無邪気に喜んだ。

魔力量が多いことを褒められた時も、嬉《うれ》しかった。だって、ただの肉屋の倅《せがれ》である自分に、そんなすごい力があったなんて、まるで物語の主人公みたいではないか。

自分はきっとすごい魔術師になって、この国の英雄になるのだという期待に、グレンは胸を膨らませていた。

だが、勉強が苦手なグレンは、ミネルヴァの授業にまるでついていけず、挙句、先輩に唆されてこっそり魔法戦の訓練をし、魔力を暴走させてしまった。死者が出なかったのは、運が良かったとしか言いようがない。

（オレ、このままずっと、ここで暮らすのかな）

暗い想像に、目の奥が熱くなってきた。

グズ、と洟《はな》を啜《すす》っていると、扉をノックする音が響く。

この部屋に時計はないけれど、食事の時間でないことは分かる。さっき朝食を食べたばかりなのだ。

「失礼」

一声かけて、部屋に入ってきたのは、深緑色の制服とマントを身につけ、手に上級魔術師用の杖《つえ》を持った若い男だった。年齢は二〇代前半ぐらいだろうか。女性的な顔立ちの優男で、背中まで伸ばした栗《くり》色の髪を三つ編みにしている。

知らない人間だが、着ている服は見覚えがあった。あれは、魔法兵団の制服だ。

魔法兵団の男は廊下に控えている塔の職員に、鍵をかけて構わないと一声かけて、扉を閉める。

ベッドに寝そべっていたグレンは起き上がり、とりあえずベッドに座ったまま、男を観察した。

男はグレンの前に立つと、いかにも上流階級の人間らしく、上品に微笑みながら言う。

「よくぞ、ラザフォードのジジイに一泡吹かせました。褒めてやりましょう」

何を言われたのか理解するのに、一〇秒ぐらいかかった。

「へ、あ、えっと……ええ？」

しばらく人とまともに喋《しゃべ》っていなかったグレンは、喋り方を少し忘れかけていた。

それでなくとも、予想外の第一声である。

口をパクパクさせているグレンとは対照的に、魔法兵団の男は上機嫌だった。

「ジジイの研究室を爆破！　私が在学中に成し得なかったことをやってのけるとは、実に痛快！　ザマ見ろジジイ、反省文持ち出して、人の過去をネチネチ弄《いじ》りやがって……反省文は消し炭だからな、もうデカイ顔はさせねぇ……」

いかにも上流階級らしいお上品な口調が崩れ、物騒な言葉がチラホラ混じり始めた。その顔に浮かぶのは紳士の笑みではなく、悪人の笑みだ。

唖然《あぜん》としつつ、グレンは訊ねた。

「えぇっと、あの………どちらさん、すか？」

「私は魔法兵団団長〈結界の魔術師〉ルイス・ミラー。今日からお前の師匠です」

そう言って、ルイス・ミラーと名乗った男は、片眼鏡を指先で押さえながら、グレンの顔をじっと見た。

なんとなく気圧《けお》されそうになり、グレンがゴクリと唾《つば》を飲んでいると、ルイスはボソリと呟《つぶや》く。

「なるほど、頭の悪そうな顔をしている」

この人、ちょっと口が悪すぎないだろうか、とグレンは思った。

だが、グレンが顔をしかめても、ルイスはお構いなしだ。

「どうせ魔術式もろくに理解せず、感覚だけで魔術を使っていたのでしょう？　お前みたいなタイプはミネルヴァの教育方針に合っていないのですよ。私が実戦で使いものになるよう、徹底的に仕込んでやりましょう」

「でも、オレ……魔術は……もう……」

怖いから使いたくない、とグレンはボソボソ呟く。

自分の中にある強大な力が、自分の手を離れて、何かを破壊する。それは恐ろしいことだ。

次は誰かを傷つけるかもしれない。だから、魔術なんて使いたくない。

グレンが足下に視線を落とすと、ルイスはグレンの眼前に指を二本立てて突きつけた。

「お前の選択肢は二つです。生涯幽閉されるか、私の弟子になるか」

「そんなの、横暴だっ！」

思わず叫ぶグレンを、ルイスは鼻で笑った。

「横暴？　選択肢があるだけ幸せではありませんか。まぁ、私なら第三の選択肢を選びますけど」

「……第三の選択肢って？」

「私の弟子になれば、教えてあげますよ」

詐欺みたいな言い分である。絶対にこの人は、性格が悪い。

それでも、幽閉か弟子になるかの二択なら、答えは一つしかなかった。

「……弟子になる」

グレンの答えに、ルイスは片眼鏡を指先で押さえて、ニコリと微笑む。

「あぁ、実に良い気分です。ミネルヴァの手に余る問題児を引き取ったとなれば、ミネルヴァの教授達は、私に頭が上がらなくなる……ふっ、ふっ、ふっ」

お上品な顔で言いたい放題である。

しかも、グレンに見込みがあるから弟子にするのではなく、ミネルヴァに恩を売るために弟子にするのだという魂胆を隠そうともしない。

それでも自分には、この横暴そうな男の弟子になるしか道はないのだ。

グレンは少しばかり不貞腐《ふてくさ》れた顔で、唇を尖《とが》らせた。

「……それで、さっき言ってた第三の選択肢って、結局なんなんすか？」

弟子になるでも、生涯幽閉されるでもない、第三の選択肢。

その答えを、グレンの師匠になる男は、さも当然とばかりに言い放つ。

「そんなの、『自力で建物をぶっ壊して逃げる』に決まっているでしょう」

自分は、とんでもない人の弟子になってしまったのだとグレンは確信した。


ルイス・ミラーという男は、塔に来る前に、あれこれ根回しをしていたらしい。驚くぐらいあっさり、グレンは塔から出してもらうことができた。

塔の外にルイスが乗ってきたとおぼしき馬車はなく、その代わり、一人のメイドが控えている。

金髪を首の後ろで結った、細身で長身のメイドだ。

メイドはグレンを見ると、淡々とした口調で言った。

「そちらの方が、可哀想《かわいそう》なグレン・ダドリー殿ですね」

グレンは思わずカチンときた。

このメイドの言う「可哀想」とは、魔力暴走を起こして幽閉されたことを言っているのだろう。

魔力暴走は自業自得だと分かっているが、それでも初対面の人間に「可哀想」と言われて良い気はしない。

だが、グレンが何かを言い返すより早く、ルイスがメイドに問う。

「馬鹿メイド。誰に、何を、吹き込まれたのです?」

「魔法兵団の団員の方々が、しきりに仰《おつしや》っていました。『ミラー団長の弟子になるなんて可哀想に』『不憫《ふびん》な』『長生きできないぞ、そいつ』『俺達だけでも優しくしてやろうな』」

「なるほど。帰ったら、訓練を倍にしてやりましょう」

ルイスは低く呟き、グレンに向き直る。

「グレン、これは私の契約精霊のリィンズベルフィードです」

「……精霊?」

グレンは思わず、まじまじとメイドを眺めた。

存在自体は知っているが、人の姿をした上位精霊を見るのは初めてだ。

リィンズベルフィードと呼ばれた精霊は、丁寧に一礼をした。

「いかにも、風霊リィンズベルフィードにございます。どうぞ、リンとお呼びください」

目の前にいる風霊は表情を変えないどころか、瞬《まばた》き一つしない。どうにも、人間味が薄いのだ。

それにしても何故《なぜ》、精霊がメイド服を着ているのだろう。

気になったグレンは、ルイスに小声で訊《たず》ねた。

「この精霊さん、なんでメイドの格好してるんすか? あんたの趣味……あいたぁっ!」

グレンの後頭部をルイスが鷲掴《わしづか》みにした。その指が、グイグイとグレンの頭に食い込み、頭蓋骨《ずがいこつ》を圧迫する。

涙目になるグレンに、ルイスは笑顔で言った。

「私のことは、師匠と呼ぶように」

「……メ、メイド服は、師匠の趣味なんすか？」

「そんなわけないでしょう。リンの趣味です」

不本意そうに顔をしかめるルイスに、リンがすかさず口を挟む。

「いいえ、趣味ではありません」

リンは無表情のまま、足音もなくグレンに近づいた。思わず仰《の》け反《ぞ》るグレンに、リンはズイッと顔を近づけて一言。

「信念です」

意味が分からない。だが、そういうものか、とグレンは受け取っておくことにした。

口調はお上品なのに発言が物騒な魔術師と、メイド服が信念の精霊。ツッコミどころの多さは、どっちもどっちだ。言い出したらきりがない。

「さて、とりあえず魔法兵団の詰所に戻るとしましょう。リン」

リンが小さく頷《うなず》くと、三人の体を見えない壁のようなものが包み込む。魔力を帯びた風が吹き、その風に乗るかのように、三人の体がふわりと浮かび上がった。

グレンは思わず、その場で足踏みをする。地面を蹴《け》るのとは少し違う感覚がした。

三人の体はアリンダルの塔の天辺《てっぺん》より高く浮かび上がり、そして勢いよく前進する。

すごい速さだ。馬が走るよりも速い。グレンを閉じ込めていた塔が、どんどん遠ざかり、小さくなっていく。

「すっ……げぇ！」

グレンが口を半開きにしていると、ルイスが得意気に笑った。

「飛行魔術は術者一人を飛ばすのが精一杯ですが、精霊の力なら、一度に複数の人間を運ぶことができるのです。そんなすごい精霊と契約している、師を敬いなさい」

「じゃあリンさんって、師匠よりすごいんすね！」

リンが「その通りです」と力強く頷き、ルイスが不機嫌そうに黙り込んだ。

＊＊＊

ルイスに引き取られたグレンは、魔法兵団の宿舎に置いてもらえることになった。正式な団員ではなく、あくまで雑用係としてだ。

魔術師の世界では弟子と言えば、師の下に住み込み、身の回りの世話をしながら魔術を学ぶものであるらしい。

だが、グレンの師であるルイスは、グレンに自分の世話を命じたりはしなかった。

彼は私室に他人を入れたり、私物を触られるのが好きではないのだという。きっと神経質な人なのだろう。

グレンが魔法兵団の雑用係になって三日目の午後、ルイスがグレンに魔術の稽古《けいこ》をつけてくれることになった。どうやら、空き時間ができたらしい。

グレンは魔法兵団の制服を着て、訓練場に向かった。グレンは正式な団員ではなく雑用係だが、私服でウロウロしては外聞が悪いので、制服を借りているのだ。

ルイスの弟子
グレン・ダドリー
風の上位精霊
リィンズベルフィード（リン）

詰所の前にある開けた土地は、その一帯が訓練場となっており、魔法戦用の結界が張り巡らされていた。

魔法戦用の結界の中でなら、魔術が被弾しても死ぬことはないから、安全に訓練できる。

訓練場で訓練をしているのはグレンだけではなかった。魔法兵団の団員達がそれぞれ、魔術の訓練をしている。

魔法兵団は魔術を用いた戦闘の精鋭集団であり、術の威力も精度も抜きん出ていた。

高度な魔術が、バシバシと放たれていく光景をグレンが横目に見ていると、ルイスが命じた。

「お前の得意属性は火でしたね？　では、まずは火球を一つ作ってごらんなさい」

「……はいっす」

グレンは消極的な返事をし、詠唱を始めた。

物覚えの悪いグレンだが、この詠唱は流石《さすが》に覚えている。周囲を見返したくて、何度も何度もこっそり練習したのだ。

……そうして、魔力暴走事故を起こした。

強大な力が自分の手元を離れて、惨劇を起こす恐怖に、グレンの背筋が冷たくなる。気がつけば舌がもつれ、途切れ途切れの酷《ひど》い詠唱になっていた。

やがて、詠唱を終えたグレンが両手を前に突き出すと、そこに手のひらほどの火が生まれる。本来はそれを球状にするのだが、小さな火は形を変える前に、ポヒュリと情けない音を立てて消えた。

ルイスがピクリと片眉《かたまゆ》を持ち上げ、冷ややかに命じる。

「もう一回」

グレンは同じ詠唱をした。今度は先ほどの半分ほどの火が生まれて、生まれた瞬間にプスリと消える。

「………………」

ルイスが無言でグレンを睨《にら》む。グレンは目を泳がせた。

「ひ、久しぶりだから、ちょっと、色々忘れてて……」

「分かりました。指示を変えます」

ルイスは大きく息を吸い、周囲にも聞こえる大声で言った。

「火属性魔術、成形不要、生成のみ――威力は最大で！」

「うぇ……えぇっ⁉」

「三秒以内に始めなさい」

グレンは顔色を変えて詠唱をし、両手を前に突き出した。

恐怖と焦りで全身に冷たい汗が滲《にじ》み、突き出した両手は震えている。

（ちゃんとやらないと。でも、また、前みたいに暴走したら……！）

詠唱が終わり、大人二人が両腕で輪を作ったぐらいの炎が生まれた。高さはグレンの身長を超えるぐらいだろうか。

それを見たグレンは顔を引きつらせ、ヒィッと息を呑《の》んだ。

「あ、うぁ……わ、あ、ああ……」

グレンの動揺をそのまま反映するかのように、炎が大きく左右に揺れた。

撒《ま》き散《ち》らされた火の粉は魔力の輝きを帯びて、火花のようにパチパチと爆《は》ぜる。それが連鎖を起こし、火花は炎となって膨れ上がった。

その瞬間、グレンの手元から制御が離れる。

(駄目だ、また、暴走する……！)

グレンがペタリと尻餅《しりもち》をついたその時、グレンの周囲を透明な壁が包みこんだ。防御結界だ。

ただ、ルイスのものじゃない。薄情な師匠はこの状況でも何もせず、周囲の動きを観察している。

「防御結界展開！　一般人の保護完了！」

「水属性魔術展開！　消火にあたります」

「火勢が強い！　水属性が得意な奴《やつ》は援護しろ！」

真っ先にグレンに防御結界を張ってくれたのは、ルイスではなく、訓練中の魔法兵団の団員だった。灰色がかった金髪の若い団員だ。

他の団員達も迅速に動き、グレンが起こした炎の消火作業にあたる。惚《ほ》れ惚《ぼ》れするような、無駄のない連携だ。

やがて、完全に火が消えたところで、ルイスが口を開いた。

「初動の早さはまずまず。消火対応も良し。ただし、一般人である私を保護していないので、減点一〇〇」

この言葉に、防御結界を張った青年が、ボソリと言う。

「ルイスが一般人？　……おこがましくない？」

他の団員達もウンウンと頷き合っていた。消火作業で連携を見せた時のような、素晴らしい団結力である。

部下達の反応に、ルイスは白い歯を見せて爽《さわ》やかに笑った。

「オーエン、明日の第一部隊の訓練、私も参加しましょう。全員しごくから覚悟するように」

ルイスは部下達を黙らせると、グレンと向き直る。

「さて、グレン。お前の魔術……あまりに酷すぎて、失笑せずにはいられません。何の努力もなく偶然手に入れた力に、振り回されているだけではありませんか」

何の努力もなく、の言葉にカチンときて、グレンは強い口調で反論した。

「オレ、ミネルヴァでちゃんと勉強したっす！　特訓だっていっぱいして……！」

「半ば惰性でこなした訓練を努力だと言う輩《やから》は、お手軽に充足感を得られて良いですね」

この人は〈結界の魔術師〉から〈毒舌の魔術師〉に改名するべきだ、とグレンは思った。口調こそ丁寧だが、いちいち言うことが辛辣《しんらつ》すぎる。

不貞腐れて黙り込むグレンに、ルイスは肩を竦《すく》めた。

「挫折《ざせつ》を知らぬまま増長した奴は、いずれどこかで痛い目を見るものです。早めに痛い思いをできて、良かったではありませんか」

増長なんてしてない、と言いきれないことが悔しかった。

少なくとも予言を受けたことで、「自分が選ばれた」と得意になっていたことに、違いはないのだ。

みっともない、恥ずかしい、悔しい、そんな感情がグレンの心をグチャグチャに塗り潰《つぶ》していた。

グレンは年相応に負けん気の強い少年である。いつもなら、一通り落ち込んだ後は、負けるもんかと反発し、立ち上がるところだ。

だが、魔力暴走事故の恐怖が、まだグレンの中にある。

魔術を使うのが怖い。逃げたい。やめたい。と頭のどこかで思っている。

地面に座り込んだまま、グレンが俯《うつむ》き黙り込んでいると、ルイスがグレンの前にしゃがんだ。

「魔術を使うのが……暴走させるのが怖いですか、グレン？」

洟を啜《すす》って頷くと、ルイスはグレンの額を軽く小突いた。

「ここにいるのは魔法戦の精鋭、魔法兵団です。お前がどれだけ暴走しようが、敵ではありません。調子に乗るな雑魚が」

最後に本性が出たぞ、と周りの団員達がヒソヒソ囁《ささや》いた。

グレンはおずおずと顔を上げる。

ルイスは偉そうで嫌な奴だけど、グレンを怖がったりなんてしていなかった。周りの団員達もそうだ。どこにでもいる子どもを見る目で、グレンを見ている。

オーエンと呼ばれていた青年がグレンのそばに立ち、ボソリと言った。

「君が暴走しても、僕達がちゃんと助けるから、大丈夫だよ」

その言葉に、グレンはなんだか泣きたくなった。

ここにいると、自分は子どもなのだと、思い知らされる。

「でも、オレ、魔法戦用の結界も、壊したこと、あって……」

「馬鹿弟子。私の二つ名を忘れたのですか」

ルイスは立ち上がり、訓練場をグルリと見回す。

つられてグレンも周囲を見回した。魔法戦用の結界で保護された訓練場には、先ほどの騒動の痕《こん》跡《せき》なんて、どこにもない。

「この訓練場に張った魔法戦用の結界は、私が徹底的に強化しています。お前の暴走如《ごと》きでは壊れません」

ルイスは片眼鏡を指先で押さえて、得意気に笑う。

「お前の師匠は、〈結界の魔術師〉なのですから」

悔しいなぁ、敵《かな》わないなぁ、と思った。同時に、悔しいままでは嫌だな、と思った。

忘れていた負けん気が、ムクムクと顔を出す。

グレンは服の袖《そで》で目元を乱暴に拭《ぬぐ》い、勢いよく立ち上がった。そして、その顔に精一杯の強気を滲ませて、ルイスを見上げる。

「オレが、あんたの結界ぶっ壊しても、文句言うなよ」

「やる気になったようで結構」

ルイスはニコリと微笑み、満足気に頷く。

「というわけで、明日からお前には各種属性魔術を使わせて、適性を見ます。暴走上等。死なない程度にガンガンやりなさい」

「……は？」

「このやり方なら、お前の適性を見ることができ、ついでに、団員は魔力暴走に対処する訓練ができる。実に合理的でしょう？」

グレンは顔を引きつらせて、魔法兵団の団員達を見た。

頼りになる魔法兵団の大人達は皆、諦観《ていかん》と同情を漂わせてグレンを見ている。そこにあるのは、大人の哀愁だ。

魔法兵団の団員達に同情の目を向けられながら、グレンは改めて、自分がとんでもない人に弟子入りしてしまったのだという事実を噛《か》み締《し》めた。


この日から、ルイスは本格的にグレンをしごき始めた。

グレンは魔力量に恵まれている上に魔力操作が上手《うま》く、得意属性以外の魔術も発動だけならできる。

これは、魔術師として非常に恵まれた素質であった。魔術師の中には、得意属性の魔術しか使えない者も珍しくないのだ。

問題は魔術式に関する理解力の低さである。座学の時間になると、グレンは居眠りをすることもしょっちゅうだった。頭を使うことが苦手なのだ。

グレンはその気になれば、あらゆる魔術を使いこなす魔力量とセンスがある。だが、魔術式が理解できていないのでは、暴走事故の二の舞だ。

そこでルイスは、グレンに教える魔術を二つに絞った。

それが、攻撃用の火炎魔術と、移動用の飛行魔術だ。とりあえずこの二つを使いこなせれば、魔法戦には最低限対応できる。

「というわけで、私は結界を展開しつつ、飛行魔術でお前を追い回します。私の結界に轢《ひ》き殺《ころ》されたくなければ、死ぬ気で飛行魔術をかっ飛ばして逃げなさい」

「ぎゃ────！」

かくして今日も〈結界の魔術師〉師弟は、魔法兵団の団員達に見守られながら、訓練場の上空を飛び回るのだった。

＊　＊　＊

リディル王国最高峰の魔術師養成機関ミネルヴァは、校舎とは別に研究棟がある。

その研究棟の廊下を、一〇代前半の少年と少女が歩いていた。

眼鏡をかけた利発的な雰囲気の金髪の少年と、俯きがちにオドオド歩く、薄茶の髪をおさげにした少女だ。二人とも、ミネルヴァの制服を着ており、手には提出用の課題を抱えている。

「モニカ、ここを真《ま》っ直《す》ぐです。右の通路には行かないように。まだ封鎖されているので」

「封鎖？　えっと……なにか、あった、の？」

たどたどしい少女の言葉に、少年は気難しそうに顔をしかめた。

「貴女《あなた》が入学する前に、魔力暴走事故があったんですよ。その時に研究棟の一部が破壊されて、まだ修復が終わっていないんです」

「そ、そうなんだ……」

少年は歩くのが遅いので、目を離すと少年から随分と離れていることがある。少年は足を止めて少女がついてきているのを確認し、廊下を進んだ。

「ほら、こっちですよ」

「う、うん……バーニーは、研究棟、何度も来たこと、あるの？」

「当然でしょう」

「そっか……バーニーは、すごい、ね」

少女はいつも口籠《くちごも》りがちに、ボソボソと喋《しゃべ》る癖があった。

それでも少年は根気強く少女の言葉に耳を傾け、素朴な称賛にピクピクと唇の端を震わせる。

「別に大したことじゃありません。ほら、着きましたよ」

少年は研究室の扉の前で足を止め、扉をノックする。

中から返事がしたので、少年は扉を開けて中に入った。少女も体を縮こまらせ、少年の背中に隠れるように、研究室に足を踏み入れる。

研究室の中では、この部屋の主《あるじ》である〈紫煙の魔術師〉ギディオン・ラザフォードが煙管《きせる》を咥《くわ》えながら、本を読んでいた。

ラザフォードは、このミネルヴァでも有数の実力者だ。

少年は姿勢を正して、ラザフォードに挨拶《あいさつ》をした。

「中等科のバーニー・ジョーンズです。マクレガン先生から書類を預かってきました」

「おう、ご苦労さん。じゃあ、次の授業で使う資料があるから、ついでに持っていってくれや」

「はい、分かりました。資料はどちらに？」

「隣の資料室だ。ちょいと待ってろ」

ラザフォードは年の割に身軽な動きで立ち上がり、隣の資料室に向かった。気の利く少年は、

「手伝います」と言って、素早くラザフォードについていく。

気弱な少女は、自分も手伝った方が良いだろうか、ついていったら逆に邪魔にならないだろうか、とオロオロしていたが、ふと、研究室の机に珍しい物を見つけ、引き寄せられるように近づいた。

ラザフォードの机の上には、手のひらサイズの木片が幾つか散らばっている。

その木片を見た瞬間、少女の頭に一二面体が浮かんだ。これは、木片を組み合わせた立体パズルなのだ。

「わぁ……」

ほんの少し前までオドオドしていた少女が、今はその顔に満面の笑みを浮かべ、木片を摘《つ》まみ上げる。

少女は小さな手を澱《よど》みなく動かし木片を組み合わせ、僅《わず》か数十秒で星に似た一二面体を完成させた。

「……えへ」

一二面体を眺めて、クフクフと至福の吐息を零《こぼ》していると、廊下から少年が声をかける。

「モニカ、何をしているんです？」

「あっ、あっ、ごめんなさい、今行く、からっ……」

少女は慌てて立体パズルを机に戻し、ボテボテと鈍臭い足取りで研究室を飛び出した。

少し遅れて研究室に戻ってきたラザフォードは、机の上に置いてある立体パズルを見て、はて？と首を捻《ひね》る。

いつだったか、弟子のカーラが土産に買ってきたその立体パズルは、普段は机に置いているのだが、先ほどうっかり机から落として、バラバラにしてしまったのだ。

後で戻そうと机の端に置いていたそれが、今は元の一二面体になっている。

ラザフォードは立体パズルを手に取り、廊下に目を向けたが、既に少年少女の姿は見えなくなっていた。

三章　待ち望んだ再会

王都の高級住宅街にある、小綺麗《こぎれい》な二階建ての家の書斎で、〈結界の魔術師〉ルイス・ミラーは羽根ペン片手に悩んでいた。

目の前に広げたのは高級紙の便箋《びんせん》。ロザリーに手紙を書こうと思ったのだ。

ルイスがミネルヴァで出会った最愛の人、ロザリー・ヴェルデは、七賢人が一人〈治水の魔術師〉バードランド・ヴェルデの娘である。

ロザリーと結婚したければ、上品な振る舞いができて、王都に家を持っていて、七賢人になれる男でないと認めない――そう、〈治水の魔術師〉に言われたルイスは、猛努力をして上品な振る舞いを身につけ、魔法兵団の団長まで上り詰め、そして先日、遂《つい》に家を買ったのだ。

それがこの家だ。大豪邸というほどではないが、王都の高級住宅街に恥じない、上品でしっかりとしたつくりの家である。

家具も厳選したし、いつでもロザリーを迎えられるよう、部屋も用意した。

（……さて、どうやってこの手紙を届けるか）

ルイスはロザリーがミネルヴァを退学してから、何度か手紙を出しているが、一度も返事を貰《もら》ったことがない。几帳面《きちょうめん》なロザリーが返事を書かない筈《はず》がないから、きっと、〈治水の魔術師〉が隠滅したのだろう、とルイスは踏んでいる。

それならば直接会いに行こうかとも考えたが、やはり〈治水の魔術師〉がそれを認めないだろう。こっそり逢引《あいび》きしていることがばれたら、それこそ結婚を認めてもらえなくなるかもしれない。

なにより、ルイスはロザリーに「すげー魔術師になって迎えに行く」と言ったのだ。

ルイスはまだ、〈治水の魔術師〉に認められる、「すげー魔術師」になっていない。

七賢人に推薦してもらうべく、貴族に愛想を振りまき、結界張りの仕事を引き受けたり、ミネルヴァが持て余していたグレンを引き取って弟子にしたりと、散々手を尽くしてきたが、手応えは今一つ。

ここ数年で、それなりに名を売ることはできたが、七賢人候補の話題をちらつかせると、相手の反応が鈍くなるのだ。どうやら、第二王子派の大物貴族から圧力がかかっているらしい。

こうして、ルイスはロザリーと手紙を交わすことも、会うこともできないまま、ここまできてしまった。

これだけ手を尽くしているのに、あと一歩が届かない。それが、ルイスには歯痒《はがゆ》くて仕方ない。

（……やっと家を買ったんだ。招待ぐらい、したいだろうが）

俺の家、すげーんだぜ。ちゃんと絨毯《じゆうたん》を敷いてあるし、ベッドはフカフカだし、暖炉もストーブもあって、いつでも部屋を暖かくできる。風呂《ふろ》もあるし、水道も引いてある。一緒に飯食うテーブルも、二人で座れるソファもあるんだ。書斎には本棚を沢山並べたから、お前が好きな本、好きなだけ入れていいんだぜ――という言葉を、綺麗《きれい》な言い回しに整えて、書き連ねる。

この手紙も、ロザリーには届かないのだろうか。

（いっそ、リンに届けさせるか？）

ルイスは、書斎の本棚にハタキをかけているメイド——風霊リィンズベルフィードをチラリと見る。

リンは、ルイスの姉弟子であるカーラを慕っており、少しでもカーラの近くにいるために、その弟弟子であるルイスと契約をしたという、変わり者の精霊だ。

ルイスとしても、契約精霊がいると七賢人選考で有利になるので、リンとの契約は都合が良かった。

なんといってもリンが操る風の力は、人間であるルイスを軽く凌駕《りょうが》するし、複数人を連れて飛行できるのは非常に便利だ。

人間が扱う飛行魔術は消費魔力が激しいいし、長距離移動には向かない。まして、複数人を連れて、安定した飛行をするなど、到底できることではない。それ故、魔法兵団の仕事で遠征する時など、リンがいると非常に重宝した。

その一方で、リンは風を操ること以外は、てんでポンコツだ。人間の常識がないので、予想外のことをしでかすことがままある。

以前、風呂上がりに風で髪を乾かすように命じた時など、あろうことかリンは突風でルイスを吹っ飛ばしたのだ。

『このままルイス殿を外に飛ばし、宿舎上空を一〇〇周させます。きっと髪も完璧《かんぺき》に乾くことでしょう』

などと真顔で言われた時は、流石《さすが》に殺意が芽生えたものである。

そんなわけで、リンを遣いにやるのには不安があった。

ロザリーにこっそり手紙を届けるよう命じたら、一体何をやらかすことか……ロザリーに迷惑がかかったら、目も当てられない。

ルイスは、届かないかもしれない手紙を、それでも丁寧に書き綴《かつづ》る。

昔は、女みたいな字だとラザフォードに言われたが、今はその癖も直した。読みやすく綺麗な字で「貴女《あなた》に会える日を楽しみにしています」と書こうとしたその時。

「師匠ぉぉぉぉぉ！」

ドォン、と大きな音がして、家が揺れた。

羽根ペンが便箋の上を滑り、大きな線を描く。

「…………」

ルイスは無言で、書き直し確定の便箋から顔を上げた。

換気のために開けていた窓から入ってきたのは、魔法兵団の制服を着たグレンだ。どうやら、飛行魔術の制御に失敗したらしい。

引き取った当初はルイスよりずっと小さかったグレンも、もう一四歳だ。身長は既に、ルイスに並びつつあった。もしかしたら、その内抜かされるかもしれない。

「あいたたた、ちょっと減速に失敗したっす」

「グレン」

ルイスは窓辺に近づくと、窓枠に腰掛けているグレンの頭を鷲掴《わしづか》みにした。グレンの顔がサァッと青ざめる。

「師匠、今のは事故！　事故っす！　わざとじゃな……」

「私はお前に、私の結界を壊せるようになれとは言いましたが、家を壊せたぁ言ってないんですよ」

ルイスはしっかりと床を踏み締め、グレンの頭を掴む手に力を込めた。そうして半身を捻《ねじ》り、勢いをつけて、グレンを窓の外にぶん投げる。

「ほぉら、お前の好きな飛行魔術ですよ！」

「ぎゃ────！」

穏やかな昼下がりの高級住宅街に、宙を舞うグレンの悲鳴が響いた。

なお、この暴挙に関しては、「二階だし、死にゃあしねぇだろ。俺はジジイに三階の研究室から落とされたぞ」というのが、元悪童の言い分である。


二階の窓からぶん投げられたグレンだったが、リンが植木を保護するべく風を起こし、グレンを受け止めたおかげで事なきを得た。

玄関から入ってきたグレンは、応接室に通されると、制服のポケットから一枚の手紙を取り出し、ルイスに差し出す。

「魔法兵団の詰所に、師匠宛《あて》の手紙が届いたんすよ。で、オーエンさんが、これは急ぎで渡した方が良いいって言うから、オレが届けに来たんす！」

「オーエンが？」

訝《いぶか》しみながら手紙を受け取ったルイスは、差出人を見て、目を見開く。

バードランド・ヴェルデ。七賢人が一人〈治水の魔術師〉であり、ロザリーの父だ。

ルイスは手紙の封を切ると、慎重に便箋を広げる。

そこには実直な字で、こう記されていた。

『私、〈治水の魔術師〉バードランド・ヴェルデは、次の新年の儀を終えたら、七賢人の引退を考えている。そこで、次期七賢人に〈結界の魔術師〉ルイス・ミラーを推薦する』

ルイスは便箋を持つ手を震わせた。

更に、手紙には続きがあったのだ。

『また、私の娘ロザリーが、再来月の秋巡月《フェーレ》から魔法兵団所属の医師となる。それにあたり、魔法兵団団長〈結界の魔術師〉ルイス・ミラー殿に、娘との婚約を申し込みたい』

手紙の最後には、ロザリーと引き合わせたいから訪ねてくるように、と屋敷の住所と日時が記載されている。

ルイスは逸《はや》る心を、必死で宥《なだ》めた。ここに書いてあることは、あまりにもルイスに都合が良すぎる。

ロザリーの父が七賢人を引退。次期七賢人にルイスを推薦。ロザリーが魔法兵団の医師になる。

そしてルイスと婚約！

「〜〜〜〜っ！」

ルイスはソファに座ったまま拳《こぶし》を握りしめ、背中を丸めて、込み上げてくる喜びを噛《か》み締《し》めた。

そうして顔を上げ、もう一度、紙面に目を通す。

ルイスの見間違いでも、都合の良い妄想でもない。封にはきちんと印章が施されている。

「こうしちゃいられません。靴を磨かなくては」

「馬糞《ばふん》でも踏んだんすか？」

いつもなら後頭部を引っ叩《ひぱた》くところだが、今のルイスは大変上機嫌だったので、弟子の戯言《ざれごと》を寛大にも聞き流してやった。

クフクフと喉《のど》の奥から込み上げてくる喜びを噛み締め、ルイスは高らかに言い放つ。

「喜びなさい、グレン。お前の師は七賢人になるのですよ！」

＊＊＊

心地良く晴れた夏の午後、王都から少し離れた街を、ロザリー・ヴェルデは一人歩いていた。

彼女は今、勤務先の病院に退職の挨拶《あいさつ》を終え、引き上げた荷物を胸に抱いて、家に戻る最中だ。

家に戻ったら、色々と準備をすることがある。

あの厳格な父が、ロザリーとルイスの婚約を認め、そして彼を家に招待したのだ。

（……もうすぐ、ルイスに会える）

あの悪童の、八重歯を覗《のぞ》かせた不敵な笑みを思い出したら、自然と足取りが軽くなった。

ミネルヴァを中途退学してから、ロザリーは一度もルイスと会っていない。何度か手紙を出したけれど、返事はなかった。

あの悪童が筆まめとも思えないので、それに関しては特に気にしていない。受け取って読んでくれたなら、それで良かった。

それに連絡を取らずとも、ルイスの活躍ぶりはロザリーの耳にも届いている。

最年少で魔法兵団団長に就任した、〈結界の魔術師〉ルイス・ミラー。

ナディン地方の水害から街を守り、ベネルスト草原では地竜と火竜の群れを討伐。他にも、こなした竜討伐は数知れず。まさに、リディル王国の若き精鋭だ。

（彼が、魔法兵団に就職したのは、意外だったけど……）

ロザリーがミネルヴァを中途退学したのは、高等科二年の後半。その頃のルイスは、魔法兵団という進路を口にしていなかったので、きっと彼は無所属の魔術師になるのだろうと、漠然と思っていた。

なんにせよ、ルイスはロザリーに宣言した通り「すげー魔術師」になったのだ。

『お前が医者になる夢を叶《かな》えたら、俺はすげー魔術師になって、お前を迎えに行くから』

最後の日の夜、交わした約束を思い出し、ロザリーは胸に抱えた荷物に口元を埋《うず》めた。

（今の私は、ちゃんと胸を張って、彼のそばにいられる）

ミネルヴァを中途退学したロザリーは、医学校を飛び級で卒業して病院に勤務し、魔力によって生じる諸症状にも対応できるように、研鑽《けんさん》を重ねてきた。

だからこそ、魔法兵団付きの医師に志願したのだ。あの悪童が怪我《けが》をしても、ちゃんと手当てをしてあげられるように。

（久しぶりに会ったら、何から話そうかしら……）

きっと、ルイスの第一声はこうだ。「よう、ロザリー」。

久しぶりに会う彼は、どんな大人になっているのだろう。相変わらず生傷が絶えなくてボロボロかもしれないし、もしかしたら、ジャムの食べすぎでお腹《なか》が出ているかもしれない。

それでも、八重歯を覗かせた悪童の笑顔を見たら、自分はきっと、「素敵になったわね」と言わずにはいられないのだ。

「ロザリー」

背後から名前を呼ばれ、ロザリーは足を止めた。ロザリーを呼び止めた男は、人混みを抜け、早足でロザリーに近づいてくる。

黒髪を額で真ん中分けにした青年──ミネルヴァで同級生だった、アドルフ・ファロンだ。

アドルフはミネルヴァを卒業した後、魔術師組合の所属となり、幹部候補として働いていると聞く。

得意の遠隔魔術にも磨きをかけ、最近は〈風の手の魔術師〉という称号を貰《もら》い、組合の期待を背負っているのだとか。

この街には魔術師組合の本部があるので、アドルフとはこうして街中で会うことが度々あった。

そういう時、アドルフは必ずこう言うのだ。

「偶然だな。良かったら、食事に行かないか？」

「ごめんなさい。これから、荷造りしないといけないから」

アドルフは驚き顔で瞬《まばた》きをし、「え？」と声を漏らす。

「私、秋になったら、王都にある魔法兵団の医務室で働くの」

「魔法兵団……ルイスのところでか？」

「そうなるわね」

返す言葉が弾まぬよう、ロザリーは抑えた声で応じた。アドルフとルイスは、ミネルヴァの頃から仲が悪いのだ。

アドルフはしばし考え込んでいたが、スッと顔を上げると、真《ま》っ直《す》ぐにロザリーの目を見る。

「なぁ、ロザリー。俺と婚約しないか？」

それは、あまりにも唐突な告白だが、ロザリーは驚かなかった。

アドルフに食事に誘われる度に、薄々そういう話になるだろうと察していたのだ。

「もし、医者として働き続けたいなら、俺の親族が病院を経営しているから、そこを紹介してやる。色々融通も利かせてやれる」

自分がアドルフに好かれていると、自惚《うぬぼ》れるつもりはない。アドルフは七賢人の娘の婚約者という地位が欲しいのだ。

そういう人間に言い寄られることは、これが初めてではなかった。

下心を隠して、愛想笑いを貼りつけて……そうやってロザリーに取り入ろうとする人間を、何人も見てきた。

アドルフは魔術師組合の幹部候補だ。七賢人の娘を妻にすれば、彼の地位はより一層確実なものになる。アドルフのことだから、ゆくゆくは自分が七賢人に……というところまで考えているのだろう。

だからと言って、「貴方《あなた》は私が七賢人の娘だから告白したのでしょう？　ルイスに対する当てつけでしょう？」などと、この場でアドルフに言うつもりはない。それはあまりに残酷な指摘だ。

だから、ロザリーはアドルフに頭を下げ、短く告げる。

「ごめんなさい」

それだけ言って、その場を立ち去ろうとしたら、左手首を掴まれた。

ロザリーを見るアドルフの目は、執念に燃えている。だがそれは、ロザリーに対する執念ではないのだ。

「俺は本気だぜ」

確かにアドルフは本気だ。本気でルイスを見返したいのだ。

「俺にしとけよ、ロザリー。本当は俺、ずっと前から、お前のことが好きだったんだ」

ロザリーは迷った。

アドルフの告白を受け入れるつもりはない。ただ、彼の告白に、ほんの少しでも誠意があるのなら、自分も誠意をもって返さなくては失礼だ。

「私、ルイスと婚約するの」

アドルフの手が緩む。ロザリーは素早く手を引き抜き、一歩下がった。

「ずっと、彼が好きだったの。だから、貴方とは婚約できない。ごめんなさい」

「あいつは、七賢人になるために、お前に近づいたんだぜ」

それは貴方のことでしょう。という言葉をロザリーは飲み込んだ。

「ルイスは、七賢人なんて興味ないわよ。そういう人だと、貴方も知っているでしょう？」

キッパリと言って、ロザリーはアドルフに背を向け歩きだす。

アドルフは追いかけてこない。そのことに、ロザリーはホッとしていた。

立ち去るロザリーの背中を見送り、アドルフ・ファロンは暗い目で笑った。

（……ルイスの奴《やつ》は、ロザリーを誑《たぶら》かして、〈治水の魔術師〉に取り入ったんだな）

もはや、容赦はいるまい。

ルイス・ミラーはいつも、アドルフにとって目障りな位置にいる。

奴さえいなければ、ミネルヴァで注目されるのはアドルフのはずだったのに、ルイスはいつもくだらぬ事件を起こし、教師達の注目を集めていた。

そして今も、クロックフォード公爵の支援を受けて七賢人になろうとしているアドルフの前に、ルイスは立《た》ち塞《ふさ》がろうとしている。どこまでアドルフの人生を邪魔すれば気が済むのか。

（徹底的に追い詰めて、苦しめて、潰《つぶ》してやるよ、ルイス・ミラー）

どんな手を使ってでもルイスの顔を敗北に歪《ゆが》めてやらないと、アドルフ・ファロンの心に平穏は訪れないのだ。

＊　＊　＊

夏中月《デイオン》の第四週五日。〈結界の魔術師〉ルイス・ミラーは立派なスーツを身につけ、ピカピカに磨いた靴を履き、艶《つや》やかな栗《くり》色の髪を綺麗《きれい》に編んで、完璧《かんぺき》な紳士の装いで、大都市カズルにある〈治水の魔術師〉の屋敷を訪ねた。

〈治水の魔術師〉バードランド・ヴェルデは元々は商家の人間だ。カズルの高級住宅街にある屋敷は華美ではないが、地元の有力者の屋敷に相応《ふさわ》しい佇《たたず》まいだった。

ルイスを案内してくれた家令が言うには、この屋敷は地元の人間の会合に使われることもあるのだという。

バードランドはいかにもお堅い雰囲気の厳格な人間だが、地元の人間から慕われ、頼られているらしい。そういうところがロザリーに似ていて、父娘《おやこ》だな、とルイスは密《ひそ》かに思った。

ルイスの前を歩く老齢の家令は、「こちらです」と言って応接室の扉を開ける。

ルイスは小さく深呼吸をし、姿勢を正した。

扉の向こう側、応接用のソファに座っているのは、白髪混じりの焦茶の髪を撫《な》でつけた男〈治水の魔術師〉バードランド・ヴェルデ。

そして、彼の隣に座っているのは、焦茶の髪をきちんと編んでまとめ、ダークグリーンの落ち着いたドレスを身につけた娘だ。その白い横顔に、ルイスの胸が高鳴る。

彼女がゆっくりと顔を上げた。昔と変わらない、知的な雰囲気。涼やかな目がルイスを見上げる。

(ロザリー!)

声をあげて駆け寄りたくなるのをグッと堪《こら》え、ルイスは一礼した。

腰を折る角度も、タイミングも、そして挨拶の言葉も、全て完璧に身につけてきたのだ。

「ご機嫌よう、〈治水の魔術師〉殿。本日はお招きいただき、ありがとうございます」

顔を上げて、ニコリと品良く微笑《ほほえ》む。

どうだ、見たか、ロザリー！　——という気持ちを押し殺して、ルイスはロザリーを見た。ロザリーは目を見開き、固まっている。

ルイスはクフッと笑いが溢《あふ》れそうになるのを、懸命に堪えた。

(ロザリーの奴、驚いてるな)

バードランドが言うには、ロザリーの好みのタイプは、王子様のように上品な男であるらしい。

ルイスは、自分がロザリーと両想《りょうおも》いであることを疑っていない。ただ、その上で自分がロザリー好みの男になったら、ロザリーがますます自分に惚《ほ》れるだろうと確信していた。

「お久しぶりです、ロザリー」

ルイスが上流階級の美しい発音で言うと、ロザリーは硬直したまま、ピクッと肩を震わせる。

驚いている猫みたいで可愛《かわい》いが、それを口に出して揶揄《からか》うのは紳士ではない。

ルイスはバードランドに勧められてから、お行儀良くソファに腰掛け、用意された紅茶を音を立てずに飲む。

本音を言うとジャムが欲しいが、お上品な紳士はジャムを寄越《よこ》せなどとは言わないのだ。

ルイスが紅茶のカップを置いたところで、バードランドが話を切り出した。

「詳細は手紙に書いた通りだ。私は次の新年の儀を終えたら、七賢人を退任しようと考えている。そこで、次の七賢人に貴殿を推薦したい」

「謹んでお受けいたします」

バードランドは、七賢人を退任する理由までは言わなかった。

ただ、健康上の問題はなさそうに見えるから、魔力量の減少が理由だろう。

七賢人になるためには、魔力量が最低でも一五〇以上必要なのだ。魔力量は基本的に二〇歳が成長のピークで、そこからは緩やかに減少していくのが一般的である。

おそらく、バードランドは魔力量が一五〇を下回る寸前なのだろう。

治水の魔術師
バードランド・ヴェルデ

「それと、ロザリーとの婚約についてだが……」

「はい、喜んでお受けいたします」

「来月中に、婚約の手続きを済ませ、無事に七賢人になれたなら、正式に婚姻を認めよう」

ルイスは胸の内で舌打ちをした。

そこまで認めてんなら、さっさと結婚させろや、オッサン。というのが正直な本音である。

「それと、ロザリーが秋巡月《フエーレ》から魔法兵団所属の医師となる。男性の多い職場で、不安も多いので、ロザリーを支えてやってほしい」

「ええ、勿論《もちろん》です」

相槌《あいづち》を打ちながら、ルイスは思案した。

（ロザリーとの婚約を先に進めたのは、それが理由か）

魔法兵団は男所帯である。女性団員もいるにはいるが、圧倒的に少ない。バードランドは、男ばかりの職場に娘を放り込むのが心配なのだ。

だから、魔法兵団のトップであるルイスを婚約者に指名した。そうすれば、ロザリーに手を出す輩《やから》はいなくなる。

バードランドの事情に振り回されるのは癪《しゃく》だが、提案自体はルイスにとって好都合だった。

なんと言っても、これからは職場でロザリーと会うことができるのだ。しかも、堂々と婚約者として！

ルイスは婚約者を気遣う優しい声で、ロザリーに話しかける。

「困ったことがあったら、何でも言ってくださいね、ロザリー」

「え、えぇ……」

微笑むルイスから目を逸《そ》らすように俯《うつむ》き、ロザリーは小声で答える。きっと、恥ずかしがっているのだ。

あぁ、早くロザリーとゆっくり話したい。積もる話は山程ある。

ルイスがウズウズしていると、バードランドが口を開いた。

「七賢人候補の選出は秋終月《ネリエ》末日までとし、新年を迎えた冬中月《オルテリア》の中旬に七賢人選考会を行う。貴殿が見事、七賢人に選出されることを期待している」

「承知しました。ご期待に応えられるよう、精一杯努めさせていただきます」


ルイスは自分に才能があり、かつ相応の努力をしていると自負している自信家である。

だからこそ、彼は気づいていなかった。

ルイスの今の立ち振る舞いと、七賢人になるという発言に、ロザリーがどれだけ衝撃を受けていたのかを。

＊＊＊

婚約の手続きや、今後の七賢人推薦の段取りについて幾つか話した後、ルイスはバードランドの屋敷を後にした。

バードランドは己の隣に座っているロザリーを横目に見る。

ルイスはもっとロザリーと話したそうにしていたが、ロザリーが硬い顔をしていたので、バードランドは早々に場を切り上げたのだ。

ロザリーはソファに座り、膝《ひざ》の上で指を組んで、ジッとしていた。

バードランドは、娘になんと声をかけるべきか悩む。

かつて、ルイスがまだミネルヴァの制服を着ていた頃、彼はバードランドのもとに押しかけ、宣言した。

自分とロザリーは将来を誓い合っているのだと。

事実、ルイスとの婚約の話を切り出した時、確かにロザリーは嬉《うれ》しそうに顔を綻《ほころ》ばせていたのだ。

だから、婚約の話を進めても問題なかろうと思っていたのだが、ソファに座るロザリーの顔色は冴《さ》えない。

「ロザリー、何か不安が？」

「いいえ、何も問題ありません、お父様」

ロザリーは昔から我慢強い娘だった。不平不満を口にせず、黙って呑《の》み込んでしまう──そうさせたのは自分だという自覚がある。

こういう時、どう促せば、娘が本音を口にしてくれるのかがバードランドには分からない。仕事一筋で、ろくに家庭を顧みなかった報いだ。

「少し疲れたので、部屋で休みます」

ロザリーはそう言って部屋を出ていく。その後ろ姿は、どこか気落ちしているように見えた。

パタンと静かに閉まった扉を見つめ、バードランドは家令に声をかける。

「……ロザリーのことを、気にかけてやってくれ」

白髪を撫でつけた老齢の家令は、「はぁ」と間延びした声で返すと、ふと思い出したように訊《たず》ねた。

「そうそう、旦那《だんな》様。婚約を認められたということは、今後はルイス・ミラー様からの手紙を、処分しなくてもよろしいのですね？」

バードランドは沈黙した。肯定を意味する沈黙ではない。心当たりのないことを言われたが故の沈黙である。

家令は、のんびりした口調で続けた。

「ほら、何年か前、旦那様が珍しくお酒を召されて、怒り心頭のご様子で仰《おつしや》ったじゃないですか。『ルイス・ミラーからロザリー宛《あて》に手紙がきたら、全て処分しろ。ロザリーが出した手紙も、届かないよう手配しろ！』って」

「……今後は、届けていい」

なお、バードランド・ヴェルデは下戸である。余程のことがない限り酒は飲まぬし、飲むと高確率で記憶が飛ぶ。

バードランドは厳格な態度を保ったまま、今後も酒は控えようと密かに誓った。

＊＊＊

〈治水の魔術師〉が、〈結界の魔術師〉ルイス・ミラーを新七賢人に推薦した。

そして、ルイスは〈治水の魔術師〉の娘と婚約し、くだんの婚約者は、秋から魔法兵団の医務室で働く――という噂《うわさ》は、瞬く間に魔法兵団内に広まった。

なお噂の出所は、いつも元気で声の大きいグレン・ダドリー君である。

「師匠、七賢人になる気満々っすね。すげーウッキウキしてて……あんなに浮かれた師匠、初めて見たっす」

魔法兵団の団員達に焼き菓子を貰《もら》ったグレンは、菓子をムグムグと頬張りながら、自分が見てきたことを話す。

グレンの言葉に、団員達はなにやら納得した様子だった。

「〈宝玉の魔術師〉が七賢人になった時、団長すっごい荒れてたもんなぁ」

「ミラー団長の、七賢人への執念は並じゃないですよね」

「七賢人になるためなら手段を選ばないだろ、あの人」

そうなのかー、とのんびり考えながら、グレンは菓子を齧《かじ》った。

グレンはルイスの素性を知らないが、上流階級の発音をしているから、きっと貴族の家の出身なのだろうと思っている。

貴族階級の者にとっても、七賢人は魅力的な地位だ。なにせ、国王陛下の相談役である。

「それで、ミラー団長の婚約者って、どんな人なんだ？　グレンはもう会ったのか？」

グレンは菓子を咥《くわ》えたまま、首を横に振った。

グレンが知っているのは、ルイスの婚約者になる女性が〈治水の魔術師〉の娘で、秋から魔法兵団の医務室で働くということだけだ。

団員達は、その婚約者の女性に対し、やけに同情的だった。

「団長って、酒とジャム以外に愛せるものがあるのか？」

「娼館《しょうかん》に誘われても、絶対に行きませんもんねぇ」

「七賢人になるための、政略結婚だよなぁ」

「だからって、現七賢人の娘と婚約して、自分を七賢人に推薦してもらうってのが、また……」

「手段を選ばない団長らしいというか、なんというか……」

菓子を咀嚼《そしゃく》しながら、グレンは団員達の言葉を頭の中で整理する。

（つまり、師匠は七賢人に推薦されたくて、七賢人の娘と婚約した？）

ルイスがグレンを弟子にしたのは、ミネルヴァに恩を売って、七賢人に推薦してもらうためだ。

そんなルイスのことだから、なるほど確かに、現七賢人に取り入るために、その娘と婚約するぐらいはするだろう。

（でも、七賢人になるためだけに婚約するなんて……そんなの、婚約者さんが可哀想《かわいそう》だ）

胸がモヤモヤして、グレンは菓子を食べる手を止める。

ルイスは性格が悪くてとんでもない師匠だが、それでも、自分を弟子にして、魔法兵団に置いてくれたことに、グレンは感謝している。

だからグレンは、ルイスに対して不満も文句もあるけれど、心から嫌いにはなれないし、嫌いになりたくないのだ。

魔法兵団の団員達は、ルイスが目的のためなら手段を選ばない男であることを知っている。

だからこそ彼らは、ルイスの目的が七賢人になることであり、婚約はその手段だと思い込んでいた。

ロザリーとの結婚こそ、ルイスの本当の目的だなんて、誰も想像できなかったのだ。

四章　出揃《でそろ》う候補者

吹く風が日に日に冷たくなり、冬精霊の訪れを感じさせる冬招月《シエルグリア》初週初日、魔法兵団団長ルイス・ミラーは絶好調に浮かれていた。

なにせ、ロザリーと正式に婚約し、そして同じ職場で働いているのだ。これが浮かれずにいられようか。

あとは七賢人になりさえすれば、ロザリーとの結婚は目前である。

いよいよ来月の中旬には、七賢人の選考会が始まる。

選考会を控えたルイスは、魔法兵団の実戦訓練でも力が入り、部下をちぎっては投げ、ちぎっては投げ、元気に大暴れしていた。

「次のグループ、前に出なさい！」

「ミ、ミラー団長……これで、一巡しました」

「二周目、できますよね？　私ができるのですから」

「……ひぃっ」

魔法兵団は魔術を用いた戦闘を得意としているが、竜討伐にしろ、犯罪者の捕縛にしろ、魔法戦の結界がない場所で戦闘をすることの方が多い。

故に、訓練で魔法戦の結界を使わない、体力育成や体術等の訓練をすることも多かった。そしてルイスは、体を動かす訓練が大変得意である。

真冬の訓練場を元気に駆け回り、部下を殴り、蹴《け》り、投げ飛ばすルイスに、部下達は一人、また一人と力尽き、訓練場に積み上げられていく。

「次！」

五人の部下をまとめて叩《たた》きのめしたルイスが、次のグループに声をかけると、青ざめた部下の一人が震えながら発言した。

「団長、自分、ちょっと腹が痛いので医務室に……」

「あぁ？」

地を這《は》うような低い声に、発言した部下も、見守っていた者も、揃ってヒィッと息を呑む。

ルイス・ミラーは、見た目だけであれば手入れの行き届いた長髪に片眼鏡の優男である。

だが、今の彼の表情は、どう見ても魔法兵団を率いる団長の顔ではなかった。どちらかと言うと、犯罪組織の頭領の面構えである。

「たかが腹痛で、医務室に？」

意訳すると、「くだらねぇことでロザリー煩わせてんじゃねぇぞ、ボケェ」である。

半泣きの団員が、前屈《まえかが》みになって腹を押さえた。

「その、えっと……い、胃も痛くなってきてですね。なんかすごく、キリキリと……」

「そうですか。では、体調管理もできない馬鹿は、私がこの場でトドメを刺してやりましょう」

「急に元気になりましたぁっ！」

半ば自棄《やけ》のような泣き笑いを浮かべる部下に、ルイスは品の良い紳士の笑顔で、バキボキと指を鳴らす。

「結構。さぁ、訓練を続けますよ」

＊　＊　＊

部下達から「容赦がない」「血も涙もない」「人の心がない」と言われたルイス・ミラーは、疲労を感じさせぬ軽やかな足取りで医務室に向かい、扉を開けた。

「ロザリー、訓練で腕を擦りむいたので、手当てしてください！」

満面の笑みでルイスが言うと、書き物をしていたロザリーは紙面から顔を上げる。

魔法兵団の医務室には数人の医師が勤めているのだが、ロザリーは老齢のハウザーという医師と組んで、仕事をしていることが多い。

今はハウザーが離席しているらしく、医務室にはロザリー一人だった。

ロザリーは羽根ペンを置くと、ニコリともせずに言う。

「仕事中は、ヴェルデとお呼びください。ミラー団長」

「別に良いでしょう。私達は婚約者なのですから」

「魔法兵団の団長なら、公私混同の誹《そし》りを受ける行いは避けるべきです。それで、怪我《けが》は？」

素っ気ない態度だが、ちゃんと怪我の具合を気にしてくれるところが、ロザリーらしい。

ルイスは患者用の椅子に座ると、腕にできた小さな擦り傷を見せた。

本当に大したことない擦り傷だ。それでもロザリーは、丁寧な手つきで傷口を洗い、薬を塗ってくれた。

手当てをしてもらいながら、ルイスは医務室をさりげなく観察する。どうやら、窓から覗《のぞ》いている馬鹿はいないらしい。

ロザリーが医務室で働き始めたばかりの頃は、団長の婚約者を一目見ようと、つまらぬ用事で医務室を訪れる者がウジャウジャいたのだ。

だからルイスは、こうして医務室を訪ねて部下を牽制《けんせい》しつつ、ロザリーと過ごす時間を確保しようと必死だった。

怪我の手当てをしてもらうと、学生時代を思い出す。

ミネルヴァの常駐医であるウッドマンは、ルイスが怪我をしても「清潔、安静」とだけ言って放置するので、ルイスの手当てをするのはいつもロザリーの役目だったのだ。

当たり前だが、医師になったロザリーは、手当てをするのが昔よりも上手《うま》くなっていた。

(なんなら、小言の一つも言ってくれて良いんだけどな)

ロザリーの真剣な顔を眺めながら、ルイスはぼんやり考える。

学生時代は怪我をする度に、ロザリーに小言を言われた。だけどルイスは知っているのだ。彼女の小言の裏側には、いつも優しさがあることを。

だから、ルイスはつい彼女の小言を期待してしまう。それぐらい、ロザリーとの会話に飢えていた。

婚約してからもルイスとロザリーは共に多忙で、落ち着いて会話をする時間がとれていない。

魔法兵団を束ねるルイスの忙しさは言わずもがなだし、ロザリーもまた、秋から魔法兵団の医務室勤務となったばかり。

二人の休日は重なることがなく、その上、ルイスは休日も七賢人選考に向けた諸手続きに忙殺され、ロザリーとゆっくり過ごすことができずにいた。それこそ、デートの一つもできていないのだ。

本音を言うと、デートがしたい。家に招待したい。恋人らしいこともしたいけれど、徹夜で昔話もしたい。馬鹿馬鹿しくてくだらない話に、呆《あき》れたような顔で笑ってほしい。

（それでも、あと少しの辛抱だ。七賢人になれば、ロザリーと結婚できる）

七賢人候補の選出は昨日で終わっているから、そろそろ候補者の名前が分かる頃である。

無論、誰が相手になろうと、勝ちを譲る気はない。七賢人になるのは自分だ。

「手当て、終わりました」

「ありがとうございます」

小さな擦り傷の手当ては、あっという間に終わってしまった。

こんなことなら、もっと派手に擦りむきゃ良かったな、なんてことを考えつつ、ルイスはロザリーに笑いかける。

「ロザリー、貴女《あなた》さえ良ければ、今夜は一緒に食事でも……」

「ロザリーさーん！　乾いたシーツ、持ってきたっす！」

扉の向こう側から響いた馬鹿でかい声が、ルイスの言葉を遮る。

ロザリーはパッと立ち上がり、医務室の扉を開けた。

両手に畳んだシーツを抱えて中に入ってきたのはグレンだ。グレンは雑用係なので、こうして医務室の手伝いをすることがよくある。

「ありがとう、グレン。助かったわ」

「どういたしまして！　他に運ぶ物、あるっすか？」

「大丈夫よ、ありがとう」

二人のやりとりに、ルイスは唇を曲げた。

自分は名前で呼んだら、公私混同だと突っぱねられたのに、グレンとはこの打ち解けようである。解せない。

弟子より自分を構ってほしくて、どう声をかけるか思案していると、廊下から小太りな中年男性──魔法兵団副団長のアンダーソンが声をかけた。

「ミラー団長、魔術師組合の方がお見えになってますよ」

「……今行きます」

ルイスは込み上げてくる鬱屈《うっくつ》とした想《おも》いを飲み込み、立ち上がった。

仕事なんてサボって、ロザリーとこの場所を抜け出したい。だが、今の自分はミネルヴァの悪童ではなく、七賢人候補の魔法兵団団長なのだ。

己にそう言い聞かせて、ルイスは医務室を出た。

背後からはロザリーとグレンの話し声が聞こえる。それが、ルイスには酷《ひど》く羨《うらや》ましかった。

＊＊＊

ルイスを訪ねてきたのは、トラジェットという魔術師組合の幹部の男だ。

白髪混じりの黒髪を撫《な》でつけた五〇歳程の男で、装飾の多いローブを身につけ、上級魔術師の杖《つえ》を持っている。

貴族筋の人間でもあるらしく、身につけている装飾品は一目で高価と分かる代物だった。その手の物を咄嗟《とっさ》に値踏みしてしまうのは、寒村育ちのルイスの癖だ。

応接テーブルの向かい側に座ったトラジェットは愛想良く笑いながら、話を切り出した。

「七賢人に推薦された方々が出揃ったので、今日はその報告に参りました」

遂《つい》に来たか、とルイスは密《ひそ》かに拳《こぶし》を握りしめる。

七賢人候補の選び方は、現七賢人、魔術師組合、ミネルヴァ、そして有力貴族からの推薦が一般的だ。多い時もあれば、少ない時もあるが、大体いつも二、三人の候補者が出るらしい。

「今回の候補者は、何人ですか?」

「ミラー団長を含めて、四人です」

意外と多いな、というのが正直な気持ちである。

もし候補者が自分一人なら、なんてことを考えたりもしたのだが、やはりそう甘くはないらしい。

「一人目は、魔術師組合の〈風の手の魔術師〉アドルフ・ファロン殿です」

思わず、「あぁ?」と声が出そうになるのを、ルイスはギリギリのところで飲み込んだ。

アドルフ・ファロン。ミネルヴァ時代のルイスの同級生であり、事あるごとにルイスに因縁を吹っかけてきた男だ。

(あのデコ野郎、いつのまに、七賢人になるだけの実績を積んだ?)

アドルフは父親が爵位を持っているが嫡男ではないため、魔術師組合に就職したというのは聞いている。

だが、七賢人になるには、それなりに実績がいるはずだ。アドルフにルイス以上の実績があるとは思えない。

ルイスはトラジェットの顔色を窺《うかが》いながら、慎重に訊《たず》ねた。

「〈風の手の魔術師〉殿は、どのような理由で七賢人に推薦されたのです？」

「遠隔魔術で国内最高記録を出されたのですよ。まぁ、つまりは、遠く離れた的に当てるというアレですな」

なるほど確かに、それはすごい記録だが、実際にそれで竜を討伐したというわけではないのだろう。

トラジェットが言うには、その国内記録を大物貴族達が大袈裟《おおげさ》に持ち上げ、アドルフを七賢人に推薦するよう、魔術師組合の幹部に働きかけたらしい。

（……話が見えてきたな）

今、ルイスの目の前にいるトラジェットもまた、魔術師組合の幹部だ。だが、魔術師組合は一枚岩ではない。とにかく派閥が多いのだ。

トラジェットの派閥は、アドルフとはあまり友好的な関係ではないのだろう。

「もしかして、〈風の手の魔術師〉殿を持ち上げた大物貴族というのは……クロックフォード公爵ではありませんか？」

ルイスの問いに、トラジェットは感情の読みづらい笑みを返した。

「さぁ、どうでしょうねぇ。わたくしは、第二王子派の方としか聞いていませんが」

ルイスは己の読みが正しいことを悟った。アドルフの実家は第二王子派の貴族だ。

つまり、あのアドルフ・ファロンの背後には、第二王子派筆頭のクロックフォード公爵がついている。

クロックフォード公爵は、直接アドルフを推薦するのではなく、傘下の貴族にアドルフを推薦するよう働きかけ、その貴族達が魔術師組合に圧をかけたのだ。

クロックフォード公爵は、数年前の七賢人選考会で〈宝玉の魔術師〉を推薦しているので、今回は直接推薦するのは避け、遠回しなやり方を選んだのだろう。

今、ルイスの目の前にいるトラジェットは中立派と聞いたことがある。だから、アドルフをゴリ押すクロックフォード公爵のやり方を良く思っていないのだ。

（この七賢人選考……想定以上に、面倒な政治闘争が絡んでいる）

第二王子派の人間を七賢人に送り込みたいクロックフォード公爵と、それを阻止したい第一王子派、中立派の攻防が裏にある。

そのことを念頭に置いて、ルイスは話を進めた。

「他の候補者のことも、お聞きしてよろしいですか？」

「二人目は、〈飛翔《ひしょう》の魔術師〉ウィンストン・バレット殿。飛行魔術を使った長距離飛行で、国内記録をお持ちの方です」

〈飛翔の魔術師〉の名前はルイスも知っている。話したことはないが、遠目に姿を見たこともある。

年齢は三〇歳前後。国内各地を転々としている、飛行魔術の名手だ。

何年か前、ナディン地方で水害が起こった時、飛行魔術を使って迅速に〈治水の魔術師〉に連絡を取ったのが〈飛翔の魔術師〉ウィンストン・バレットである。

ウィンストン自身は特定の派閥に所属していないが、非常事態の際に飛行魔術で伝達を請け負うことが多く、王都から遠い、地方貴族に重用されているらしい。今回の七賢人選考に推薦したのも、地方貴族達だという。

地方貴族が推してるということは、おそらく第一王子派か、中立派だ。そして、〈飛翔の魔術師〉本人は、政治闘争には興味がないタイプなのだろう。

周りにお膳立《ぜんだ》てされているアドルフと違い、ウィンストンは本物の実力者だ。間違いなく、強敵である。ルイスは気を引き締め直した。

「それで、三人目は？」

「三人目の候補者は……それが、まだ学生さんだそうで」

「学生？」

ピクリと片眉《かたまゆ》を撥《は》ね上げるルイスに、トラジェットは何やら気まずそうな顔をする。

「ミネルヴァの、〈沈黙の魔女〉モニカ・エヴァレット嬢です」

やっぱりな、とルイスはどこか冷静に考えた。

学生でありながら七賢人に選ばれるような規格外の天才など、ここ数年では彼女ぐらいしか思い浮かばない。

〈沈黙の魔女〉モニカ・エヴァレット、一五歳。魔術式の基礎構文に関する論文を書いた、ミネルヴァの天才少女だ。

彼女が書いた論文は、ルイスが感心するほど、良くできていた。あの論文の内容が検証されたら、数年以内に基礎魔術学の教科書は書き換わるだろう。

それだけでもすごいが、更にとんでもないことに、彼女は短縮詠唱を超える、無詠唱魔術を会得しているらしい。

詠唱を必要とせず、無言で魔術を操る魔女――〈沈黙の魔女〉という二つ名の由来である。

だが、それだけなら、ルイスの脅威ではない。

（確かに論文はすごかったし、無詠唱魔術は偉業だが、何でもかんでも無詠唱でできるわけではないだろう）

初級魔術を無詠唱で使われても、実戦では大して怖くないのだ。なんならルイスは、中級魔術を無詠唱で使われても、身体能力にものを言わせて、かわす自信がある。

〈沈黙の魔女〉の論文の出来は認めるが、実戦となれば、経験の多い自分の方が圧倒的に有利だ。

（ただ、七賢人選考会で魔術式研究に関する答弁をする可能性もあるな。〈沈黙の魔女〉の論文は、あるだけ取り寄せておくか）

「それで、〈沈黙の魔女〉の推薦者なのですが……」

思案しているルイスに、トラジェットが遠慮がちに言う。

「ミネルヴァ教授会の推薦で……代表推薦者は、〈紫煙の魔術師〉ギディオン・ラザフォード様です」

ルイスは絶句し、次の瞬間、こめかみに青筋を浮かべて激怒した。

（あ、あ、あ……あのジジイぃぃぃ、弟子が七賢人目指してるの知ってるくせに、別の推薦者ぶつけてきやがった‼）

それが師匠のすることだろうか。やはり、なんとしてでも在学中に、あのボサボサ眉毛《まゆげ》を毟《むし》り取ってやるんだった。否、今からでも遅くない。ミネルヴァに殴り込みに行って、眉毛引っこ抜いてやろうか……と、歯軋《はぎし》りをするルイスに、トラジェットが気遣わしげな目を向ける。

ルイスは沸々と込み上げてくる怒りを飲み込み、片眼鏡を鼻に跡がつきそうなほど強く押し込んだ。

「そうですか。それだけ、ラザフォード教授は〈沈黙の魔女〉殿を目にかけているのですね」

「え、えぇ……」

「〈沈黙の魔女〉殿の論文は、私も読んだことがあります。お会いするのが楽しみですな。はっはっは」

天才少女だかなんだか知らないが、実戦で魔法兵団団長に勝てるはずがない。

こうなったら、〈結界の魔術師〉ルイス・ミラーの実力を、ラザフォードと〈沈黙の魔女〉に、徹底的に見せつけてやろうではないか。


トラジェットは七賢人選考会の今後の予定や、提出物についての確認を済ませ、ついでに二、三仕事の話をしたところで、懐中時計を見て席を立った。

「それでは、わたくしはそろそろ失礼いたします」

「外まで送りましょう」

「助かります。この建物は入り組んでいるので、いつも迷子になってしまって……」

トラジェットは魔法兵団と魔術師組合の橋渡し役でもある、重要人物だ。貴族議会にも顔が利くので、丁重に扱わなくてはならない。

ルイスが愛想良くトラジェットを外まで案内すると、廊下を歩くトラジェットは、ふと思い出したように言った。

「そういえば、ミラー団長は、最近ご婚約されたのだとか」

「ええ、そうなんです」

返す言葉は無意識に弾んでしまった。なにせルイスは、クールで素っ気ないけど、世界一可愛《かわい》い婚約者のことを、誰かに自慢したくて仕方がなかったのだ。

「おめでとうございます。なんでも婚約者さんは、〈治水の魔術師〉様の娘さんなのだとか……やはり、七賢人に選ばれるのは、貴方《あなた》で決まりでしょう」

ルイスはピクリと頬を引きつらせた。

それではまるで、ルイスが七賢人になるために、ロザリーと婚約したみたいではないか。

魔法兵団の団員達の間でも、その手の噂《うわさ》が流れていることをルイスは知っている。

ただ、自分がロザリーにベタ惚《ぼ》れなのは誰の目にも明らかなのだから、わざわざ訂正するまでもないだろう、とルイスは考えていた。

トラジェットにも思い切り惚気《のろけ》てやろうと思ったが、それより早くトラジェットが言う。

「しかし、貴方も大変ですなぁ。七賢人になるために、婚約までするなんて」

ルイスを見るトラジェットの目は、どこか同情的ですらあった。

一瞬、頭に血が上ったが、ふとルイスは思い出す。

他でもないトラジェット自身が、魔術師組合の幹部の地位を盤石にするために、政略結婚しているのだ。いつだったか、恐妻なのだと愚痴をこぼしていたことがある。

（落ち着け。落ち着け……）

トラジェットは大事な客人だ。ここでルイスが怒鳴り散らすわけにはいかない。とは言え、馬鹿正直に惚気ても、恐妻家のトラジェットは良い気分はしないだろう。

ルイスは込み上げてくる諸々《もろもろ》の感情を押し殺し、皮肉っぽい口調で言った。

「彼女が〈治水の魔術師〉殿の娘でなければ、婚約なんてしませんよ」

そうでなかったら、婚約なんて面倒なことすっ飛ばして、とっくにロザリー嫁にしてんだよ、馬《ば》——鹿《か》！　とミネルヴァの悪童は、頭の中で地団駄を踏んで喚《わめ》き散らした。

＊＊＊

元七賢人〈星槍《せいそう》の魔女〉カーラ・マクスウェルは、七賢人を退任した後、魔力濃度調査のために旅をしている魔術師である。

久しぶりにミネルヴァを訪ねた彼女は、着古した旅装姿で、己の師である〈紫煙の魔術師〉ギディオン・ラザフォードの研究室の扉を叩《たた》いた。

「師匠、久しぶり」

「おう、カーラか」

ラザフォードはトレードマークの煙管《きせる》を咥《くわ》え、眉間《みけん》に深い皺《しわ》を刻んでいた。

ラザフォードは姿勢が良く、実年齢より若く見える男だが、今はどことなく疲れが滲《にじ》んで見える。

カーラは背負った荷物袋を下ろしながら訊ねた。

「なんか、先生達が総出で、教室中のカーテン捲《めく》って回ってたんだけど、あれ何？　新しい行事？　カーテン捲り大会？」

冗談めかして言うカーラに、ラザフォードはため息混じりの紫煙を吐いた。

「明日、学会があるんだが、エヴァレットを連れて行くと本人に伝えたら、逃げだしてな。大方、どっかの教室のカーテンにでも隠れてんだろ」

エヴァレット──〈沈黙の魔女〉モニカ・エヴァレットは、現在ラザフォードの研究室に所属している唯一の生徒である。カーラにとっても、可愛い後輩だ。

魔法兵団で忙しいルイスと違い、カーラは時々ミネルヴァに顔を出しているので、ラザフォードの研究室に所属しているモニカとは面識があった。論文の相談にのったこともある。

「そんなに嫌がってるなら、無理に学会に連れて行かなくても……」

「今のうちに度胸をつけさせとかねーと、七賢人選考会で困るだろうが」

七賢人選考会、の言葉にカーラは目を丸くした。完全に初耳だったのだ。

「モニカちゃんが、七賢人候補に？」

「ミネルヴァの総意だ。代表推薦人は俺だがな」

カーラは思わず「えぇぇ……」と声を漏らした。

カーラの頭に真っ先に浮かんだのは、弟弟子のルイスだ。ルイスが七賢人になるために、血の滲《にじ》むような努力をしていることを、カーラは知っている。そして、それはラザフォードも知っているはずなのだ。

だが、ラザフォードは弟子のルイスではなく、〈沈黙の魔女〉を推薦した。

「それ……今頃、ルイスが荒れてるんじゃ」

「俺があいつを推薦したところで、クロックフォード公爵に潰《つぶ》されんのが目に見えてる」

ルイスは第一王子のライオネルと交流が深いので、ルイス本人の思惑はどうあれ、周囲は第一王子派とみなしている。

そして、第一王子派の有力な魔術師は、クロックフォード公爵が認めない。

ルイスが七賢人になるには、クロックフォード公爵の影響を受けない、現七賢人から推薦を貰《もら》うしか道はないのだ。

カーラはポケットから紙巻き煙草《たばこ》を取り出し、咥える。その先端に短縮詠唱で火を点《つ》け、ゆっくりと味わうように吸った。

「師匠がルイスを推薦しない理由は分かるけど……ルイスが七賢人に推薦されてるタイミングで別の子を推薦するのは、ちょいと意地が悪くない？」

「仕方ねぇだろ。〈沈黙の魔女〉モニカ・エヴァレットは、さっさと表舞台に出して、その存在を周知しねぇと、帝国あたりに引き抜かれかねん」

〈沈黙の魔女〉は優秀な魔術師だが、まだ幼く、なにより性格に激しく難がある。

ただ優秀なだけなら、これからもミネルヴァで研究を続けさせればいい。

だが、〈沈黙の魔女〉の才能が、ミネルヴァに収まるものではないと、ラザフォードは確信しているのだ。

「別に、エヴァレットが七賢人にならなくても、それでいい。あの年で七賢人候補になったってだけで、宣伝効果は充分だ」

つまるところラザフォードは、〈沈黙の魔女〉を国内の有権者に保護させたいのだ。

〈沈黙の魔女〉はまだ若すぎるため、ただ学会に出すだけでは侮られてしまう。だから、〈沈黙の魔女〉は七賢人候補になった、という箔《はく》をつけるために彼女を推薦した。

そういう事情を、ラザフォードはわざわざルイスに説明したりはしないのだろう。ラザフォードにしろ、ルイスにしろ、そういう言葉足らずなところがある。

カーラが窓辺にもたれて煙草を味わっていると、ラザフォードが煙管をクルリと回して呟《つぶや》いた。

「魔法兵団団長のルイス・ミラーに、魔術師組合幹部候補のアドルフ・ファァロン……調子に乗ってるクソガキどもには良い刺激だろ。〈沈黙の魔女〉は」

「意地悪だなぁ」

「俺は、お優しい先生じゃないんでな」

ラザフォードはケッケッケと喉《のど》を鳴らして笑う。

その時、研究室の扉が開き、法学教師のアリスンが駆け込んできた。

「ラザフォード教授！　エヴァレット君、見つかりましたよー！」

「おう、よく見つかったな」

「使われてない研究室のカーテンに隠れているところを、レドモンド先生が発見しました。いやぁ、流石《さすが》、魔法生物学の研究者なだけあって、逃げる生き物を追いつめるのが上手いですね！」

アリスンはハキハキとした口調で、魔法生物学教師レドモンドと、その研究室の生徒達による、鮮やかな捕縛劇について語る。

まるっきり珍獣扱いされている哀れな後輩に、カーラは密かに同情した。次に会ったら、甘いお菓子でもあげよう。

「そういや、お前は何か用事があったんじゃないのか、カーラ？」

ラザフォードに話を振られ、カーラは苦笑した。

「あぁ、うん、ちょいと、魔法地理学会の仕事絡みで相談があって。師匠はアルスーン魔導具工房って知ってる？」

「大手の魔導具工房だな。王都の郊外に、でかい工房があるな」

「そこの魔力濃度が、最近上昇してさ。その危険性を指摘したんだけど、突っぱねられちゃって」

魔力濃度が高まると、竜や精霊といった魔法生物が集まりやすくなるし、魔力に敏感な魔導具が誤作動を起こして、大事故になりかねない。

「それで、あんまり気乗りしないけど、魔術の権威であるミネルヴァから、魔力濃度上昇の危険性を指摘してもらえないかな、って思って。事故が起こってからじゃ遅いし」

カーラとラザフォードのやりとりに、黙って話を聞いていたアリスンが口を挟んだ。

「あそこには、出資してる貴族が複数いるので、ミネルヴァの警告でも難しいかもしれませんねぇ」

アリスンの言葉は正しい。カーラがもし七賢人だったら、まともに取り合ってくれたかもしれないが、カーラは身内の不祥事で七賢人を引退した身だ。どこに行っても、あまり強くは出られないのである。

アリスンの言葉に、ラザフォードが何かを思い出したような顔をした。

「そういや、あそこは経営者が代替わりしたんだったか？　先代は職人気質の奴《やつ》で、安全管理にうるさかったはずだが」

「当代は、真逆のタイプですよー。現場の安全管理より、お貴族様との交流を優先してるみたいです。だからこそ、販売経路が広がったのは事実なんですけどね」

ラザフォードとアリスンのやりとりを聞きながら、カーラは肩を竦《すく》める。

「まぁ、仕方ないさね。うちは地道に調査を続けるとしますか」

もし、アルスーン魔導具工房で事故が起こったら、駆り出されるのは魔法兵団——つまりはルイスだ。

七賢人選考会が終わるまでには、決着が着けば良いのだが、とカーラはため息をついた。

＊＊＊

冬の始まりに七賢人候補四人が出揃《でそろ》い、それから一ヶ月後、リディル王国は新年を迎え、新年を祝う一週間の宴《うたげ》が続いた。

宴の最終日には、七賢人が一人〈治水の魔術師〉バードランド・ヴェルデ退任の旨が、正式に告知され、新七賢人になるのは誰かと、人々は興味津々の様子で口にする。

およそ三年半前、〈星槍の魔女〉が退任し、〈宝玉の魔術師〉が就任した後にも、七賢人の入れ替わりはあった。

まず、二代目〈深淵《しんえん》の呪術師〉アデライン・オルブライトが退任。孫の三代目〈深淵の呪術師〉

レイ・オルブライトが新七賢人に就任。

それから少しした頃、三代目〈茨《いばら》の魔女〉サブリナ・ローズバーグが死去。曾孫《ひまご》のメリッサ・ローズバーグが四代目〈茨の魔女〉に就任し、それからすぐに退任。

そして、当時一六歳だった五代目〈茨の魔女〉ラウル・ローズバーグが最年少で新七賢人に就任した。

現時点での七賢人は、就任順に〈雷鳴の魔術師〉、〈星詠みの魔女〉、〈治水の魔術師〉、〈砲弾の魔術師〉、〈宝玉の魔術師〉、三代目〈深淵の呪術師〉、五代目〈茨の魔女〉となる。

七賢人の内、〈深淵の呪術師〉と、〈茨の魔女〉の二枠は、それぞれ代替わりしただけで、周囲の関心は比較的薄い。

やはり、人々が興味を持つのは、残り五枠の入れ替わりなのだ。

人々は七賢人候補となった四人の魔術師の名を口にしては、誰それが新七賢人になるだろう、いやいや、あのお方に違いないと、時に賭《か》けの対象にして盛り上がる。

そんな中、最有力候補として真っ先に人々の口に上がるのは、最年少で魔法兵団団長に就任した、〈結界の魔術師〉ルイス・ミラーであった。

ルイスは知名度、実績という点において、他の誰よりも抜きん出ていたのである。特に、竜討伐を多くこなしている者は、人の記憶に残りやすい。

おまけに、いつも上品な佇《たたず》まいで紳士的ともなれば、女性達の声援が多いのも当然だった。

悪童の汚名を返上し、〈治水の魔術師〉の求める紳士を目指した、地道な努力と戦略の賜物《たまもの》である。

無論、周囲の評価に安心し、気を抜くルイスではない。

冬至休みは魔法戦の訓練、新年は警備の仕事の合間に論文を読み漁《あさ》って、質疑応答対策に備え、なんで俺はロザリーと冬至休みを過ごせないいんだ、来年は絶対ロザリーとゆっくり過ごしてやる畜生——と唸《うな》りながら日々を過ごしたのである。

準備は万全だ。負ける気はしない。

そうして、七賢人選考まであと四日となったある日、魔法兵団詰所の執務室で書類を捌《さば》いていたルイスのもとに、その報告は届いた。

「団長、大変です！　ヴェルデ先生が……婚約者殿が、屋上から転落しました！」

ルイスは生まれて初めて、心臓を握り潰されるような恐怖と絶望を知った。

五章　失われたもの、失われていないもの

――魔法兵団医務室勤務医、ロザリー・ヴェルデが魔法兵団詰所の屋上から転落した。

その報告を執務室で受けたルイスは、迷わず窓から外に飛び降りた。

錯乱したわけではない。執務室は三階、医務室は一階にあるので、窓から飛び降りて、正面入り口から入った方が近道なのだ。

短縮詠唱で風を操り、着地の衝撃を殺したルイスは、空から降ってきた団長に驚く団員達を無視し、一目散に医務室に向かった。

（ロザリーが、屋上から、落ちた？）

なんだそれ。意味が分からない。どうして。何があった？　そんな疑問が幾つも浮かんで、思考が上手《うま》くまとまらない。

医務室の扉は開きっぱなしになっていた。人が忙《せわ》しなく出入りしている証拠だ。

「ロザリー！」

愛《いと》しい人の名を呼び、ルイスは医務室に駆け込む。

医務室では、老齢の医者が作業をしていた。医務室で最も勤務歴が長い、ハウザーという男だ。

ミネルヴァのウッドマンとは違い、真っ当に仕事をする、信頼できる医者である。

「ミラー団長」

ハウザーは薬を練る手を止めて、ルイスを見た。

ルイスが何かを言うより早く、ハウザーは「あちらです」と医務室の奥に目を向ける。

医務室にはベッドが四つ入っていて、それぞれがカーテンで仕切られている。

今は使用中らしき一番手前のベッドだけ、カーテンが閉じられていた。窓が開いているのか、仕切りのカーテンが風に揺れている。

カーテンが揺れた拍子に見えたのは、制服を着た背中だった。誰かがベッドのそばに座っているのだ。

ルイスは静かにカーテンを開けた。

ベッドに横たわっているのは、ロザリーだ。

頭には包帯を巻かれていて、いつもきちんと編んでまとめている髪が、今は枕の上に広がっている。上にかけられた毛布で隠れているが、頭以外も酷《ひど》い怪我《けが》なのだろう。なにせ、屋上から落ちたのだ。

ベッドの横に座っているのは、グレンだった。

グレンはルイスに気づくと、今にも泣きだしそうなクシャクシャの顔でルイスを見上げる。

「師匠ぉ……ロザリーさんが……」

ルイスは震える足でベッドに近づき、ロザリーを見た。仰向《あおむ》けに眠るロザリーの胸は微《かす》かに上下している。

（……生きている）

足下に落ちていた血が、全身に戻っていく心地がする。ゆっくりと呼吸をしたら、鼻の奥がツンとした。

泣きたくなるほど安心したのなんて、生まれて初めてじゃないだろうか。

ロザリーの白い瞼《まぶた》が微かに動いた。薄く開かれた目が、ぼんやりと宙を見上げる。

彼女は何かを喋《しゃべ》ろうとして、顔をしかめた。口の端が切れているのだ。

「ロザリー、無理に喋らないでください」

ルイスが声をかけると、ロザリーは目だけを動かしてルイスを見た。生きている。ロザリーは、ちゃんと生きている。

「貴女《あなた》が……無事で、良かった」

呟いた拍子に、ポツリと涙の雫《しずく》が落ちた。

みっともねぇ、と思いながらルイスが洟《はな》を啜《すす》ると、ロザリーは小さく唇を震わせ、掠《かす》れた声で言う。

「……どちらさま？」

ルイスの思考が停止し、そしてすぐさま動きだす。

こういう時、ロザリーはふざけたり、冗談を言ったりするような性格ではないのだ。

動揺するルイスに、ロザリーは屋上から落ちたばかりとは思えぬほど冷静な口調で言う。

「私、記憶障害みたい。どなたか、医者の方を呼んでくださる？」

ルイスはその場でひっくり返りそうになった。

「私の名前はハウザー。この魔法兵団の医務室で働く医者だ。君の名前はロザリー・ヴェルデ。君もまた、この医務室で働く医者だ。どうだろう、何か思い出せたかね？」

「いいえ……申し訳ありません」

「なに、謝ることはないさ。思い出せないものは仕方ない」

ハウザーはベッドの横に立ち、穏やかな口調でロザリーに話しかける。

ルイスはグレンとともに、ハウザーの後ろに下がって、そのやりとりを聞いていた。

ロザリーはベッドに横たわったまま、淡々と訊《たず》ねる。

「ハウザー先生、私の怪我の診断結果は？」

「右腕の骨折に、全身打撲と擦過傷が多数。縫合が必要な傷はなかったよ」

「記憶障害は、どれぐらいで治りますか？」

「こればかりは何とも。おそらくは、頭を強く打ったことによる一時的なものだろう」

「そうですか。それでは、しばらく仕事は無理ですね……ご迷惑をおかけします」

ルイスは思わず頭を抱えそうになった。

大怪我をして、自分の名前すら思い出せなくなったくせに、仕事の心配をしている場合か！　と声に出して言いたい。

それでも、冷静に自分が置かれた状況の把握に努め、他人に迷惑をかけたことを真っ先に気にするところが、なんともロザリーらしかった。記憶がなくても、ロザリーはロザリーなのだ。

「ハウザー先生、私に同居している家族はいますか？　もしいるのなら、記憶障害という事態を説明する必要があると思うのですが」

「いや、君はアパートで一人暮らしをしていたよ。実家はカズルだと聞いたがね」

「そうですか。では、大家の方にも連絡を取らないと……」

ハウザーは気まずそうに咳払《せきばら》いをし、物言いたげにしているルイスを横目で見た。そして、視線をロザリーに戻して問う。

「ヴェルデ君」

「はい、何でしょう？」

「さっきから物凄《ものすご》～く何か言いたそうな顔で、こっちを見ている彼について、何か質問はないのかね？」

ロザリーは少し困ったような顔で首を傾け、ハウザーの背後にいるルイスとグレンを見た。

「……失礼ですが、どちら様でしょうか？」

グレンが何か言いかけた。ルイスは素早くグレンの脇腹を突《つつ》いて黙らせ、一歩前に進み出る。

「私は魔法兵団団長、〈結界の魔術師〉ルイス・ミラー。こちらは弟子のグレン」

ルイスは少しでも視線が近くなるよう、ベッドのそばで膝《ひざ》を折り、己の胸に手を当てる。

「私は、貴女の婚約者です」

「……え？」

ルイスは今の自分にできる最も紳士的で優しげな笑みを浮かべ、力強く繰り返した。

「貴女の、婚約者です」

その時のロザリーの顔は、こんなに素敵な紳士が私の婚約者なんて！　……という顔ではなかった。困惑を押し殺そうとして失敗した、引きつり顔である。

流石《さすが》に不憫《ふびん》に思ったのか、ハウザーが助け舟を出した。

「彼の言っていることは本当だよ。君とミラー団長は、夏に婚約したんだ」

ロザリーの視線が、ハウザーとルイスの間を交互に彷徨《さまよ》う。混乱も動揺も当然だ。

この状況で、「貴女は屋上から落ちたんですよ」などと馬鹿正直に言ったら、余計に不安にさせてしまうだろう。屋上からの転落なんて、どう考えても事件性しかない。

ルイスは慎重に言葉を選んだ。

「貴女が事故に遭ったと聞いた時、私は本当に生きた心地がしませんでした」

グレンが小さな声で「えっ」と呟《つぶや》いたが、幸いロザリーには聞こえなかったらしい。

（余計なことを言うなよ、馬鹿弟子）

ルイスはハウザーに目配せをした。察しの良いハウザーは、グレンを手招きして、カーテンの外側に連れて行く。傍目《はため》には、婚約者であるルイスとロザリーを二人きりにするよう、気を遣ったように見えるだろう。

ルイスはロザリーを安心させるべく、精一杯紳士的に振る舞った。

「貴女が無事で本当に良かった」

「その……心配をさせてしまって、ごめんなさい」

「謝らないでください、ロザリー。貴女は悪くありません」

悪いのは、この事態を引き起こしたクソ野郎だからな。いや、まだ事故の可能性は捨てきれないが……とルイスは胸の内で呟く。

その時、医務室の入り口の方から「ミラー団長」と誰かが声をかけた。第一部隊隊長のワイズだ。

「失礼、少し席を外します」

ルイスはロザリーに断りを入れてベッドを離れると、廊下に出て扉を閉める。

ワイズは金髪を短く刈り込んだ、四〇歳ほどの大柄な男だ。ルイスは年上の部下に、鋭い声で訊ねた。

「現場の状況と、第一発見者は？」

「ヴェルデ先生が発見されたのは、詰所の北側……建物裏にあたる場所です。第一発見者はグレン・ダドリー。ゴミ捨てに向かう最中《さなか》、ヴェルデ先生が屋上から転落する瞬間を目撃し、他の団員に助けを求めたそうです」

「屋上の手すりは壊れていましたか？」

「いいえ」

屋上には一応手すりが設けられているが、さほど高さはない。成人男性程度の力があれば、華奢《きやしゃ》なロザリーを手すりの向こう側に突き飛ばすのは難しくないだろう。

手すりが壊れていたのなら事故の可能性もあったが、そうでない以上、これは人の手による事件と考えるのが妥当――つまり、何者かが明確な殺意をもって、ロザリーを屋上から突き飛ばしたのだ。

ルイスの歯が、ギシリと軋《きし》む。

腹の奥から込み上げてくる怒りを静かに研ぎ澄まし、ルイスは思案した。

まず最優先ですべきは、ロザリーの身の安全の確保だ。この建物に、ロザリーの命を狙う輩《やから》がいるかもしれない。となると、医務室も決して安全ではない。

「ミラー団長、それと……一つよろしいですか」

「何か？」

ワイズは苦悩の滲《にじ》む顔で、ボソリと言った。

「先ほどから、オーエンが見当たらないのです」

予想外の言葉に、ルイスは眉根《まゆね》を寄せた。

ルイスの学生時代のルームメイトでもあるオーエン・ライトは、第一部隊の副隊長で、今はワイズの部下だ。

散らかし癖はあるが、仕事をサボるような真似《まね》なんて絶対にしない、真面目な男である。

「更に、私の部下の一人が……ヴェルデ先生が転落したのとほぼ同時刻に、オーエンが飛行魔術で敷地の外に向かうのを見たと、言っていまして……」

「宿舎のオーエンの部屋は、確認しましたか？」

ルイスが訊ねると、ワイズは首を横に振った。

「オーエンは、少し前から父親が病気で入院していて、いつでも様子を見に行けるようにと、今は病院近くのアパートで一人暮らしをしているんです」

そんなことがあったのか、とルイスは密《ひそ》かに驚いた。

オーエンとは今でもたまに飯屋に行く仲だが、ここ数ヶ月はロザリーとの婚約や、七賢人選考会に向けた準備で忙しく、時間がとれなかったのだ。

ルイスは知っている。オーエンが、ミネルヴァに通わせてくれた親に、深く感謝していることを。

父親が入院して、アパートで一人暮らし。慣れないことも多く、大変だったはずだ。

（……そういうことは、ちゃんと言えよ）

それでも、オーエンが黙っていた理由は容易に想像できた。七賢人選考会を控えたルイスに、気を遣ったのだ。

（あの馬鹿）

ロザリーの転落事件と、オーエンの失踪《しっそう》。同時に起こったこの二つの出来事が、無関係とは思えない。

オーエンを知らない人間なら、オーエンがロザリーを突き落とした犯人で、現場から飛行魔術で逃げたと考えるだろう。だが、ルイスはオーエンがそんな人間ではないと知っている。

おそらく、オーエンはロザリー転落事件に関係する何かを見つけたのだ。

「分かりました。現場の調査とオーエン探しの継続を。それ以外の者には詳細を伏せ、ロザリーは階段から落ちて負傷した、と伝えなさい」

ワイズに細々としたことを幾つか命じて、ルイスは医務室に戻る。

寝ているロザリーのそばには、グレンが座っていた。グレンは大袈裟《おおげさ》な身振り手振りを交えて、ロザリーに話しかけている。

「ロザリーさん、いつもオレのこと手当てしてくれたんすよ！　この間、師匠に飛行魔術で轢《ひ》かれて墜落した時なんて、ほんと大変で……」

「グレン。怪我人に長話はおやめなさい」

ルイスはロザリーに見えない角度でグレンの足を蹴《け》り、ロザリーにとびきり優しげな笑みを向けた。

「ロザリー。その怪我で一人暮らしは、何かと不自由でしょう。どうぞ、私の家に滞在してください」

ルイスの提案に、ロザリーはキュッと眉《まゆ》を寄せる。

「……たとえ婚約者でも、迷惑をかけるのは心苦しいわ」

（迷惑なわけあるか。馬鹿）

ルイスは体の横で拳《こぶし》を握りしめ、それでも紳士の体裁を取り繕った。

「貴女に迷惑をかけられるのは大歓迎です。何より、貴女は酷い怪我をしているのですよ？　それならば、使用人がいる私の家の方が療養向きでしょう」

ロザリーが困り顔でハウザーを見る。

ハウザーは髭《ひげ》を弄《いじ》りながら、ふむと頷《うなず》いた。

「確かにミラー団長の言うことも一理あるな。今の君は利き腕がほとんど動かせないし、歩き回るのも辛《つら》いはずだ」

「分かりました。医務室のベッドを占領するわけにも、いきませんし……お世話になります、ミラーさん」

ミラーさん。その一言に目眩《めまい》がした。

「どうぞ、ルイスとお呼びください。記憶を失《な》くす前も、貴女はそう呼んでいましたよ」

職場におけるロザリーが、ミラー団長呼びを徹底していたことは、当然に伏せておく。

「今から馬車を手配してきます。馬車の用意ができるまで、寝ていてくださいね、ロザリー」

そう言って、ルイスはグレンに目配せをする。

グレンは何も分かっていない顔をしていたので、ルイスは首根っこを掴《つか》み、察しの悪い弟子を引きずって廊下に出た。

「グレン。今回の件、ロザリーは階段から落ちたということで口裏を合わせなさい。屋上から落ちたことは、事件を調査している第一部隊の人間以外には言わないように」

返事はない。

ルイスがジロリと睨《にら》むと、グレンは珍しく、探るような視線を返した。

「……それって、その方が、師匠に都合が良いからっすか？」

ぶん殴ってやろうか、と一瞬思った。

それでもルイスは片眼鏡を指先でグッと押さえて、込み上げてくる感情を全て呑《の》み込む。

「ロザリーのためです。いいですね？」

強く念を押し、ルイスは仕事の引き継ぎの算段を始めた。

何がなんでも、今日の午後は休みをもぎ取らなくては。

＊　＊　＊

組織のトップともなると、急な休みなどなかなか取れるものではないが、事情を聞いたアンダーソン副団長が速やかに仕事の引き継ぎをし、ルイスを送り出してくれた。

曰《いわ》く、「こういう時は、そばについていてあげてください。私も嫁さんが怪我した時に、帰宅が遅れたことを、今でも根に持たれてるので」——大変ためになる話である。

有能で気が利くアンダーソン副団長は、怪我をしたロザリーのために、揺れが少ない最新型の馬車を手配してくれた。そこにルイスは、詰所の休憩室からかっぱらってきたクッションをたっぷりと敷き詰め、ロザリーと並んで座る。

ルイスの家は、魔法兵団の詰所から馬車で二〇分ぐらいのところにある。

普段は時間節約のために飛行魔術で移動することが多いが、怪我をしたロザリーを運ぶのなら、少しでも彼女の体に負担が少ない方がいい。

クッションにもたれていたロザリーは窓の外を見ていた。ただボンヤリしているのではなく、窓の外の風景を見て、何か思い出せないかと考えているらしい。その目は真剣そのものだ。

ロザリーは並んで歩く親子連れを見て、ポツリと呟いた。

「私が突然押しかけたら、ご家族の方の迷惑にならないかしら」

「問題ありません。天涯孤独の身ですので」

「……不躾《ぶしつけ》なことを訊《き》いて、ごめんなさい」

「いいえ、貴女が私に興味を持ってくれて嬉《うれ》しいですよ」

思えばルイスは、自分が生まれた村や、娼館《しょうかん》についてロザリーに話したことがなかった。

母親が娼婦で、父親の顔を知らないことも、娼館で雑用係をしていたことも、ルイスは隠すつもりはないし、卑下する気もない。

ただ、積極的に話すようなことでもないから、わざわざ言わなかっただけだ。自分の育ちの悪さなど、多くを語らずとも、素行の悪さと北部訛《なま》りで充分伝わる。

何もない雪の村。終わらない雪かき。空腹を抱え、凍死に怯《おび》えた夜。

村を出て家族を作れと言った、亡き娼婦のショーナ。

へそくりの小瓶に大銀貨を詰めて、送り出してくれた娼婦達。

今、ロザリーは記憶を失っている身だ。ルイスの昔話などしている場合ではない。

だから、ロザリーが記憶を取り戻したら、そういう昔話もしよう、とルイスは考える。

自分達は将来を誓い合った仲で、もうすぐ家族になるのだから。


ロザリーの怪我に響かぬよう、馬車をゆっくり進めてもらっていたので、家に着くには、いつもより時間がかかった。馬車が止まったところで、ルイスは先に降りて、ロザリーに手を貸す。

「ようこそ、我が家へ」

気取った口調で言いながら、ルイスは密かに緊張していた。

家を買った時からずっと、ロザリーを招待したいと思っていたけれど、まさかこんな形で叶《かな》うとは思っていなかったのだ。

門をくぐり、玄関に向かって歩きながら、ルイスは緊張を誤魔化すように口を動かした。

「私は普段、魔法兵団の詰所で寝泊まりすることが多いので、留守中、家のことは契約精霊に任せているんですよ」

「精霊が、家事を……?」

ロザリーが少し驚いたようにルイスを見る。

ルイスは苦笑した。

「メイドの真似事をしたがる、変わった精霊でして……まぁ、見習い以下の駄メイドなのですが……」

こんなことなら使用人を増やしておくべきだった、とルイスは反省した。

用心深くて他人を信用していないルイスは、自分の居住空間に他人を入れることが、あまり好きではないのだ。だから、今まで使用人を雇ってこなかったし、弟子のグレンに身の回りの世話を命じることもなかった。

ロザリーと結婚するのなら、使用人を雇うことも視野に入れなくては、と頭の隅で考えつつ、ルイスはノッカーで扉を叩《たた》く。

「リン、私です。ただいま戻りました」

「この屋敷の主《あるじ》は、この時間に帰宅することはありません。よって、貴方《あなた》をこの屋敷の主を騙《かた》る偽者と判断しました」

ルイスのこめかみが引きつった。帰宅時間を理由に主人を偽者扱いする契約精霊など、前代未聞である。

罵詈雑言《ばりぞうごん》を堪《こら》えるルイスに、扉越しのリンは抑揚のない声で言う。

「よって、これより武力をもって排除いたします」

偽者扱いからの武力排除宣言に、流石のルイスも紳士面が剥《は》がれた。

そもそも、契約精霊と契約主は魔力の糸で繋《つな》がっているので、少し意識すれば互いの位置ぐらいは分かるはずなのだ。

「馬鹿メイド。契約主の魔力を忘れたか？」

「はい」

まったく悪びれない返事である。

ルイスがこめかみを押さえていると、扉が内側から開いた。

「魔力接続完了。魔力の性質及び、暴言。本物のルイス殿と判断いたしました。おかえりなさいませ」

何故《なぜ》、家に入るだけで、こんなに疲れなくてはならないのだろう。

ルイスは込み上げてくる疲労感を押し隠し、ロザリーを中に招き入れて、リンに命じた。

「リン、彼女は私の婚約者のロザリーです。怪我の療養のため、しばらく滞在することになりました。くれぐれも失礼のないように」

「お客様ですね。承知いたしました」

リンは一つ頷くと、ロザリーに向き直り、お辞儀をした。

「初めまして、ロザリー様。わたくし、この屋敷のメイド長のリィンズベルフィードと申します。どうぞ、リンとお呼びください」

契約主のことをルイス殿と呼ぶリンだが、客人に対して丁重な呼びかけをするぐらいはできるらしい。

それはさておき、ルイスはリンの自己紹介に突っ込まずにはいられなかった。

「お前はいつから、メイド長に昇格したのです？」

「この屋敷に他の使用人がいない以上、私がメイド長です。メイド長……良い響きです」

「駄メイド風情が寝ぼけたことを」

苦々しげに吐き捨てたルイスは、ロザリーに見られていることを思い出し、すぐに優しげな笑顔に切り替えた。

「ロザリー、玄関は冷えますし、どうぞこちらへ」

「……どうも」

応じる声には、どこか呆《あき》れが滲《にじ》んでいる。

リンに対する呆れであって、ルイスに対する呆れではないと信じたい。


ルイスがロザリーのために用意した部屋に案内すると、ロザリーはすぐベッドに横になった。怪我のせいで熱が出ているのだ。本当は、起き上がるだけでも辛かったのだろう。

「水差しを持ってきます。どうぞ、楽にしていてください」

「……その前に、確認したいことがあるのだけれど、良いかしら？」

「ええ、なんですか？」

熱でぐったりとしながら、それでもロザリーはいつもの彼女らしい聡明《そうめい》さで訊《たず》ねる。

「私は、貴族ではないけれど、そこそこ裕福な家の人間で、魔術の勉強をしていたことがある……で、あってるかしら？」

「記憶が戻ったのですか？」

ルイスが期待を滲ませて訊ねると、ロザリーは首を横に振った。

「いいえ。ただ、帰りの馬車の中でずっと考えていたの。私は医者だとハウザー先生は仰《おっしゃ》っていたけれど、私には魔術と医学、両方の知識がある。おそらく、当初は魔術師を目指していたけれど、才能がなくて医者に転向した人間なんじゃないか、って」

ルイスは唖然《あぜん》とした。

大怪我をして、熱も出て辛い状態だろうに、ロザリーはずっと失くした記憶について考え続けていたのだ。

ロザリーはベッドに横になったまま、己の額に手を当てる。

「魔術師を志願するのは、貴族か、もしくはアッパーミドル以上の裕福な人間が殆《ほとん》どだわ。ただ、私が貴族の娘なら、アパートで一人暮らしはしていないと思う。それと……」

「それと？」

「私の下着、上物のモスリンだったから、それなりに裕福ではあったのだろうと思って」

ルイスは頭を抱えたくなった。

（お前……お前……お前ぇぇぇ……っ！）

ロザリーはルイスと違って、育ちの良いお嬢様だ。当然に、恥じらいという概念は持っているだろう。

——が、彼女は医者である。

状況判断が優先されると、恥じらいの優先順位が著しく下がり、後回しにされるのだ。

顔色一つ変えず、自分の下着に言及したのも、それが考察材料になったからだろう。

（……そうだった。昔から、ロザリーはこうだった）

ルイスが濡《ぬ》れた制服を教室で脱いだら、赤面するでもなく、寮で着替えろと叱るような娘である。

そんな昔を懐かしく思いつつ、ルイスは深いため息をついた。

一度に沢山の情報を詰め込みすぎるのも良くないが、ロザリーが気にしていることは、なるべく教えた方が良いだろう。

「貴女のお父上は、七賢人が一人、〈治水の魔術師〉バードランド・ヴェルデ殿です。七賢人は、分かりますか？」

「ええ」

「私と貴女は、ミネルヴァ時代の同級生です」

「納得したわ。ありがとう」

このやりとりで、ルイスも納得した。

ロザリーは自分の周囲の人間に対する記憶こそ失っているが、一般常識や学んで身につけた知識は失っていないのだ。

だから、七賢人やミネルヴァという単語は覚えているし、医学や魔術に関する知識もある。

ただ、自分が七賢人の娘であることや、ミネルヴァに通っていたことまでは、覚えていないのだろう。

知りたいことを知ることができて安心したのか、ロザリーは少しウトウトしていた。

ルイスは少しずれた毛布をかけ直してやる。

「今は休んでください、ロザリー」

「……ええ」

返事というには曖昧《あいまい》な声を返して、ロザリーは目を閉じた。

その寝顔を見つめながら、ルイスは思案する。

ロザリーを突き落とした犯人はおそらく、ルイスを敵視する人物だ。

ルイスが七賢人になるために、現七賢人の娘であるロザリーと婚約したと考えている者は、一定数いる。それこそ、魔術師組合の幹部であるトラジェットのように。

だからこそ、犯人はルイスの評判を落とすためにロザリーを狙ったのだ。

もし、ロザリーが転落死したら、婚約者を死なせたルイスの評判は地に落ちるし、ルイス自身、動揺して七賢人選考会どころではなくなる。

ルイスは片眼鏡を指先で押さえ、ゆっくりと深呼吸をした。

考えれば考えるほど、怒りのあまり、腸《はらわた》が煮え繰り返って、頭の血管がブチブチとちぎれそうだ。

(……絶対に、犯人を引きずり出して、ぶちのめす)

ルイスは軋《きし》む歯の奥で、シュウシュウと蛇のように唸《うな》る。

そうして、込み上げてくる怒りを全て腹の奥に収めてから、廊下に出て、リンを呼びつけた。

「リン、ロザリーは何者かに命を狙われている可能性があります。七賢人選考会が終わるまで、ロザリーの周囲に警戒しなさい。不法侵入者がいたら、吊《つ》るして燻《いぶ》して構いません」

「承知いたしました」

リンは風の上位精霊で、単純な戦闘能力だけならルイスに勝る。リンがついている限り、ロザリーは安全だ。

ふと思いつき、ルイスは銀貨を数枚取り出した。

「私はロザリーの食事を用意します。その間に、お前はこれでロザリーの着替えを用意しなさい」

リンは銀貨を受け取り、一つ頷《うなず》く。

「下着は上物のモスリンですね」

「……盗み聞きとは、いい身分だな。クソメイド?」

笑顔で舌打ちするルイスに、リンは真顔で答えた。

「メイドとは、目敏《めざと》く耳聡《みみざと》いものです故」

＊＊＊

ベッドに横たわり、痛みと熱に苛《さいな》まれていたロザリーは薄く目を開き、うわごとのように呟《つぶや》く。

「……私はロザリー・ヴェルデ、医者、七賢人の娘で、魔法兵団団長ルイス・ミラーの婚約者……」

目覚めてから知り得た自分に関する情報を、ロザリーは一つずつ声に出して呟く。

だけど、口にした言葉はどれ一つとして、自分の心に馴染《なじ》まない。まるで、他人の話のようだ。

目覚めてから出会った人々は、皆優しかった。だからこそ、何も思い出せないことが申し訳ない。

親切な医者のハウザー、一生懸命話しかけてくれたグレン、そして、婚約者のルイス。

あの上品な発音の婚約者を思い出すと、ロザリーの胸は妙にざわついた。

(記憶を失くす前、私は彼のことを、どう思っていたのだろう……)

胸のざわつきの正体を確かめようとすると、頭がズキズキと痛んだ。まるで、見えざる手に頭全体を圧迫されているかのように。

見えざる手の持ち主が、思い出しては駄目だとロザリーに囁《ささや》く。ロザリーはその声を知っている。

（あれは、誰の声だった？　あの声を私は知っている。確か、あれは……）

答えを手繰り寄せようとするほど、痛みは強くなった。思考がまとまらない。手繰り寄せたものが霧散してく。何も思い出せない。

それでも一つだけ、確かに分かることがある。

（あの人の、髪の毛……）

紳士的に笑う婚約者は、艶《つや》やかな栗《くり》色の髪を綺麗《きれい》に編んで垂らしていた。

ただ、どんなに手入れをしても、髪を伸ばせば毛先は多少傷むし、色が明るくなる。

ルイス・ミラーの綺麗な三つ編みの先っぽ——毛先のオレンジがかった色が、なんだかとても好ましいとロザリーは思ったのだ。

六章　安寧は、勝ち取り抱えて守るもの

　ロザリーがルイスの家にやってきた翌日、ルイスは早起きをして、久しぶりに調理場に立った。

　自称メイド長のリンだが、基本的に料理はしない。風の精霊は味覚をもたないのだ。

　だから普段のルイスは食堂に行くか、適当に買って済ませることが多いが、一応人並み程度に料理はできる。それこそ娼館《しょうかん》で雑用をしていた頃は、調理場の手伝いもしていたのだ。

　凝った物は作れないが、パンを温めて、野菜と豆のスープを添えるぐらいなら造作もない。

「おはようございます、ロザリー」

　ルイスはロザリーのベッドサイドのテーブルに、スープとパン、それとジャムの瓶を六つ並べた。

　ジャムは木苺《きいちご》、リンゴ、ブルーベリー、マルメロ、アプリコット、そしてオレンジマーマレードの六種類だ。

「どれにしますか？」

「じゃあ、マーマレードで……」

　ロザリーは利き手側である右腕を負傷しているのだ。瓶の蓋《ふた》を開けるだけでも一苦労だろう。

　ルイスは瓶の蓋を開けると、ロザリーのパンを食べやすい大きさにちぎって、ジャムをペタペタと塗る。

「利き手が使えないと、難しいでしょう？」

「……ありがとう」

「どうぞ、お気になさらず。貴女《あなた》と過ごす時間は、嫌いではないので」

学生時代、ルイスが怪我《けが》をする度に、ロザリーはなにかと世話を焼いてくれた。

それが今は逆転しているのが、なんだか不思議だ。あの頃の自分が知ったら、どんな顔をするだろう。

それからルイスはロザリーの食事を手伝い、包帯の巻き替えを手伝い、髪を梳《す》いて緩く編んでやった。

実を言うと、ルイスはこの手のことに慣れている。娼館時代は、女の身の回りのことを手伝うのも仕事だったのだ。

肌や爪を手入れしたり、髪を編んだり、化粧をしたり。そういったことは、薪《まき》割りや雪かき同様、きちんと体が覚えている。

一通りロザリーの世話を焼いたところで、仕事に行く時間になった。

ルイスはリンに留守を頼み、飛行魔術で魔法兵団詰所に向かう。

七賢人選考会まであと三日。選考会の準備や訓練に時間を割きたいが、それよりも今は優先すべきことがある。

執務室に向かうと、第一部隊隊長のワイズがルイスを待っていた。

ワイズにはロザリー転落事件の調査と、失踪《しっそう》したオーエンの捜索を命じている。

ルイスが入室し、扉を閉めると、ワイズが硬い顔で口を開いた。

「報告いたします。第一部隊副隊長オーエン・ライトですが……」

「ロザリーを突き落とした犯人を捕まえて、戻ってきましたか？」

ルイスの言葉に、ワイズは首を横に振る。

ワイズは有能な隊長だ。仕事中、感情的になることはない。

そんな男が、その顔を苦悶《くもん》に歪《ゆが》め、絞りだすような声で言った。

「……オーエンが、自宅で毒を飲み、自殺をはかりました」

は？　と息を吐くような声が、ルイスの口から漏れる。

更に続くワイズの言葉に、ルイスの思考は数秒停止した。

「ヴェルデ先生が屋上に向かうのとほぼ同時刻、オーエンが屋上に向かうところを、団員が数名目撃しているのです。また、ヴェルデ先生が離席の際に、『ライト副隊長に呼ばれた』と発言していることも裏がとれました」

オーエンがロザリーを屋上に呼び出し、彼もまた屋上に向かった。

そして、ロザリーは転落し、オーエンは現場を離れた後、自宅で毒を飲んだ。

判明した事象を並べると、まるでそれが事件の真相みたいではないか。

だが、オーエンがそんなことをするはずがない。

動揺するルイスに、ワイズは言う。

「現場で見つかった遺書には、こう書いてあったそうです。『自分はルイスの才能に嫉妬《しっと》していた。ルイスが七賢人になるのが許せなかった。だから、八つ当たりで婚約者を手にかけた。時間が経《た》って、その事実に恐ろしくなり、何よりルイスに申し訳なくなったから、自分の命で償う』……と」


オーエンが暮らすアパートは、王都の大通りから少し外れたところにある。

飛行魔術でアパートを目指しながら、ルイスは少年時代のことを思い出していた。

それはまだ、ルイスが寒村の娼館で働いていた時のことだ。

娼館にはルイス以外にも雑用係の下男がいて、そいつに駄賃を取り上げられ、腹を立てていたら、夕食も奪われたことがある。

田舎村の娼館で働く下男なんて、ルイスも含めてろくな人間ではなく、自分より弱そうな奴《やつ》を出し抜き、毟《むし》り取るのは当たり前の日常だったのだ。

だからルイスは、大事な物はすぐに藁《わら》布団の中に隠したし、食事は取り上げられる前に急いで食べた。

……慎重かつ狡猾《こうかつ》でなければ奪われるだけだった、あのヒリヒリした日常を、どうして自分は忘れていたのだろう。

子どもの頃に感じた暗い怒りが、グルグルと腹の中を巡っている気分だ。

やがて、オーエンの暮らすアパートが見えてきた。オーエンの部屋は二階で、既に憲兵と魔法兵団の人間が合同で現場の調査をしている。

「失礼、魔法兵団団長のルイス・ミラーです」

入り口のあたりでルイスが声をかけると、年嵩《としかさ》の憲兵が部屋の奥からやってきて、「どうも」と会釈をした。魔法兵団のトップが現場に来るとは思っていなかったのか、その顔は少し強張《こわば》っている。

「オーエン・ライトは今、どうしていますか?」

ルイスはワイズから「自殺をはかった」と聞いている。発見された時は、意識はないが、かろうじて息はあったらしい。

年嵩の憲兵は、簡潔に答えた。

「病院に運ばれましたが、意識不明の重体だそうです」

「……そうですか」

呟き、ルイスはアパートの部屋に足を踏み入れる。

入ってすぐの部屋は、比較的整理整頓《せいとん》が行き届いていた。あの散らかし魔も少しは成長したかと思ったが、奥の寝室は服も本も広げっぱなしで、ルイスのよく知るオーエンの部屋だ。

なんなら、同居人がいないせいか、散らかり具合は学生時代より酷《ひど》い。

雑然を通り過ぎて混沌《こんとん》とした寝室から、小綺麗《こぎれい》な部屋に戻ってきたルイスは、テーブルの上にシミがあることに気づいた。

「オーエンは、このテーブルで服毒したのですか?」

「はい。このテーブルに突っ伏すように倒れていまして……そばに落ちていた紅茶のカップから、毒が検出されました」

「紅茶?」

ルイスは片眉《かたまゆ》を撥《は》ね上げ、食器棚を見る。そこには、いくつかの食器と一緒に、コーヒーを淹《い》れるための道具も、きちんとしまわれていた。

「………」

片付いた部屋、紅茶のカップ。それが意味するものを理解し、ルイスは片眼鏡の奥で目を細める。

込み上げてくる怒りは腹の底に押し込めた。激情を押し殺すためにじゃない。怒りを研ぎ澄まし、より鋭い刃《やいば》にするためだ。

「あの……ミラー団長、何かお気づきに？」

無言のルイスから漂う不穏な空気に気づいたのか、年嵩の憲兵が背後から控えめに声をかける。

ルイスは片眼鏡を指で押さえて、振り向いた。

「失礼。少し、調べてほしいことがあるのです」

慎重に、狡猾に動いてもなお、自分から何かを奪おうとする人間がいたら、どうすればいいのか？

——圧倒的な暴力で、二度と奪う気が起きないようにしてやればいい。

だから少年時代のルイスは、自分から駄賃と夕食を奪った下男を、薪で殴ってやった。

殴って、殴って、殴って、二度とそんなことをする気が起きぬよう、徹底的に恐怖を味わわせて。

そうして初めて、藁布団で眠る安寧は訪れるのだ。

＊　＊　＊

オーエンのアパートを後にしたルイスは、その足でオーエンが入院している病院に向かった。アパートからすぐ近くにある大病院は、オーエンの父親が入院している病院でもある。

オーエンの上司であるワイズが言うには、オーエンが一人暮らしを始めたのも、父親の見舞いに通うためだったらしい。

病院に足を踏み入れたルイスは、入ってすぐのところで見覚えのある人物を見つけた。

癖のある黒髪、雪原のように白い額の長身の男——ミネルヴァ時代、散々ルイスに喧嘩《けんか》を売ってきた、〈風の手の魔術師〉アドルフ・ファロン。

ルイスは顔に薄っぺらい笑みを貼りつけ、口を開いた。

「お久しぶりです、デコ野郎……おっと失礼、〈風の手の魔術師〉殿」

悪意を隠さぬまま、申し訳程度の愛想笑いをするルイスに、アドルフもよく似た笑みを返した。

「よぉ、ルイス・ミラー。こんな時間に仕事もせずにブラブラしてるなんて、仕事をクビになったか？」

「そういう貴方《あなた》こそ、何故《なぜ》病院に？　七賢人選考会を前に、不安で腹でもくだしましたか？」

「この病院は、俺の親戚《しんせき》が経営しているんだ。俺がいても、何もおかしくないだろう？」

相変わらず、鼻持ちならない男だ——向こうも同じことを考えているのだろう。

寒村出身のルイスと、貴族の家の出のアドルフ。生まれた環境こそ真逆だが、二人は案外似ているところがある。

気に入らない奴は徹底的に潰《つぶ》さないと気がすまない苛烈《かれつ》さが、それだ。

「お前の評判、ガタ落ちだぜ、ルイス・ミラー」

アドルフはルイスの顔を覗《のぞ》き込み、嘲笑《あざわら》った。

「なにせ、〈治水の魔術師〉に取り入って、ロザリーと婚約までしたのに、大怪我をさせたんだ。

ロザリーもついてないよな。お前と婚約なんかしなければ、屋上から突き落とされずに済んだのに」

あぁ、可哀想《かわいそう》なロザリー！　と芝居がかった声で言うのがまた、鼻につく。

「分かるか？　七賢人選考会、お前は絶望的なんだよ」

「……………」

「大人しく辞退したらどうだ？」

なるほど確かに、アドルフの言うことは、半分だけ正しい。

今回のロザリー転落事件で、ルイスのことを、婚約者も守れない甲斐性《かいしょう》なしと考える人間は一定数いる。七賢人達の心象も、さぞ悪くなったことだろう。

それでも、ルイスは品の良い笑みを崩さなかった。

「……はて？　何故、勝つと分かっている勝負を、辞退する必要が？」

アドルフが、頬を引きつらせて何か言い返そうとした。それより早く、ルイスはアドルフの顔を覗き込んで冷笑を浴びせる。

「お前など敵ではないのですよ、アドルフ・ファロン。また燻製《くんせい》にされたいのですか？」

アドルフの顔から表情が消える。

ルイスはアドルフと距離を取ると、片手を持ち上げ、出口の方に向けた。

「さぁ、おかえりはあちらですよ。今だけは見逃してさしあげます」

にこやかな笑みはそのままに、灰紫の目がギラリと輝く。

「……今だけは、ね」

アドルフは舌打ちをし、ルイスに背を向けた。その背中を見送ることなく、ルイスは早足でオーエンの病室に向かう。

オーエンの病室には、憲兵団の人間が控えていた。ルイスは彼らに一言断ってから、オーエンのベッドに近づく。

ベッドに横たわるオーエンは、まるで死体みたいに血の気のない顔色をしていた。

固く閉ざされた目の下には、濃い隈《くま》が浮いている。オーエンは、ここ数日眠れずにいたのだ。自分はそれに気づけなかった。

どうして、どいつもこいつも、ルイスに黙って抱え込むのだろう。

体の横で握った拳《こぶし》に力が入る。

（……馬鹿野郎）

声には出さず呟《つぶや》き、ルイスはオーエンの病室を後にした。

＊　＊　＊

ルイスが仕事に行くのを見送ったロザリーは、午前中は殆《ほとん》ど寝て過ごしたが、昼になり、リンが温め直してくれたスープを飲んだ頃には、体調も幾らか落ち着いていた。

午前中ずっと寝ていたので、眠気はない。そこで、何か読む本はないかリンに相談すると、リンはロザリーを書斎に案内してくれた。

ルイスの家の書斎は、一般庶民が想定する書斎の倍ほどの広さがあった。それでも自分がさほど驚きを覚えなかったのは、おそらく本に囲まれた環境で育ったからだろう、とロザリーは思ってい

る。父が七賢人なら、おおいにあり得る話だ。

書斎の奥には本棚がズラリと並び、手前には美しい飴色《あめいろ》の机と椅子、それと座り心地の良さそうなソファがあった。

あのお上品なルイス・ミラーは、きっとソファで寝転がって本を読んだりなんてしない。きちんと姿勢良く座って本を読むのだろう。

そんなことを考えながら、ロザリーは本棚を一つ一つ眺めて歩く。

魔術師は自分の得意分野に特化している者が多い。なので、本棚を見ていると、その魔術師が何を得意としているか、なんとなく見えてくる。

（あの人は、〈結界の魔術師〉と言っていたけれど……）

本棚には結界術に関する本だけではなく、魔術に関するあらゆる分野の本が整然と並んでいた。

なるほど、あの婚約者のお上品な喋《しゃべ》り方はどうにもムズムズするが、読書の趣味は合いそうだ、とロザリーはこっそり考える。

一つずつ本棚を見て歩いていたロザリーは、最後の本棚の前で足を止めた。最後の本棚には薄い教本がきちんと整理して並べられている。

ミネルヴァの教本。それと、問題集だ。

その問題集が、やけにロザリーの意識に引っかかった。なんだか妙に懐かしいと思ったのだ。

ロザリーは比較的薄い問題集を一冊取り出して、広げてみた。初等科ぐらいの子どもの字で、懸命に問題に取り組んだ跡がある。

ふと思いつき、最後のページを捲《めく》ると、そこには「ロザリー・ヴェルデ」と記されていた。

(これって、もしかして……)


他の問題集も手に取り、最後のページを見ると、やはりロザリーの名前が書いてある。

これは、ロザリーが使っていた問題集なのだ。

「その本が気になるのですか？　部屋に運ぶのなら、お持ちします」

背後に控えていたリンが声をかける。

ロザリーは「いいえ」と首を横に振り、少し考えて訊《たず》ねた。

「……あの人は、この本について、何か言及していた？」

「古い物のようにお見受けしましたので、掃除の際に捨てて良いか訊《き》いたら、却下されました。なんでも、初土産なのだとか」

まったく意味が分からない。

ただ、何故だろう。不意に脳裏を夏の太陽がよぎったのだ。

日を透かす、パサついた短い髪。アカギレだらけの手。ボロボロのブーツ。

『ロザリー！』

少し早口の北部訛《なま》り。八重歯を覗かせて、快活に笑う顔。

(……あの人は、誰？)

また少し、頭が痛んだ。


ロザリーが書斎で借りた本の一冊目を読み終えた頃、リンが部屋にやってきた。なんでも、ルイスが客人を連れて帰って来たのだという。

「お客様が、ロザリー様のお見舞いをしたいと仰《おつしや》られていますが、いかがいたしますか？」

客人と言われて真っ先に思い浮かんだのは、医務室のハウザーと、ルイスの弟子のグレンだ。

だが、リンが言うには、客人はそのどちらでもないのだという。

「そのお客様は、どんな方なの？」

「金のゴリラです」

ロザリーは己のこめかみに指を添え、言葉の意味を吟味《ぎんみ》し、そしてもう一度訊ねた。

「……もう一回言ってくれる？」

「金のゴリラです」

怪我とは別の意味で、頭が痛い。

それでも、ルイスが連れてきた客人なら、身元の確かな人間なのだろう。

「……その方を、通してくれる？」

「かしこまりました」

リンが一礼して部屋を出ていく。ロザリーは読みかけの本をサイドテーブルに置き、寝間着の上にストールを羽織った。

まだ一人で着替えるのは難しいし、見舞いに来た人物もロザリーが重傷なのは分かっているはずだから、これで充分だろう。

ベッドに座り直したところで扉がノックされ、ルイスが姿を見せた。

「ロザリー、ただいま戻りました。体の具合はいかがですか？」

「おかえりなさい。今朝よりは、だいぶ良くなったわ」

おかえりなさい、の一言にルイスは嬉《うれ》しそうに口元を綻《ほころ》ばせた。

改めて見ると、やはり美しい男だ。

どちらかというと女性的で繊細な顔立ちに、綺麗《きれい》に編まれた艶《つや》やかな栗《くり》色の髪。魔法兵団の制服には皺《しわ》一つなく、ブーツは綺麗に磨かれていて、身なりに気を遣っているというのが、一目で分かる。

この人の隣に自分が並んでも、誰もお似合いとは思わないだろう。

鏡で見た自分は、見るからに堅物という雰囲気の女だった。記憶を失《な》くしていても、自分が愛想の良い性格ではないことは、なんとなく分かる。

「ロザリー？」

少しぼうっとしていたことに気づいたのか、ルイスが心配そうにロザリーの名を呼ぶ。

ロザリーは仄暗《ほのぐら》い劣等感を誤魔化すように、明るい声で応じた。

「お客様が来ていると伺ったのだけど？」

「ええ、私と貴女の学生時代の知り合いなんです。貴女さえ良ければ、会わせたいのですが」

「構わないわ」

ロザリーが頷《うなず》くと、ルイスは廊下を見て、「だそうです」と声をかける。

すると次の瞬間、部屋に入ってきた大柄な男が、ロザリーのベッドに早足で詰め寄った。

「ぬぉぉおおおっ！　ロザリー！　記憶喪失とは、まことかっ⁉」

暑苦しい叫び声をあげている金髪碧眼《へきがん》のその男は、年齢は二〇代半ば。ロザリーやルイスと同じぐらいだろうか。

身につけている衣類は一目で上質と分かる物なのだが、その立派な服がはちきれそうなほど、見事な筋肉の持ち主である。とにかく大きい。縦にも横にも。

（なるほど、金のゴリラ……いえ、でも失礼でしょう）

見たところ貴族階級の人間だろう。それなら、礼を尽くすに越したことはない。ロザリーは痛む体を必死で動かし、頭を下げた。

「お見舞いに来ていただき、ありがとうございます」

「なに、気にするな、友を見舞うのは当然のことだ。それより……本当に私のことを覚えていないのか？」

「はい、申し訳ありません」

ロザリーの言葉に、金のゴリラ氏は悲しげな顔で太い眉《まゆ》をひそめた。

「私はライオネル・ブレム・エドゥアルト・リディル。お前とは、ミネルヴァで学友だったのだ」

（……リディル？）

そんなそんな、いやまさか。

ロザリーが顔を青くしていると、廊下から黒髪の小柄な男が顔を覗かせ、ボソボソと細い声で言った。

「殿下、ヴェルデ嬢の顔色が」

「むっ、なにっ⁉　大丈夫か、ロザリー！　気を確かにもて！　ルイスよ、私は医者を呼んでくる！」

金のゴリラ氏の言葉に、ルイスがゲンナリと顔をしかめた。

「やめてください。貴方が医者を呼びに行ったら、街が大混乱じゃないですか。お忍びなのをお忘れですか？」

殿下。お忍び。その単語にロザリーはカタカタと体を震わせ、助けを求めるようにルイスを見た。

その視線に気づいたルイスはリンを呼びつけ、氷のような眼差《まなざ》しを向ける。

「駄メイド、お前はロザリーに、客人のことをちゃんと伝えたのでしょうね？」

「はい、非常に明瞭《めいりょう》かつ簡潔に、分かりやすくお伝えいたしました」

無表情ながら自信たっぷりに頷くリンに、ルイスは頬を引きつらせながら問う。

「……客人が、この国の第一王子であることも？」

「うっかりしていました」

ルイスとリンのとぼけた会話を聞きながら、ロザリーは今すぐベッドに潜って寝てしまいたい……と本気で考えた。

＊　＊　＊

「怪我人を不安にさせてしまって、大っ変、申し訳ない！」

リディル王国の第一王子ライオネル・ブレム・エドゥアルト・リディルは、自分に非はないにもかかわらず、ロザリーに深々と頭を下げた。真面目である。

今、室内にいるのはロザリー、ルイス、ライオネルの三人だけだ。護衛らしき黒髪の従者は、廊下で待機している。

「あの、頭を上げてください。私こそ、こんな格好で申し訳ありません……」

王族の前でベッドに座っていて良いはずがない。ロザリーがオロオロ立ち上がろうとすると、ライオネルは片手を持ち上げ、ロザリーに座るよう促した。

「ロザリー、私的な場で畏《かしこ》まる必要はない。私達は同じ学舎で、共に魔術を学んだ仲間なのだ」

ルイスは学生時代の知り合いだと言っていたが、まさか自分が王子様と同級生だったなんて思いもしなかった。驚くロザリーにルイスが言う。

「本当ですよ。貴女は成績優秀だったので、私もライオネル殿下も、よく勉強を教えてもらったものです」

「あぁ、懐かしいな。私とルイスとロザリー、それと廊下にいるネイトの四人で、ラグリスジルベの街に、出かけたりもしたのだ」

ライオネルは腕組みをしながら、懐かしそうに学生時代のことを語りだす。

ライオネルの話に出てくるのはルイスとロザリー、それと従者のネイトのことが殆どで、北部訛りの男の子は登場しない。

なんとなく気になって、ロザリーは訊ねた。

「あの……私達の同級生に、北部訛りの男の子はいませんでしたか？　ちょっとぶっきらぼうな感じで……」

ロザリーが朧《おぼろ》げな記憶を手繰り寄せながら言うと、何故かルイスとライオネルが驚いたような顔をした。あれは、心当たりのある顔だ。やはり、あの男の子はいたのだ。

ルイスが早足でベッドに近づく。

「ロザリー、記憶が戻ったのですか？」

その声が、やけに近く、遠く聞こえた。

（声は似ている？　でも違う……これじゃない、これじゃない）

北部訛りで、ぶっきらぼうで、嬉しい時は得意気に「見たかよ、ロザリー！」と笑う声。

「……いた、のよ。そうよ、勘違いじゃない。彼は……」

頭が締めつけられるように痛む。まるで、記憶の引き出しが開かないよう、誰かに押さえつけられているみたいだ。

その誰かは、必死になって叫ぶのだ。思い出してはいけない、と。

（お願い、お願いよ、思い出させて……）

視界がだんだんと狭まっていき、そして暗くなる。

ルイスとライオネルが自分を呼ぶ声を聞きながら、ロザリーは一筋の涙を流した。

（……私は、あの人が、好きだったのよ）

＊＊＊

北部訛りの男の子について言及すると同時に、ロザリーは崩れ落ちるように意識を失った。

ルイスは傾いたロザリーの体を素早く支え、ベッドに横たえる。ロザリーの片方の目から涙の雫《しずく》が頬を伝ってベッドに落ちた。

ライオネルが太い眉を寄せて、苦悶《くもん》の表情で呻《うめ》く。

「すまぬ、ルイス。私が来たせいで、ロザリーは混乱してしまったのかもしれない」

「貴方のせいではありませんよ」

静かに返し、ルイスはロザリーの体に毛布をかける。

北部訛りの男の子——そりゃ俺だろ、と言ってやってもいい。だけど、そのことに言及した途端にロザリーは苦しみだしたのだ。ならば、打ち明けるタイミングには気をつけた方が良い。

ロザリーは今、記憶喪失で不安なのだ。だったら、婚約者はぶっきらぼうで粗野な田舎者より、優しくて上品な男の方が良いに決まっている。

ルイスとライオネルが暗い顔で黙っていると、空気を読まない風の精霊が部屋に入ってきた。

「紅茶の用意ができました」

リンはいかにも有能なメイド長の貫禄《かんろく》を漂わせているが、ルイスは嫌な予感を覚えた。

「……お前はいつのまに、紅茶の淹れ方を覚えたのです？」

「グレン殿に教わりました。『適当に葉っぱとお湯を入れるだけっすよ』と」

絶対ろくなことになってねぇぞ、と確信したルイスが調理場に駆け込むと、案の定、大鍋《おおなべ》の中で大量の茶葉が煮出されていた。せめてティーポットを使えと言いたい。

仕方なくルイスは、自分で紅茶を淹れた。別に紅茶が好きなわけではないが、ロザリーが好きだろうと思って用意したのだ。淹れ方も何度か練習しておいたから完璧《かんぺき》だ。

ルイスは盆に紅茶のカップとジャムの瓶を載せて、応接室に運ぶ。

ライオネルは応接室のソファに座り、ネイトはソファの横に控えていた。

「お待たせしました」

ルイスはライオネルの前にカップを置き、自分は向かいの席に座る。

そして、迷うことなくジャムの瓶を手に取り、中身をドバドバと自分のカップに入れた。

ソファ横に控えていたネイトが、嫌そうに顔をしかめる。

「まだやってたんですか、その飲み方……」

「自宅でぐらい、好きに飲んで構わないでしょう」

すました顔で答えて、ルイスはジャム入り紅茶を啜《すす》る。

向かいの席のライオネルは、深刻な顔で紅茶のカップを睨《にら》みつけていた。

暑苦しいほど友情に厚いこの男は、友人の力になれないことを不甲斐《ふがい》なく思っているのだろう。

ライオネルは上品に紅茶を一口啜ると、カップをソーサーに戻し、ルイスを見た。

「……ルイスよ」

「どうされました、殿下？」

「友であるお前に、このようなことを言うのは、非常に心苦しいのだが……私は、お前を疑っている」

「……あ？」

ルイスは眉をひそめた。ライオネルが何を疑っているのかが、理解できなかったのだ。

少し考え、ルイスは口を開く。

「ロザリーの転落事件は、私の仕業だと？」

「そうじゃない。彼女の記憶喪失のことだ」

「どういう意味です？」

ライオネルは苦しそうに服の胸元を押さえ、掠《かす》れた声で言った。

「お前は魔術を使って、ロザリーの記憶を封印したのではないか？　……精神干渉魔術なら、不可能ではない筈《はず》だ」

ルイスは一瞬、呆気《あっけ》に取られた。

確かに、精神干渉魔術を使えば、特定の記憶を封印することはできる。

だが、精神干渉魔術は主に犯罪者に使う準禁術だ。扱いが難しいし、使用には許可がいる。個人的な事情で気軽に使って良いものではない。

「……ライオネル」

ルイスは怒りを隠さぬ声で呼び捨てにし、低く唸《うな》るように問う。

「私が、ロザリーに、精神干渉魔術を使うとでも？」

ライオネルは顔のパーツをギュッと中心に寄せて、ぬぬぅと唸った。

傍目《はため》にはゴリラが威嚇しているようにしか見えないが、心優しいこの王子様は、ルイスのこともロザリーのことも心配しているだけなのだ。

それが分かっているので、ルイスは一つため息をついて、怒りを引っ込めた。

「まぁ確かに、必要なら相手次第では使いますけどね。便利ですし」

「……そうだな、お前はそれができる男だ」

「でも、ロザリーには使いませんよ。彼女が私を他人のような目で見た時、私は胸が潰《つぶ》れるような思いだったんですよ？」

あの日、ベッドで目覚めたロザリーは、ただの他人を見る目でルイスを見ていた。

そのことがあんなにも胸を抉《えぐ》るなんて、ルイスは知らなかった。知りたくなかった。

「そもそも、私がロザリーの記憶を封じる理由なんてないでしょう？　なんだって、そこまで発想が飛躍してしまったのです？」

ライオネルは「ぬぬぅ」と唸り、言葉を濁らせる。なにやら、言い難《にく》い話があるらしい。

「お前達が婚約したと聞いた時、私は公務中で祝いに行けなかったが……とある噂を聞いたのだ」

「噂？」

ルイスが眉をひそめると、今まで黙っていたネイトが口を挟む。

「これは、自分が聞いてきた噂ですが……魔法兵団団長とその婚約者は不仲であると、噂になっていたんですよ……」

「相思相愛ですけど何か？」

ルイスが七賢人になるために〈治水の魔術師〉に取り入っただけのと、口さがないことを言う者がいたことは知っている。

だが、自分達は両想《りょうおも》いで将来を誓い合っているのだ。だから、そんな噂などルイスは鼻で笑って、気にもかけなかった。

自信たっぷりのルイスに、ネイトはボソボソと続ける。

「……少なくとも周りには、相思相愛には見えていなかったようです……心当たりはありませんか？　ヴェルデ嬢に、違和感はありませんでしたか？」

「確かに、再会してからのロザリーは、少し素っ気なかったかもしれませんが……」

ルイスは、再会してからのロザリーのことを思い返した。

ニコリともせず、黙々と手当てをする厳しい態度。なるほど確かに、周りには素っ気ないように見えるかもしれない。

だが、ルイスは思うのだ。

「昔から、ロザリーはそんな感じだったではありませんか」

「むぅ、それは……」

「まぁ、そうですね……」

ライオネルもネイトも否定はしなかった。

ロザリーは基本的に、愛嬌《あいきょう》を振りまく性格ではないのだ。いつも冷静で淡々としている。だからこそ、たまに小さく笑ったり、アワアワと狼狽《うろた》えたりしていると、それはもう可愛《かわい》いのだが。

ライオネルは深く長いため息をつき、握った拳《こぶし》を己の額に押し当てながら言った。

「私はお前達が、互いを大事に思っていることを知っている。だから、不仲の噂を聞いた時、何か行き違いがあるのではないかと思った」

ライオネルの横に控えたネイトが、コクコクと頷《うなず》く。

「……で、その行き違いを解消するために、記憶を封印するぐらい、貴方ならするのではないかと……まぁ、思いますよね……」

思わねぇよ、人をなんだと思ってんだ、壁野郎――という罵声《ばせい》を、ルイスはジャム入り紅茶とともに喉《のど》の奥に流し込んだ。

(それにしても、ロザリーの記憶喪失の原因が魔術とは……考えもしなかった)

確かに精神干渉魔術を使えば、記憶の封印はできる。だが、ロザリーが記憶喪失になることで、得をする人間が誰もいないのだ。

仮に、ロザリーを屋上から突き落とした犯人がロザリーに顔を見られたとして、それなら記憶を封印するより、殺してしまった方が確実である。

ロザリーが記憶喪失になることで得をしたのは、一緒に暮らす大義名分を得たルイスぐらいなのだ。そういう意味では、ライオネルがルイスを疑ったのも、あながち見当違いではなかった。

(ロザリーの記憶喪失が精神干渉魔術だと仮定して、あの状況でそれができるのは……)

ルイスが紅茶にジャムを足しながら思案していると、今までずっと苦しげに唸っていたライオネルが、唐突に頭を下げた。

「すまん！　私は、友を疑っていた最低の男だ！　ロザリーの件で心を痛めているお前に、なんという酷い疑いを……許してくれっ！」

第一王子という立場でありながら、ライオネルの熱苦しさと実直さは、学生時代から何も変わっていない。

ルイスは思わず、取り繕うことも忘れて苦笑を浮かべた。

「殿下、王族がそんな簡単に頭を下げるものではありませんよ」

「こういう時は己の非から目を逸《そ》らさず、謝罪するのが道理であろう！」

「そんなもん、適当にごまかして有耶無耶《うやむや》にすりゃいいんですよ。政治とは、そういうものでしょう？」

「政治ではない。友人だからこそ、謝るのだ」

ライオネルの言葉に虚をつかれたルイスは、少しだけ目を見開き、そして肩を震わせる。

あぁ、やっぱりライオネル・ブレム・エドゥアルト・リディルは変わらない。融通の利かない馬鹿ゴリラだ。

「ルイスよ、ロザリーの転落事件は、七賢人選考会と関係しているのだな?」

「おそらくは」

「ならば、私はこう言おう。我が友、ルイス・ミラー。私はお前を信じている。どうか……七賢人になってくれ」

ライオネルがこう言うのなら、ルイスが返す言葉は決まっている。

「〈結界の魔術師〉ルイス・ミラーは、全力で貴方の期待に応えましょう、ライオネル殿下」

ルイスが殊更丁寧な態度で言うと、ライオネルは一度だけ深く頷いた。

「それでは、私はこれで失礼する。ロザリーによろしく伝えてくれ。それと……」

ライオネルは、ロザリーが眠る二階にチラリと目を向け、そして優しい目で笑う。

「ロザリーの記憶が戻った暁には、改めて、お前達の婚約を祝わせてくれ」

「ええ、楽しみにしています」


ライオネルを乗せた馬車が遠ざかっていく。

それを家の前に立って見送ったルイスは、馬車が見えなくなったところで、背後に控えているリンに命じた。

「リン、私は図書館に行ってきます。ロザリーを頼みました」

「かしこまりました」

ライオネルと話をして、ルイスには思いついたことがあった。

それは疑惑の芽だ。たとえそれがどんなに小さなものでも、疑わしいと思ったら徹底的に調べて、備えたい。

七賢人選考会まであと三日。やるべきことは幾らでもある。

七章　元悪童、珍獣と出会う

婚約者の家に滞在しているロザリーのもとに、第一王子ライオネルが見舞いに来てから、三日が経《た》った。

ライオネルが見舞いに来た日、酷《ひど》い頭痛に苛《さいな》まれたロザリーは、それからまた熱を出し、この三日間は殆《ほとん》ど寝て過ごしていた。

記憶を失ってからロザリーが思い出したのは、北部訛《なま》りの男の子のことだけだ。それですら、無理に思い出そうとすると、頭痛に苛まれる。

何か思い出そうとしては頭痛に苦しみ、そして熱を出して寝込むことの繰り返しだったが、今日の朝には熱も下がり、起き上がって歩き回れるぐらいには回復していた。

「今日はあの人、家を出るのが早いのね」

リンに着替えを手伝ってもらいながらロザリーが言うと、リンは服のボタンを留めながら淡々と答える。

「はい。ルイス殿はロザリー様が起床される前に、家を出られました」

ロザリーが起床する前にルイスが家を出るのは、この家に滞在してから初めてだ。

ルイスは少しでもロザリーと一緒にいる時間を作るべく、いつもギリギリの時間に飛行魔術で家を出て、仕事が終わるとすぐに帰ってくる。

そのことを、ロザリーは密《ひそ》かに申し訳なく思っていた。ロザリーが好きなのは、朧《おぼろ》げな記憶の中で快活に笑う、北部訛りの男の子だからだ。

チクチクと胸を刺す罪悪感を抱えつつ、ロザリーはベッドに腰掛ける。

着替えの手伝いを終えたリンは、サイドテーブルに置いた朝食の食器を回収していた——かと思いきや、体はサイドテーブルの方に向けたまま、首だけを勢いよく捻《ひね》ってロザリーを見る。

首の壊れた人形じみた、不気味な動きだ。

「ロザリー様。朝食のスープ、野菜の大きさは適切だったでしょうか？」

「……え？　えぇ」

妙な質問だ。普通は野菜の大きさより、スープの味を気にするところではないだろうか？

ロザリーは朝食のスープを思い出す。そういえば、スープの野菜はどれも恐ろしく正確に、大きさを揃《そろ》えて刻まれていた気がする。

「とても食べやすかったわ。ご馳走様《ちそうさま》」

「恐れ入ります。大部分はルイス殿が作られていますが、野菜を刻む作業はわたくしが担当しました故」

素朴なスープの味を思い出し、ロザリーは密かに驚いた。まさか、ルイスが料理をしていたとは、思っていなかったのだ。

この家には使用人がリンしかおらず、そしてリンは精霊で味覚がないのだから、当然と言えば当然だ。

それにしても、あの見るからに貴族然とした、お上品な振る舞いのルイスが、手ずからスープを作っていたなんて。

「……あの人は、料理が趣味なの？」

「ルイス殿の趣味は酒とジャムである、というのが、魔法兵団の方々の認識です」

「……えぇと」

ロザリーの中のルイス・ミラー像が、ますます混沌《こんとん》としていく。

思えば、ルイスもそうだが、リンの存在もなかなかに特殊だ。

リンはロザリーのことはロザリー様と呼ぶのに、何故《なぜ》か契約主であるルイスのことは、ルイス殿と呼ぶ。

屋敷の主人とメイドのやりとりとしては、まずありえないことである。

「貴方《あなた》とルイスって、どういう関係なの？」

「とりあえず、色気はありません」

「それは……まぁ、そうね」

ついでに言うと、信頼関係もあまりなさそうである。

ロザリーが返す言葉に悩んでいると、リンは真《ま》っ直《す》ぐにロザリーの方を向き、その手を自身の胸に当てた。

「実はわたくし、とある人間に恋をしておりまして」

「……え」

「その方と添い遂げるべく、人間について勉強中なのです」

精霊は本来、魔力濃度の濃い土地でないと長時間の活動ができない存在だ。魔力濃度の濃い土地を離れるには、消滅を覚悟するか、あるいは人間と契約を結ぶしかない。

だから、リンは王都に来るために、ルイスと契約をしたのだという。

リンは行動範囲が広がるし、ルイスは上位精霊と契約した魔術師として箔《はく》がつく。ルイスとリンは、そういう協力関係であるらしい。

ロザリーは記憶喪失だが、精霊との契約に関する知識はある。

上位精霊との契約は、契約石の用意が大変だし、魔力の消費も激しい。そこまでして、魔術師としての名を上げたかったのだろうか。

ロザリーの疑問に答えるように、リンが言う。

「ルイス殿は、上位精霊と契約していると、七賢人選考で有利になると仰《おつしや》っていました」

「…………え」

ロザリーの指先が冷たくなる。

ロザリーがルイスについて知っていることは少ない。

魔法兵団団長で、ロザリーとはミネルヴァでの同級生。上流階級の発音で上品に話し、髪や服の手入れが行き届いている人。

あとは、酒とジャムが好きで、スープを作るのが上手《うま》い。ロザリーが知っているのは、それぐらいだ。

「あの人は、七賢人になりたいの？」

「七賢人になるためなら、何でもする、とよく仰っています」

ロザリーの全身から血の気が引いていく。

（じゃあ、あの人が私と婚約したのは……七賢人になるため？）

ロザリーは冷たくなった己の指先を、無意識に擦《こす》り合わせる。

リンは無表情にロザリーを見つめていた。瞬《まばた》き一つしない目が、どこか鏡のように見えて、ロザリーは咄嗟《とっさ》に目を逸《そ》らす。

その時、家がドォンと大きな音を立てて振動した。

「きゃあっ」

ベッドに座っていたロザリーは、小さく悲鳴をあげてよろめく。

ベッドに勢いよく倒れ込みそうになったが、そうなる前に、フワリと柔らかな風がロザリーを受け止めてくれた。リンの風だ。

大きな振動があっても、リンは直立不動の姿勢を保ったまま、首だけを捻って窓の外を見た。

「暴れ牛の襲来でしょうか」

「……この高級住宅街で？」

「不法侵入者は、吊《つ》るして燻《いぶ》して構わないと言われております」

物騒である。

その時、ロザリーの頭に「同級生燻製《くんせい》未遂事件」という、限りなく不穏な単語がよぎった。

ズキズキと痛む頭を押さえ、ロザリーは呻《うめ》く。何故、蘇《よみがえ》る記憶の断片が、こんなにも不穏なのだろう。

頭の痛みを堪《こら》えるロザリーが、リンには不安がっているように見えたらしい。

メイドの姿をした風の上位精霊は、ヒュオンヒュオンと音を立てて風を漂わせた。

「ご安心ください、ロザリー様。たとえ、ルイス殿の家が木っ端微塵《みじん》になろうとも、ロザリー様はお守りいたします」

「……家も維持できるように、頑張りましょう？」

頼もしくも不安なリンの背中を見つめていると、窓の下から元気な声が響く。

「ロザリーさぁ――ん！　お見舞いに来たっす！」

リンは首だけを動かしてロザリーを見た。

「吊るして燻しますか？」

「……やめてあげて」

＊　＊　＊

ルイスの弟子であるグレン・ダドリーは、事故に遭った直後に一回会ったきりだが、懸命にロザリーに話しかけてくれたので、よく覚えている。

金茶色の髪の一五歳ぐらいの少年だ。元気いっぱいで愛嬌《あいきょう》があって、人懐っこい犬のような雰囲気がある。

しかし、額のあたりが真っ赤になっているのは、どういうことだろうか。

ロザリーがまじまじと見ていると、グレンは恥ずかしそうに額を手のひらで隠した。

「これは、飛行魔術にちょっと失敗して……」

なるほど、さっきの衝撃はグレンが屋敷の壁に衝突した時のものだったらしい。きっと、砲弾のように飛んできて、壁に頭から突っ込んだのだろう。

「その年で、飛行魔術が使えるの？　すごいのね」

「いやぁ、そんな……えへへ」

「でも、安全管理には気をつけてね。飛行魔術の転落事故は、魔法戦用結界でも防げないから」

ロザリーは自分が怪我《けが》をしていることも忘れ、ソファに座るグレンの前髪を持ち上げた。

グレンの額は真っ赤で、ぷっくりと腫《は》れている。

「念のため、冷やしておきましょう」

「ほっとけば、そのうち治るっすよ」

「頭の怪我は甘く見ては駄目よ」

他でもないロザリー自身が、頭を強く打って、現在進行形で記憶喪失中なのである。

「頭痛、目眩《めまい》、耳鳴りがしたら、無理せず横になりなさい。吐き気がしたら、すぐに言って。吐瀉《としゃ》物が喉《のど》に詰まったら窒息する可能性があるから、寝るなら横向きに」

ロザリーが淡々と指示を出すと、グレンは眉《まゆ》を下げて笑った。

「なんかこの感じ、懐かしいっす」

「……つまり、私は記憶を失《な》くす前も、こうして貴方《あなた》の手当てをしてたわけね」

「オレ、訓練中にしょっちゅうポカして、医務室送りになってたんすよ。だから、ロザリーさんはオレの恩人っす！　あっ、そうだ。これお見舞い！」

そう言ってグレンが差し出したのは、木の皮に包まれた鶏肉《とりにく》だった。何故に肉。

無言で肉を見つめるロザリーに、グレンはニカッと白い歯を見せて言う。

「怪我した時は、とりあえず肉を食べれば元気になるっす！　あ、その鶏、今朝シメたばかりの新鮮なやつなんで！」

「……どうもありがとう」

とりあえず礼を言って、肉はリンに預けることにした。昼食の時にでも、焼いてもらおう。

そういえば、今は真昼間なのだが、グレンはロザリーの見舞いをしていて良いのだろうか？

今日のグレンは私服らしいシャツとベストを着ていた。前に医務室で見かけた時は、魔法兵団の制服を着ていたはずだ。

「貴方は、魔法兵団の人間なのよね？」

「えーっと、オレは正式な団員じゃなくて、見習いの雑用係っす」

「見習い？　じゃあ、魔術師養成機関に通っているの？　その、ミネルヴァとか……」

ミネルヴァの名前を出すと、グレンは途端に笑顔を引っ込め、鼻の頭に皺《しわ》を寄せた。何やら嫌な思い出があるらしい。

「オレ、あそこ嫌いっす……すぐに退学になったし」

グレンは不貞腐《ふてくさ》れた子どものような顔で、ポツリポツリと自分のことを語り出した。

膨大な魔力量を見出《みいだ》され、ミネルヴァの生徒になるも、魔力暴走事件を起こしてしまったこと。

そして、幽閉されていたところを、ルイスの弟子になることを条件に解放されたこと。

ロザリーが想定していた以上に、大変な人生を送っているらしい。

「だからオレ、師匠には感謝してるんすよ！」

快活に笑い、グレンはふと思いついたような顔で提案した。

「そうだ。今日は昼飯、オレが持ってきた肉で何か作るっすよ！　ロザリーさんにはいつもお世話になってるから、お返し！」

気持ちの良い少年だ。その裏表のない態度を見ていたら、なんだか酷《ひど》くホッとして、ロザリーはソファの背もたれにもたれる。

グレンは早速袖捲《そでまく》りをしながら、調理場に目を向けた。

「夕飯の分もまとめて作っておくっすねー。師匠、今日は七賢人選考会あるから、疲れてるだろうし」

「……え？」

ロザリーは早鐘を打つ心臓をなだめながら、慎重に問いかけた。

「……今、七賢人選考会を、してるの？」

「そうっすよ。ロザリーさんのお父さんの、〈治水の魔術師〉さんが七賢人を引退するらしくて、その後任を決めるって……あれ？　えっ？　もしかして、師匠、ロザリーさんに話して……ない？」

無論、初耳である。なんなら、ルイスが七賢人の座を目指していることも、ついさっき知ったばかりだ。

（……そう。そういうこと……）

ロザリーは俯《うつむ》き、暗い目で笑った。

七賢人になりたいルイス、そして、七賢人の娘のロザリー。

二人が婚約した理由なんて、容易に想像できる。

（だから、あの人は、あんなに良くしてくれたんだわ）

＊＊＊

リディル王国城には、国王と七賢人だけが入室を許されている、〈翡翠《ひすい》の間〉という部屋がある。主に七賢人達が集い、会議をする時に使われるその部屋は、強固な防御結界を維持するための翡翠柱が部屋の隅に設置され、中央には大きな円卓があった。

その円卓の前に座る七人が、この国の魔術師の頂点に立つ七賢人である。

円卓には時計回りで、〈雷鳴の魔術師〉、〈星詠みの魔女〉、〈治水の魔術師〉、〈砲弾の魔術師〉、〈宝玉の魔術師〉、三代目〈深淵《しんえん》の呪術師〉、五代目〈茨《いばら》の魔女〉が就任順に着席していた。

その中で唯一の女性である、〈星詠みの魔女〉メアリー・ハーヴェイが、どこか眠たげな目で他の六人を見回し、口を開く。

「皆様は、新七賢人候補について、どうお考えかしら～？」

メアリーの言葉に真っ先に反応したのは、ローブの上に幾つもの宝石を飾った、五〇歳過ぎの男、〈宝玉の魔術師〉エマニュエル・ダーウィンだ。

「わたくしめは、〈風の手の魔術師〉アドルフ・ファロン殿がよろしいかと思います。遠隔魔術で国内新記録を出した若き才能、実に素晴らしいではありませんか」

まるで芝居の台本を読み上げるかのように、滑らかな口調なのは、事前に用意していた台詞《せりふ》だからだろう。

エマニュエルが第二王子派で、第二王子派筆頭貴族であるクロックフォード公爵の息がかかった

〈風の手の魔術師〉を推していることは、この場にいる誰もが知っている。

「〈風の手の魔術師〉は魔術師組合で幹部を務めており、実務能力も高いと聞きます。なにより、貴族議会の支持も厚い。彼を選べば間違いありません！」

「小難しい話は抜きにして、魔法戦でスパッと決着つけちまえばいいのになぁ」

熱弁を振るうエマニュエルの右隣の席で呟《つぶや》いたのは、黒髪顎髭《あごひげ》の大男──〈砲弾の魔術師〉ブラッドフォード・ファイアストン。この国で最も火力の高い魔術を扱う武闘派魔術師である。

「新七賢人は、とにかく強い奴《やつ》がいい。なぁ、星詠みの。選考会の魔法戦に俺も交ぜてもらっちゃ駄目か？」

「駄目よぉ。ブラッドフォードちゃんの火力じゃ、みんな吹き飛んじゃうでしょう〜」

メアリーはおっとりと窘《たしな》め、まだ発言していない若者二人、紫の髪の青年〈深淵の呪術師〉レイ・オルブライトと、真紅の巻き毛の青年〈茨の魔女〉ラウル・ローズバーグに目を向ける。

「レイちゃんとラウルちゃんは、どう？　何か意見はあるかしら？」

陰気な顔で頬杖《ほおづえ》をついていたレイは、投げやりな態度で「どうでもいい……」と呟く。愛されたがりの彼は、今日も城の女中達に遠巻きにされて、心が挫《くじ》けているらしい。

その横の席のラウルは、いっそレイとは対照的なほどカラリと笑った。

「オレは面白い奴がいいと思うな。〈沈黙の魔女〉って、無詠唱魔術の使い手なんだろ？　どんな感じなのか見てみたいなぁ」

〈茨の魔女〉ラウル・ローズバーグは魔女を名乗っているが、男性である。

彼はリディル王国で最も有名な魔女、〈茨の魔女〉を継承するローズバーグ家の当主であるため、男性でありながら〈茨の魔女〉を名乗っているのだ。

ラウルの言葉に、ブラッドフォードが少しだけ意外そうな顔をした。

「いいのか、茨の？　〈沈黙の魔女〉は一五歳だから、お前さんの最年少七賢人記録が破られちまうぜ？」

「別にオレは、そんなの気にしたことないし。それよりも、年が近いなら仲良くなれるかな？　友達になりたいなぁ」

能天気なことを言いだしたラウルは、ふと思い出したような顔で、〈治水の魔術師〉バードランド・ヴェルデを見た。

「そういえば〈結界の魔術師〉って、娘さんの、婚約者なんだっけ？　えーと、確か、魔法兵団団長の……」

白髪混じりの焦茶の髪を撫《な》でつけたバードランドは、いつもと変わらぬ厳格な態度で口を開く。

「私は〈結界の魔術師〉の推薦人だが、選考は公平であるべきと考える。私の後任となる七賢人は、皆様方の意見を踏まえた上で、最良の選択をしていただきたい」

バードランドが静かに言うと、エマニュエルがここぞとばかりに声を張り上げた。

「そういえば、〈治水の魔術師〉殿のご令嬢は、先日大変な事故に遭われたとか！　しかも、婚約者のいる魔法兵団の詰所で！　まったく婚約者殿は何をしておられたのか。いやはや、なんとも不《ふ》甲斐《がい》ない」

露骨にルイス・ミラーを貶《おとし》めようとするエマニュエルに、レイが冷めた目を向けた。

「……最近は、俺や〈茨の魔女《そいつ》〉みたいな若造が増えたから、これ以上若い七賢人を増やしたくないんだろ？　だったら、候補者の中で最年長の〈飛翔《ひしょう》の魔術師〉でいいじゃないか」

エマニュエルが、動揺に肩を震わせた。

レイの指摘通り、エマニュエルも本心では、これ以上若造を増やしたくないのだろう。それでも、第二王子派の立場故に、彼は〈風の手の魔術師〉を推しているのだ。

メアリーは円卓をグルリと見回し、頬に手を当てた。

「全体的に、票は割れてる感じねぇ～」

星を詠む魔女は一人一人の顔を見つめ、そして最後に、己の隣に座る最年長の七賢人〈雷鳴の魔術師〉グレアム・サンダーズに訊《たず》ねる。

「サンダーズ様は、どう思います～？」

グレアムはリディル王国で最も名の知れた英雄であり、今は齢《よわい》八〇歳過ぎのご老人だ。

ぶかぶかのローブに埋もれている英雄は、真っ白な髭の奥で口を動かし、凄《すご》みのある低い声で、七賢人達に問いかけた。

「……朝ごはんは、まだですかのぅ？」

「サンダーズ様、もうお昼ですわ～」

＊　＊　＊

飛行魔術でリディル王国城の城門前に到着したルイスは、杖《つえ》をサッと一振りして飛行魔術を解除すると、懐中時計で時間を確認した。遅刻というほどではないが、調べ物をしていたら、ギリギリの時間になってしまったのだ。

ロザリーの転落事件があった日から、ルイスは調査のために奔走していた。おかげで、だいぶ真相が見えてきている。まだまだ不明な点はあるが、凡《おおよ》そ自分の考えている展開で間違いはないだろう。

（……あとは、詰めを間違えないようにするだけだ）

七賢人選考会は私服で来るように言われていたので、ルイスは動きやすい服の上にマントを羽織っていた。別にローブでも良いのだが、ルイスにとってはマントの方が何かと使い勝手が良いのだ。

ルイスはマントの裾《すそ》を翻し、堂々とした足取りで門へ向かう。すると、丁度ルイスが正門の前に辿《たど》り着《つ》くのと同じタイミングで、門を出てきた人物がいた。

年齢は三〇歳前後。短い鳶色《とびいろ》の髪の、ヒョロリと痩《や》せた男だ。

魔術師が持つ杖を手にしているが、ローブやマントの類は身につけていない。動きやすそうな革のジャケットを羽織っている。

ルイスは彼の顔に見覚えがあった。

「失礼。貴方は〈飛翔の魔術師〉ウィンストン・バレット殿ではありませんか？」

「うん？　あぁ、あんたは確か〈結界の魔術師〉の……」

「魔法兵団団長〈結界の魔術師〉ルイス・ミラーと申します」

ルイスが優雅に一礼すると、ウィンストンは頭をかきながら「はぁ、どうも」と雑に頭を下げた。

〈飛翔の魔術師〉ウィンストン・バレットは、ルイスと同じ七賢人候補の一人である。

飛行魔術を使った長距離飛行の国内記録の持ち主で、地方貴族からの信頼が厚い、本物の実力者だ。

競争相手であることは承知の上で、ルイスは穏やかな物腰で話しかけた。

「貴方には、一言お礼を言わねばなりませんね。数年前のナディン地方の水害。貴方が飛行魔術で王都に応援を呼んでくれたおかげで、〈治水の魔術師〉殿の到着が早くなったと聞きました」

「あの水害から街を守ったのは、あんたと〈治水の魔術師〉様だ。俺はただ、人を呼んできただけだよ」

ウィンストンは軽く肩を竦《すく》め、ルイスの横を通り過ぎる。彼が向かう先は、城とは反対側だ。

「どちらへ行かれるのです？　そろそろ選考会が始まるのでは」

ウィンストンは足を止め、首だけを捻《ひね》ってルイスを振り向く。

「俺は、今回の選考会を辞退することにしたんだ。元々、七賢人なんて柄じゃないし。自由に空飛んでる方が性に合ってる。今は、辞退の旨を伝えてきたところだ」

「……なんと」

それは、ルイスにとって嬉《うれ》しい想定外である。今回の選考会で、最も強敵になると警戒していたのが、この〈飛翔の魔術師〉だったのだ。

「よろしいのですか？　貴方は地方貴族の方々からの信も厚いと聞きましたが」

「俺は自由に楽しく空を飛べてりゃ、それで良いんだ」

ウィンストンは首を傾け空を仰ぎ、昔を振り返るみたいに遠い目をした。

「ナディン地方の水害……周りはみんな、〈治水の魔術師〉と〈結界の魔術師〉がいかに凄かったかを語るだろ？　伝令役である俺に言及するのは、裏方の事情を知ってる、あんたみたいな奴だけだ」

そのことが面白くないのかと思いきや、ウィンストンは目尻《めじり》を下げて、クシャリと短い髪をかく。

「それぐらいで丁度良いな、って俺は思ったんだよ。大勢に感謝されるより、事情を知ってる奴に礼を言われるぐらいで良い。でかすぎる感謝や称賛ってのは、どうにも肌に合わないんだ」

ルイスは気がついた。この男は、姉弟子のカーラと同じなのだ。天才と持《も》て囃《はや》され続けたカーラも、称賛から生じる期待と責務の重さを知っている。

ウィンストンの考えを、ルイスは悪いことだとは思わない。かつてのルイスもまた、身軽でいられるなら、名誉も称賛もいらないと思っていた。

——だが、今は違う。惚《ほ》れた女と結婚するには、七賢人になる必要がある。そして、七賢人になるには、沢山の名誉と称賛が必要なのだ。

ウィンストンが辞退するなら、ルイスに止める理由はない。

「それにな。俺は魔法戦が苦手だから、あんたらみたいなバケモノと戦いたくないんだ」

サラリと続いた言葉に、ルイスは眉根《まゆね》を寄せた。

（……あんたら？）

七賢人候補は、ウィンストンとルイスを除けば、あと二人。

〈風の手の魔術師〉アドルフ・ファロンと、〈沈黙の魔女〉モニカ・エヴァレット。

アドルフとは学生時代に何度も魔法戦をしているが、戦績はルイスの全戦全勝である。

アドルフは遠距離からチクチクと嫌らしい攻撃をするのは得意だが、さほど火力はない。距離を詰めてしまえば、そこらの中級魔術師と大差ないのだ。

残る一人のモニカ・エヴァレットに関しても、無詠唱魔術は確かに凄いが、幾らでも対処のしようがある。

「それじゃあ、健闘を祈るよ。〈結界の魔術師〉さん」

そう言って、ウィンストンは短縮詠唱をする。〈飛翔の魔術師〉お得意の飛行魔術だ。

ウィンストンはフワリと浮き上がると、そのまま勢いよく空を飛んで消えていく。大した速度だ。

ウィンストンは魔法戦が苦手だと言ったが、あの飛行魔術で飛び回られたら、攻撃魔術を当てるのには、さぞ苦労しただろう。

ルイスはしばし、その場でウィンストンを見送っていたが、すぐに手続きをして、城内の指定された部屋に向かった。

七賢人候補の集合場所として指定されていたのは、品の良い調度品が設《しつら》えられた応接室だ。

ルイスが部屋に入ると、ソファに足を組んで座っていた〈風の手の魔術師〉アドルフ・ファロンが、横目でルイスを見た。

「時間ギリギリなんて随分余裕だな？　ルイス・ミラー」

「ええ、常に心に余裕を持つことは大事ですからね。おや、もしかして、貴方は余裕がおありではないのですか、〈風の手の魔術師〉殿？」

余裕たっぷりの笑みを向けると、アドルフは不機嫌そうに鼻を鳴らして黙り込む。

正直、ルイスとしてはアドルフのことなどどうでも良かった。それよりも、もっと気になる存在が室内にいるのだ。

応接室の窓辺。隅に寄せてまとめられたカーテンから、足が生えている。

ルイスは思わずアドルフに訊ねた。

「……あれは？」

「もう一人の候補者だろ……多分」

多分、ということは、アドルフも顔を見ていないのだろうか。

気になったルイスはカーテンに近づき、声をかけた。

「〈沈黙の魔女〉モニカ・エヴァレット殿ですね？」

相手を怯《おび》えさせぬよう、柔らかな声で訊ねると、カーテンの端が少し捲《めく》れて、隙間から小柄な少女が顔を覗《のぞ》かせた。

薄茶の髪を三つ編みにして、フード付きローブを着た小柄な少女だ。年齢は一五歳と聞いているが、それよりも、二、三歳幼く見える。まるで子どもだ。

緑がかった茶色の目が、オドオドとルイスを見た。ルイスは己の胸に手を当て、ニコリと微笑《ほほえ》む。

「初めまして。私は〈結界の魔術師〉ルイス・ミラーと申します」

かつて悪童と呼ばれた少年が、紳士を目指す過程で培った、大抵の相手に好感を抱いてもらえる優しい笑顔である。にもかかわらず、少女はビクゥッと肩を震わせ、血の気のない唇をわなかせた。

「みっみみ、みみみ、みみみみみみ……っ」

自分は死にかけの蝉《せみ》に話しかけたのだろうか、とルイスは思った。

「おや、顔色が悪いですね、〈沈黙の魔女〉殿。緊張しておられるのですか?」

「み、みみっ、みねっ、みねねっ、みっ、みっ、み……っ」

少女はヒィッ、ヒィッと喉《のど》を引きつらせていたが、やがてフードの上から頭を抱え、消え入りそうな声で懇願した。

「……殺さないで」

アドルフが、呆《あき》れ顔《がお》でルイスを見る。

「お前、そいつに何をしたんだ?」

「初対面ですよ。失礼ですね」

ルイスが不服げに返すと、扉がノックされ、見覚えのある人物がズカズカと室内に入ってきた。

魔術師のローブを着た姿勢の良い老人だ。短い白髪にボサボサの眉毛《まゆげ》、そして手にはトレードマークの煙管《きせる》。

ルイスの師であり、ミネルヴァの教授でもある、〈紫煙の魔術師〉ギディオン・ラザフォードである。

ルイスはその顔に、己にできる最大級の愛想笑いを貼りつけた。

「これはこれは! 弟子が七賢人を目指していると知りながら、別の人間を七賢人候補に推薦しやがった、ラザフォード師匠ではありませんか!」

根に持っていたのである。せめて、これぐらいは言わせてもらわないと、気が済まない。

露骨な当て擦りをするルイスに、アドルフがニヤニヤと笑い、カーテンに包《くる》まった小さな魔女はガタガタと震える。

ラザフォードは手にした煙管をクルリと回し、不敵な笑みをルイスに返した。

「相変わらず、キャンキャンとうるせぇ奴だなぁ。自信のある奴ぁ、無闇矢鱈《むやみやたら》に吠《ほ》えたりしないもんだぜ？」

相変わらず口とガラの悪い老人である。

ルイス相手に不敵な態度を崩さないラザフォードだったが、カーテンに包まって鼻水を垂らしている少女を見ると、呆れたようにボサボサ眉毛をひそめた。

「お前……早速、後輩を泣かせてんのか」

「濡《ぬ》れ衣《ぎぬ》にも程がありません？　ただ、話しかけただけですよ」

ルイスがそう言い返すと、カーテンに包まっていた少女──〈沈黙の魔女〉モニカ・エヴァレットはカーテンから飛び出し、ボテボテと鈍臭い足取りでラザフォードのもとに駆け寄った。

そして彼女は、あろうことかラザフォードのローブの下に潜り込む。

「ラ、ララ、ラザフォード先生っ、わた、わたし、むりっ、むりでふっ……こっ、怖いっ……もう帰るぅぅ……うっ、うぇぇぇぇぇん」

哀れな〈沈黙の魔女〉は、とうとう泣きだしてしまった。ラザフォードのローブは、内側からじんわりと濡れている。本当にこれが一五歳なのか、非常に疑わしい言動である。

ラザフォードは煙管を一口吸うと、有無を言わさずモニカを引きずり出した。小動物の首根っこを掴《つか》むような雑さだ。

「七賢人選考会用の魔法戦の結界を作んのが、どんだけ面倒だと思ってやがる。帰るんなら、魔法戦が終わってからにしろ」

「ひぃん、うっ、うぅぅ……」

これが自分の競争相手なのかと思うと、ルイスは目眩《めまい》がした。ここまでくると異国の珍獣にしか見えない。

くだんの珍獣はグスグスと洟《はな》を啜《すす》りながら、か細く消えそうな声で、ラザフォードに訊《たず》ねた。

「あっ、あっ、あのぅ……魔法戦の猶予は……何秒、でふか？」

ルイスは片眉《かたまゆ》を撥《は》ね上げた。モニカの言う猶予とは、魔法戦における特殊な措置だ。

強者側は最初の数十秒だけ魔術の使用が制限されるというもので、上級生と下級生が魔法戦をする時などに適用される。

「おや、お可愛《かわい》らしい。猶予が欲しいのですか？」

ルイスが物分かりの良い大人の顔で言うと、アドルフが呆れたように声をあげた。

「曲がりなりにも七賢人の選考会で猶予が欲しいなんて、どういう神経してるんだ？　自分は弱いから手加減してくれってか？　それなら、最初から選考会になんて来るなよ」

アドルフがギロリとモニカを睨《にら》むと、モニカはラザフォードのローブにしがみついたまま、首を横に振った。粗末なおさげが、ブンブンと揺れる。

「いえ、あの、わ、わたしがっ……開始を遅らせないと……勝っちゃう、から」

この一言に、ルイスとアドルフの空気が冷え込む。

それを察したモニカは、「ひぃん」と哀れな声をあげ、ラザフォードの背中に隠れた。

ルイスとアドルフは、目が笑っていない笑顔を向ける。

「はっはっは、手加減は不要ですぞ、〈沈黙の魔女〉殿」

「あぁ、後輩にお情けを貰《もら》うなんて、そんなことするわけないだろ？」

ルイスの声もアドルフの声も朗らかだった……が、その奥に怒りが滲《にじ》んでいるのは、誰が聞いても明らかである。

「ごめんなさいごめんなさいごめんなさい、余計なことを言ってごめんなさいぃぃぃ」

モニカにしがみつかれたラザフォードが、やれやれとため息をついた。

「今回の魔法戦は、猶予は無し。三人同時に開始だ。情けも容赦も手加減も不要。殺す気でやれ」

ラザフォードの最後の一言に、再びモニカは「いやぁぁぁ、怖いぃぃぃ、ひぎゅ、うぇぇん」と哀れな声をあげた。

やはり珍獣だ。ゴリラより珍しいかもしれない。

八章　本物のバケモノ

〈紫煙の魔術師〉ギディオン・ラザフォードが城に来たのは、推薦した〈沈黙の魔女〉の保護者としてである。

七賢人候補の三名が、魔法戦の会場である森に向かうのを見届けた後、ラザフォードは城の一室で一服していた。

すると、扉がノックされて、銀髪の美しい女が姿を見せる。

「ご機嫌よう、ラザフォード様」

瀟洒《しょうしゃ》なドレスの上にローブを羽織り、身の丈ほどの杖《つえ》を手にしたその女の名は、〈星詠みの魔女〉メアリー・ハーヴェイ。この国一番の予言者で、ラザフォードとは旧知の仲だ。

「今日は、カーラちゃんは一緒ではないのね」

「あいつは、よっぽどのことがない限り、城には近付かんだろうよ……それで、俺に何の用だ？」

ラザフォードが眼光鋭く、探るように問うと、メアリーは頬に手を添えて可愛《かわい》らしく微笑《ほほえ》む。

「これから始まる魔法戦を、七賢人達は城の一室で観戦しますの。ラザフォード様も、よかったら一緒にいかが？」

「いい、遠慮しとくぜ」

元〈岩窟《がんくつ》の魔術師〉、今は〈紫煙の魔術師〉を名乗っているラザフォードは、七賢人候補として何度か名前が挙がっている優秀な魔術師である。

だが、本人は頑《かたく》なにそれを固辞し、挙げ句の果てには、使者である魔術師組合の人間をぶん殴ったという経歴の持ち主であった。昔から偏屈なのである。

そんなラザフォードの弟子や教え子達が、こうして次々と七賢人候補になっているのだから、まったく人生とは分からないものだ。

ラザフォードは窓の外を眺めると、感慨深げに呟《つぶや》いた。

「なぁ、メアリーよ。お前さんは、魔術の天才ってのは、どんなんだと思う？」

「あら、七賢人候補は皆、世間で天才と呼ばれる人達ばかりですわよ〜？」

メアリーの言葉は正しい。だが、ラザフォードの考えは、少し違うのだ。

「俺はな、純粋な魔術の天才ってのは、〈砲弾の魔術師〉や〈星槍《せいそう》の魔女〉のことを指すんだと思っている」

「貴方《あなた》の教え子……〈結界の魔術師〉と〈沈黙の魔女〉は、そうではないと？」

メアリーのボンヤリとした水色の目が、真意を探るようにラザフォードを見た。

ラザフォードは一度目を閉じ、ゆっくりと開く。

「ルイス・ミラーは努力の天才、モニカ・エヴァレットは数字の天才だ」

あの二人が、ミネルヴァに在学している時期が被《かぶ》っていたら、さぞ面白いことになっていただろう、とラザフォードは思う。

もしかしたら、互いに切磋琢磨《せっさたくま》するライバルになっていたかもしれない。

ラザフォードは紫煙を燻《くゆ》らせ、口の端に笑みの形の皺《しわ》を刻む。

「七賢人の枠は一つだけ。どちらかは確実に落ちるわけだが……まぁ、この選考会で、何かしら得るものはあるだろうよ、お互いに、な」

＊　＊　＊

城から西に行ったところに、小さな森がある。この森のほぼ全域が魔法戦の会場だ。

そして、この森で行われる魔法戦は、七賢人達が観戦している部屋の白幕に映し出される仕組みになっている。

ルイス、アドルフ、モニカの三人を会場まで案内したのは、〈星詠みの魔女〉の弟子のクラレンス・ホールという魔術師だった。年齢は三〇代程、いかにも真面目そうな雰囲気の黒髪の男だ。

今回の七賢人選考会では、クラレンスを含む〈星詠みの魔女〉の弟子達が、進行を任されているらしい。

「皆様、事前にお配りした腕輪は、装着していただけましたでしょうか？」

クラレンスの言葉に、ルイスは軽く左腕を持ち上げた。そこに嵌《は》められているのは、薄紅色の宝石を嵌め込んだ、銀細工の腕輪だ。魔導具らしく、腕輪の内側には魔術式が細かく刻まれている。

「その腕輪は、装着者の魔力量が最大量の三分の一以下になると、宝石部分が光ります。腕輪が光ったら脱落です」

これは短時間で片がつくかもしれないな、とルイスは密《ひそ》かに考えた。

魔法戦では、受けたダメージの分だけ、魔力量が減少する仕組みになっている。

つまりは、魔術を使った時と、被弾した時に魔力が減るのだ。

考えなしに威力の高い魔術を使っていたら、あっという間に魔力切れになるし、かといって威力の低い魔術では、大してダメージを与えられない。

魔力量のやりくりを考えるのも、魔法戦における大事な戦略である。そして、元貧乏人のルイスは、この手のやりくりが得意だ。

ルイスが最も得意としている、結界で殴ったり、蹴《け》ったり、轢《ひ》いたりする戦法も、元々は魔法戦のために編み出したものだった。なにせ結界でぶん殴れば、その一手で攻撃と防御の両方が可能になる。

ただ、この結界で殴る戦法は、今回は使わないとルイスは決めていた。

理由は明快。アドルフはともかく、モニカのような小娘をぶん殴って勝利しては、体裁が悪いからである。無論、ルールの穴を突く戦い方も駄目だ。

今日の選考会は、ロザリーの父である〈治水の魔術師〉が見ているのだから、不良の戦い方では駄目なのだ。お上品な魔術師らしく、勝利しなくてはならない。

進行役のクラレンスは、全員が腕輪を装着していることを確認して、説明を続けた。

「敗北条件は、魔力量が三分の一以下になること。そして、森から出ることです。なお、飛行魔術を使う場合、木よりも高く飛んだら、やはり場外となるのでご注意ください」

飛行魔術の機動力はルイスの強みだが、元より今回は飛行魔術で高所を飛び回るつもりはない。遠距離射撃が得意なアドルフに撃ち落とされる危険性があるからだ。

「それでは、今から五分間時間をとりますので、各々移動して構いません。五分が経過したら、魔法戦開始の鐘を鳴らします」

その言葉が終わると同時に、ルイスとアドルフは動いた。

最初の五分間でいかに有利な位置に潜伏するかが、勝負の鍵《かぎ》となる。

ルイスはアドルフがどの方角に走って行ったかを横目で確認しつつ、後方で置き去りにされているモニカを見た。

モニカはボッテンボッテンと森の奥に走り、すぐに木の根に躓《つまず》いて転んだ。目を覆いたくなるほどの鈍臭さだ。

〈沈黙の魔女〉は、どう考えても魔法戦の素人だ。ただ、素人でも七賢人候補である。無詠唱魔術とやらで不意打ちをくらうのは避けたい。

ここはなるべく早めに〈沈黙の魔女〉を無力化し、アドルフとの対決に集中した方が良いだろう。

やがて、ルイスが森の奥に辿《たど》り着《つ》いたところで、鐘が鳴る。

ルイスはまず、感知の魔術を起動した。たちまち、瞼《まぶた》の裏側に漆黒の闇が広がる。魔力反応があると、そこに星のような輝きが現れるのだ。

感知の魔術は、魔術を使っていない魔術師を見つけ出せるほどの精度はないが、アドルフとモニカのどちらかが魔術を使っていれば、居場所が分かる。

まぁ、最初はどちらも、様子見をするだろうけれど……と思った瞬間、感知の魔術に強大な魔力反応が現れた。

ギョッとしたルイスは大きく目を見開き、上空を見上げる。

空に浮かんでいるのは、緑色の光の粒子で作られた大きな門――風の精霊王召喚の門だ。

（馬鹿な。開始の鐘が、鳴ったばかりだぞ⁉）

精霊王召喚は最上位の魔術だ。詠唱には時間がかかる。その長さは、ルイスが今使った感知の魔術の比じゃない。

こんなに早く発動できるはずがない。そう考えた瞬間、ルイスは恐ろしい可能性に辿り着く。

「――――くそっ！」

ルイスは素早く近くの木の陰に飛び込み、短縮詠唱で防御結界を発動。己の頭上をガードした。

それとほぼ同時に精霊王召喚の門が開き、空から凶悪な風の刃《やいば》が雨のように降り注ぐ。

ルイスの防御結界が砕け散った。発動速度を優先したため、結界の強度を上げられなかったのだ。

頭を庇《かば》うよう掲げた腕に、風の刃が突き刺さり、痛みが走る。魔力がゴッソリと削られる感覚があった。流石《さすが》は最上位の魔術である精霊王召喚。威力が桁違《けたちが》いだ。

遠くの方で、「ぎゃあああ！」という悲鳴が聞こえた。あれは、アドルフの悲鳴だ。おそらく、今の攻撃をまともにくらったのだろう。

ルイスとて、感知の魔術を使っていなければ、危なかった。

（アドルフが攻撃を受けたということは、やはり今の魔術を使ったのは、〈沈黙の魔女〉か……！）

恐ろしい予感は、どうやら的中していたらしい。

ルイスは悪童時代、魔法戦のルールの穴を突き、「そんなの反則だ」と散々言われてきた男である。

そのルイスが、顔を引きつらせて、心の中で絶叫した。

（開戦と同時に、無詠唱で精霊王召喚だと？　……クソがっ、反則にも程があるだろっ！）

喚《わめ》き散らしたいのを堪《こら》え、ルイスは冷静に状況を判断した。

あの珍獣娘が、無詠唱で精霊王召喚をできるのなら、初手でそれを使うのは、非常に理に適《かな》っている。無詠唱魔術の強みは、先手を取りやすいことにあるからだ。

（実戦だったら即死だが……これは魔法戦。まだ、巻き返すチャンスはある）

ルイスは木々が密集した場所を選んで、慎重に移動した。

魔法戦では、結界の中にある木々も保護される。つまり、そこら辺に生えている木も、立派な盾になるのだ。上手《うま》く身を隠せば、防御結界を使わずとも、敵の攻撃を防げる。

再び感知の魔術を起動。今度は精霊王召喚ではなく、広範囲の炎の魔術だ。大地を舐《な》めるように広がる炎──それをルイスは半球体型防御結界で防いだ。

（一気に距離を詰めるか）

ルイスは一度全ての魔術を解除し、まずは飛行魔術の詠唱をする。ふわりと体が浮かんだところで、今度は自身の前方に盾型防御結界を展開。

これで、盾で身を守りながら飛行魔術で敵に接近できる。いつもなら、このまま盾で轢くなり、殴るなりするところだが、それは自重する。

森のように木々の多い場所で、飛行魔術を使うのは至難の業だ。操作を少し誤れば、木に激突する。

ルイスは器用に飛行魔術を操り、木々の間を縫うように進んだ。途中、四回ほど広範囲攻撃が飛んできたが、防御結界でキッチリ防ぐ。

悪くないペースだ。とルイスは計算しながら考える。

敵は既に精霊王召喚を一回、広範囲魔術を五回も使っている。相当な早さで魔力を消費しているはずだ。

（やはり、〈沈黙の魔女〉は素人だ。魔力の配分を全く考えていない）

この調子なら、〈沈黙の魔女〉が自滅するのは、時間の問題だろう。

やがて、木々の奥に〈沈黙の魔女〉モニカ・エヴァレットの姿を見つけたルイスは、飛行魔術を解除して着地し、木陰で詠唱をした。

モニカはおそらく、感知の魔術は苦手なのだろう。だから、無差別に広範囲魔術を連発しているのだ。

モニカは背中を丸めてビクビクとしているが、魔術を使う瞬間だけ顔を上げる。その瞬間を狙って、ルイスは魔術を発動した。

（――〈鏡の牢獄《ろうごく》〉発動）

モニカが攻撃魔術を使おうとした瞬間、モニカを閉じ込めるように、半球体型の結界が生まれる。ただの防御結界ではない。内向きに反射する結界だ。この中で攻撃魔術を使うと、全て自分に跳ね返ってくる。

その結界に気づいた瞬間、モニカはさぁっと青ざめ、発動しかけた術を中断した。

「おや、勘の良いことで」

木陰から姿を見せたルイスは、あえてゆったりとした歩みで、モニカに近づく。

「そのまま攻撃魔術をぶっ放していたら、全部貴女《あなた》に反射する筈《はず》だったのですけどねぇ。はっははは」

「ひぃんっ……なっ、ななっ、なんで、まだ、動いてるんですかぁ……っ」

失礼な小娘である。その頭を小突いてやりたい衝動をグッと堪え、ルイスは大人の余裕で告げた。

「私の肩書きをお忘れですか？　私は、〈結界の魔術師〉なんですよ。あの程度の攻撃を防ぐぐらい、わけありません」

最初の精霊王召喚で、それなりに大きいダメージを受けたことは伏せておく。ハッタリは大事だ。

「お嬢さん、魔法戦が始まってから、上級魔術を何発使いましたか？　もう魔力が切れる寸前では？」

「ま、まだ、大丈夫……だと、思いまふ……多分」

「ほぅ？」

モニカはいかにも不健康そうな顔色だが、魔術を使って疲弊している様子はない。あれだけ威力の高い魔術を連発していたくせに、だ。

おかしい。事前に見た資料だと、モニカの魔力量はルイスより、やや少ないぐらいだったはずだ。

その時、後方から衝撃がきて、背中に激痛が走った。風の弾丸による攻撃だ。

受けた衝撃の分だけ、ルイスの中の魔力がごっそりと削られていく。

ガフッと息の塊を吐き出しながら、それでもルイスは地面に倒れぬようしっかりと踏ん張った。

（あいつ、生きてたのか！）

『いいザマだなぁ、ルイス・ミラー！』

拡声魔術で空から降ってくるように響くのは、アドルフ・ファロンの声だ。

そんな地味で面倒な魔術を使ってでも、アドルフはルイスを罵倒《ばとう》したくて仕方がなかったらしい。

ルイスは左手首の腕輪を確認した。幸い、まだ宝石は光っていない。だが、モニカの精霊王召喚と、今の風の弾丸でだいぶ魔力が削られたはずだ。あと一発くらったら、脱落もありえる。

前方には、無詠唱魔術を操る〈沈黙の魔女〉モニカ・エヴァレット。

後方には、遠距離攻撃を得意としている〈風の手の魔術師〉アドルフ・ファロン。

まずい状況だ。

なんとかこの場を離脱し、離れたところにいるアドルフを引きずり出さなくては……そう考えるルイスの前で、モニカが右手を持ち上げる。

先ほどまでビクビクとしていた幼い顔に表情はなく、虚空を見つめる目は、木々の合間から差し込む日の光を受けて、緑がかった色に煌《きら》めいていた。

モニカが持ち上げた右手の指を曲げる。銃の真似事《まねごと》をするみたいに、親指と人差し指だけを立てた手——その指先に魔法陣が浮かんだ。

属性は風。組み込まれているのは、離れたところで発動する遠隔術式。ルイスがそこまで読み取ったところで、魔法陣が発光して消える。

遠くで悲鳴が聞こえた。ルイスの背中を冷たい汗が流れる。

その直後、進行役であるクラレンスの声が拡声魔術で響いた。

『〈風の手の魔術師〉アドルフ・ファロン様は、魔力量が三分の一以下になったため、脱落とします』

ルイスは即座に理解した。

この小娘は無詠唱で遠隔魔術を操り、アドルフ・ファロンを撃ったのだ。

沈黙の魔女
モニカ・エヴァレット

遠隔魔術は扱いの難しい魔術である。それを無詠唱で使ったことも恐ろしいが、それ以上にルイスを戦慄《せんりつ》させたのは、その魔術が一撃でアドルフを撃ち落としたという事実だ。

ルイスは動揺を押し殺し、モニカに訊《たず》ねた。

「〈沈黙の魔女〉殿、貴女は今の無詠唱の遠隔魔術を、実戦で使ったことが？」

「なっ、なっ、ないですっ……けど」

突然話しかけられたモニカは、目をギョロギョロと動かし、忙《せわ》しなく指をこねながら呟《つぶや》く。

「こんなのは、いっぱい計算するだけ、なので……」

今の台詞《せりふ》を、アドルフに聞かせてやりたい。

アドルフが七賢人に選ばれたのは、超長距離狙撃魔術と遠隔魔術の腕がずば抜けているからだ。

そのアドルフが積み上げてきた功績を、この小娘はあっさりと再現してみせた。しかも、無詠唱で。

それがどれだけ恐ろしいことか、この小娘は分かっていないのだ。

認めよう。〈沈黙の魔女〉モニカ・エヴァレットは正真正銘の大天才だ。

その才能は、一度に七つの魔術を操る〈星槍の魔女〉カーラ・マクスウェルに匹敵する。

精霊王召喚や遠隔魔術を無詠唱で操るのも規格外だが、その命中精度も尋常ではない。

それでも、今の遠隔魔術で魔力をかなり消費したはずだ。持久戦に持ち込めば勝ち目はある。

——そう考えた直後、無詠唱で炎の矢が降ってきた。

ルイスは防御結界を使わず、横に飛んで攻撃をかわしながら考える。

（何故《なぜ》、魔力が尽きない？　あれだけ威力の高い魔術をバカスカ連発すれば、流石《さすが》に魔力切れにな

っていてもいいはずなのに）

そこまで考えて、ルイスは一つの可能性を思いついた。

魔術を使う際に、消費魔力を節約する節制術式というものが存在する。

節制術式を組み込むと消費魔力が抑えられるのだが、膨大な計算が必要で、実戦で使う者はまずいない。ルイスとて、やろうと思ったら、一ヶ月は机にかじりつくはめになる。

──もし、それも無詠唱で済ませているとしたら？

ありえない。不可能だ。それができたら人間じゃない。

ルイスは引きつった顔で、モニカに訊ねた。

「〈沈黙の魔女〉殿に、お訊ねしたいのですが」

「は、はひっ、な、なな、なんでしょっしょしょしょしょしょ……」

杖《つえ》にすがりついて半泣きのモニカに、ルイスはやけくそのような気持ちで、美しい笑みを向ける。

「貴女はもしかして、節制術式も、無詠唱で使えるのですか？」

違うと言ってくれ、と祈るような気持ちのルイスに、モニカはガタガタと震えながら首を縦に振る。

「ぜっ、全部じゃないけど……………一応、できまひゅぶふっ」

舌を噛《か》んだ小さな魔女は、口元を手で押さえて、「いたい……」とヒンヒン泣きじゃくる。

ルイスは目の前が真っ暗になるのを感じた。

この珍獣は、こちらの常識を遥《はる》かに凌駕《りょうが》するバケモノなのだ。

（……それでも）

絶対に負けるわけにはいかない。ここで勝たなくては、ロザリーとの婚約もなかったことにされてしまう。

（絶対に勝つ）

やる気と殺気を漲《みなぎ》らせ、ルイスはモニカの攻撃をかわしながら、詠唱をした。

まずは前方に盾型防御結界を張り、走って距離を詰める。

モニカが風の魔術をルイスの足下に放ち、体勢を崩そうとした。ルイスはそれを跳躍してかわし、遠隔魔術でモニカの背後から雷の矢を放つ。

命中率の低い遠隔魔術だから、当たることは期待していない。牽制《けんせい》だ。

「ぴぎゃうっ」

奇声をあげたモニカは頭を抱えてその場にしゃがみ込むと、自身の周囲に半球体型防御結界を展開。そして、間をあけずに攻撃魔術を放ってきた。

風の弾丸。しかも、二重強化で追尾性能付きだ。無詠唱で、特殊効果を盛りまくりである。

ルイスは己の身体能力を駆使して、風の弾丸を跳躍でかわした。かわしきれない攻撃は、杖をぶん投げ、身代わりにして回避。これでもう、杖は使えない。

（一度姿を隠し、不意を突くか？　だが、〈沈黙の魔女〉はまだ余力があるから、広範囲術式を連発されたら圧《お》し負ける）

節約上手のルイス・ミラーは、魔力の消費を抑える持久戦が得意だ。しかし、〈沈黙の魔女〉はその圧倒的な才能で、ルイスを擦り潰《つぶ》そうとしている。

最初の精霊王召喚をくらったのが痛手だった。あれで魔力を削られていなければ、もう少し選択肢があったのだ。

魔力の消費を抑えて戦うなら、結界で殴るのが一番良い。だが、七賢人選考会でそれはできない。

〈次の一手は……〉

そう考えた瞬間、視界の外から風の弾丸が飛んできた。

アドルフを撃ち落とした恐ろしく正確な、無詠唱の遠隔魔術だ。

「しまっ……」

気づいた瞬間には、その攻撃はルイスの側面に直撃していた。

暴れ牛に突撃されたような衝撃を受け、ルイスはゴロゴロと地面を転がる。立ち上がろうとしたら、目眩《めまい》がした。今の攻撃で魔力を削られたのだ。

まだ戦意は損なわれていない。だが無情にも、ルイスの左手首で腕輪が赤く輝いた。

空から、拡声魔術を使った声が響く。

『〈結界の魔術師〉ルイス・ミラー様の魔力量が、三分の一以下になったのを確認。この魔法戦、勝者は〈沈黙の魔女〉モニカ・エヴァレット様です』

立ち上がりかけたルイスは、膝《ひざ》をついた。

〈結界の魔術師〉ルイス・ミラーは、〈沈黙の魔女〉モニカ・エヴァレットに大敗したのだ。

＊　＊　＊

魔法戦の後に面接をし、七賢人選考会は終わった。結果は翌日の発表になるらしい。

面接を終えたルイスは、その足で魔法兵団の詰所に向かった。

仕事をするため――なんていうのは建前だ。本当は、選考会が終わったら真《ま》っ直《す》ぐ家に帰るつもりだったし、周りにもそう伝えていた。

選考会の服装から制服に着替えたものの、あっという間に仕事を終えてしまったルイスは、机の前に座ってボンヤリとしていた。

（……どの面下げて、ロザリーに会えばいい）

あれだけ時間をかけて実績と名声を積み上げ、ようやく七賢人の座に届きそうになったのに、自分は負けてしまった。自分より一〇歳も年下の少女に。

随分と長い時間ぼうっとしていたルイスは、いつのまにか部屋が暗くなっていることに気がついた。

ノロノロと立ち上がり、マッチで燭台《しょくだい》の蝋燭《ろうそく》に火を点《つ》ける。

いつもなら横着をして、短縮詠唱で火を点けるところだが、七賢人選考会で魔力量が三分の一以下まで減っている。こういう時、ルイスは無意識に魔力を温存する癖があった。

選考会の魔法戦、最初に温存しなければ勝てたのだろうか――そんな考えが頭をよぎる。

ルイスは椅子の背もたれに背中を預けて片眼鏡を外し、目頭を揉《も》んだ。

長々と吐き出されたため息は疲労の色が濃く、重い。

ふと、扉がノックもなしに開かれた。どこの礼儀知らずかと思いきや、ドアノブを握りしめて気まずそうな顔をしているのはグレンだ。今日は休暇だったためか、私服を着ている。

「……師匠、選考会はどうだったんすか？」

ルイスはグレンから目を逸《そ》らし、ボソリと答えた。

「魔法戦で〈沈黙の魔女〉に惨敗しました」

「へぁっ⁉」

グレンは驚きに目を見開き、口をパクパクさせた。

驚くのも当然だ。ルイスより優秀な魔術師は幾らでもいるが、こと魔法戦において、ルイスに敵《かな》う者はそう多くない。少なくとも魔法兵団で一番強いのはルイスだ。

「で、でも、魔法戦の結果が、全てなわけじゃないんすよね？」

「結果が出るのは明日ですけどね……あれだけの才能を見せつけられたら、選択の余地はありません。あの才能は、野放しにしておくべきではない」

今なら、ラザフォードが弟子のルイスではなく、〈沈黙の魔女〉を推薦した理由が分かる。

「あれは、七賢人になるべき人間だ」

単純に戦闘経験や魔力量だけで言えば、ルイスの方が上だ。

それでも、自分が審議する側だったら〈沈黙の魔女〉を選ぶだろう、とルイスは思う。

それほどまでに、〈沈黙の魔女〉の才能は傑出しているのだ。

「師匠は七賢人になるのを、諦《あきら》めるんすか？」

「まさか。諦めるわけないでしょう」

透明なレンズの奥で、灰紫の目がギラリと底光りする。

「現役七賢人の中で一番弱そうなのを襲撃して、無理矢理七賢人の座を空けるか、〈沈黙の魔女〉を脅して辞退させるか、今考えているところですよ」

「……じょ、冗談っすよね？」

「そうですよ、面白いでしょう？」

ルイスは唇に酷薄な笑みを浮かべた。その目が笑っていないことに気づいたのか、グレンがゴクリと唾《つば》を飲む。

「じゃあ、ロザリーさんとの婚約は……どうなるんすか？」

ルイスは緩慢な動きで立ち上がると、壁に立てかけた杖を手に取り、グレンの前に立った。

「どうなる、とは？」

「婚約、続けるつもりなんすか」

「続けない理由がないでしょう？」

七賢人になれなければ、〈治水の魔術師〉は婚約を解消しようとしてくるだろう。だが、どんな手を使ってでも、それを止めなくては。

ルイスが凶悪な顔で物騒なことを考えていると、グレンが必死の形相で声をあげる。

「でも、ロザリーさんは……」

グレンは最後まで言い終えることなく、言葉を飲み込む。

その喉元《のどもと》に、ルイスが杖の先端を突きつけたからだ。

「随分と、私とロザリーの婚約事情を気にしますね、グレン？」

グレンは何も言わない。ただ、怒ったような顔でルイスを見ている。

ルイスは胸の内で、クソガキが、と吐き捨てた。

グレンは密かにロザリーに想《おも》いを寄せている。とは言え、グレンはほぼ無自覚のようだし、ロザリーも気づいていないだろう。気づいているのは、ルイスだけだ。

グレンの想いに気づいていて、それでもグレンをロザリーから遠ざけなかったのは、グレンがロザリーに手を出すような真似はしないと思っていたからだ。

——思っていたのだ。以前までは。

ルイスは静かに腹を立てていた。

自分の甘さにも、己の弟子がしでかした不始末にも。

「正直に答えなさい、グレン。お前は、何故ロザリーに……」

「そこまでよ」

静かだが、凛《りん》と響く声に、ルイスの背中が震える。

馬鹿な、何故、彼女がここに。

「グレンを解放して」

「……ロザリー？」

廊下から姿を見せたのは、外出着の上にストールを羽織った、ロザリーだった。

何故、ここにロザリーがいるのだ。リンは何をしている。

動揺するルイスに、ロザリーは笑いかけた。眉《まゆ》を少し下げたその笑みを、ルイスはよく知っている。

色々なものを一人で抱え込んでいる時の笑みだ。

「七賢人選考会のこと、グレンから聞いたの」

ルイスは焦った。ロザリーは今、無理に記憶を取り戻そうとすると、酷《ひど》い頭痛に苛《さいな》まれるはずだ。

だから、ゆっくりと思い出してほしくて、七賢人選考会のことは話さなかった。

それなのにロザリーは、ルイスの想定外のことを言う。

「魔法兵団の人達は、みんな知っていたんでしょう？　私達の婚約は、貴方が七賢人になるためのものだって」

「……は？」

ルイスは目だけを動かして、グレンを見た。

グレンは悲痛な顔で、俯《うつむ》いている。

——馬鹿弟子、ここは否定するところだろう。何故、そんな深刻な顔で黙っている。

ロザリーを宥《なだ》めるか、グレンを罵倒《ばとう》するか、ルイスは判断に迷った。

だが、ロザリーはここに来るまでに、もう結論を出していたのだ。

「好きでもない女に、無理して気を遣わなくていいわ。貴方が七賢人になったら……婚約は、解消しましょう」

ようやく、ルイスは気がついた。

ロザリーは誤解している。ルイスが七賢人になるために、ロザリーと婚約をして、したくもない愛想笑いをしているのだと。

「ロザリー、誤解です。私は貴女を愛しています」

ルイスの必死な愛の言葉に、ロザリーは気遣うように微笑み、頭を下げた。

「今までお世話になりました。ありがとう、さようなら」

そう言って、ロザリーはストールの裾《すそ》を翻し、部屋を出ていく。

「ロザリー！」

慌てて追いかけようとしたら、誰かがルイスのマントを掴《つか》んで引き止めた。グレンだ。

「放せ、馬鹿弟子っ！」

ルイスが敵意を通り越して殺気に満ちた目を向けると、グレンはブンブンと首を横に振る。

グレンは半泣きだった。

「いやっす！　ダメっす！　だって……だって、このままじゃ、あまりにもロザリーさんが可哀想《かわいそう》っす！」

「お前は、どこに目をつけているのです⁉　可哀想なのは、婚約者に振られた私でしょう⁉」

「ロザリーさんの方が絶対に可哀想っす！　だって……だってぇ……！」

何かを言いかけて、グレンはグッと言葉を飲み込む。

その僅《わず》かな躊躇《ちゅうちょ》にグレンの葛藤《かっとう》を感じて、ルイスは振り上げかけた拳《こぶし》を下ろした。

「グレン、お前は何を見たのです」

ルイスの問いかけに、グレンは俯いたまま、ゆるゆると首を横に振る。

いつもなら快活に笑う顔を苦悩に歪《ゆが》め、その目に涙を浮かべて。

「オレはただ、師匠にもロザリーさんにも幸せになってほしくて……だから……」

「だから、精神干渉魔術を使って、ロザリーの記憶を封印したと？」

冷ややかな一言に、グレンの顔が青ざめた。

九章　硝子《ガラス》の虚城《きょじょう》、健在の魔女

　リディル王国第一王子ライオネル・ブレム・エドゥアルト・リディルは、その日の公務を終えると、ルイスへの手土産である酒瓶を片手に、従者のネイトを伴って魔法兵団詰所を訪れた。

　今日は七賢人の選考会が行われたと聞く。結果はまだ出ていないが、きっと優秀なあの友人なら、良い結果を残したに違いない。手土産の酒は、いわゆる前祝いというやつだ。

　ロザリーの怪我《けが》が完治していないのに、酒宴をするのは不謹慎かもしれないが、酒の一杯を飲み交わすぐらいなら、ロザリーもきっと許してくれるだろう。

　ライオネルは、ルイスが七賢人になるために血の滲《にじ》むような努力をしてきたことを知っている。だからこそ、友人としてルイスを労《ねぎら》ってやりたかったのだ。

「選考会が終わった後も詰所で仕事とは……あの人、案外仕事熱心ですよね……」

「きっと、自分が七賢人になった後の引き継ぎも、視野に入れているのだろう」

　ネイトと言葉を交わしながら階段を上ったライオネルは、執務室から明かりが漏れていることに気がついた。やはり、ルイスはまだ執務室にいるらしい。

「失礼する」

　一声かけて扉を開けると、執務室ではルイスと、その弟子の少年が無言で睨《にら》み合っていた。弟子とは面識がないが、名前だけなら聞いたことがある。グレン・ダドリーだ。

ライオネルは太い眉をひそめて、遠慮がちに声をかけた。

「突然の訪問、誠に申し訳ない。取り込み中だろうか？」

「……師弟喧嘩《けんか》の最中なら、自分達は帰りますけど」

ルイスは目だけを動かしてライオネルとネイトを見ると、低い声で言った。

「取り込み中ですが、引き返さなくて結構。寧《むし》ろ、貴方方《あなた》には証人になっていただきたい」


ルイスは深く、静かに怒っていた。

ミネルヴァの悪童と呼ばれていた頃のように、すぐに怒鳴り散らしたりはしないが、それでも剃刀《かみそり》のようにギラギラと輝く目は変わらない。

「ルイスよ。証人とは、どういうことだ？」

ライオネルは困惑しているし、ネイトはいつルイスが暴れても対処できるよう身構えている。

激情を奥歯で擦り潰《つぶ》していたルイスは、口調だけは穏やかに言った。

「ライオネル殿下、貴方は以前、ロザリーの記憶喪失は精神干渉魔術によるものではないかと仰《おつしや》いましたね？」

「う、うむ」

ロザリーの記憶を封印したところで、得をする人間などいない。だが、ライオネルに指摘され、ルイスは考えたのだ。

「では、動機はさておき、それが可能な人物は誰か？」

ルイスは言葉を切り、指を二本立てた。

「あの時、ロザリーに精神干渉魔術を使うチャンスがあったのは二人。現場にいたオーエン・ライトと、第一発見者のグレン・ダドリーです」

グレンの顔が目に見えて強張《こわば》る。

精神干渉魔術は準禁術である。使用には制限がかかっているが、研究することまでは禁じられていない。

とは言え、無断使用したら魔術師資格の永久剥奪《はくだつ》なんてこともありえる。

だからこそ率先して習得しようとする者は、さほど多くなかった。使い手は国内でもほんの一握りしかいない。

ルイスはポケットから二つ折りにした紙を取り出し、ニコリと微笑《ほほえ》んだ。

「ところで私、こう見えても勉強家でして……国内で魔術書を所有している図書館は、一通り網羅しているのですよ。無論、その蔵書も」

グレンは哀れなほど、ブルブルと震えていた。

ルイスは獲物を前にした猛獣の顔で、二つ折りにした紙を開く。

「私の弟子になった時から、グレンは魔術書の閲覧資格を有しています。そこで、師匠権限で弟子の閲覧記録を確認してきたら、興味深いことが分かったのですよ」

ルイスが広げた紙に記されているのは図書館名、魔術書名、それと日付だ。

「アスカルド大図書館の精神干渉魔術に関する本──その閲覧記録に、グレンの名前があるのです」

閲覧記録は先月の上旬に始まり、ほぼ毎日のように続いていた。勉強熱心とは言い難いグレンらしからぬ頻度だ。

ライオネルが口を挟んだ。

「待ってくれ、ルイス。私も魔術を少しかじったから分かる。精神干渉魔術は、大量の魔力と魔力操作技術がいる。こういう言い方は失礼だが、お前の弟子が短期間で習得できるものなのか？」

「仰る通り、グレンは魔力こそ有り余っているものの、まだまだ未熟……ですが、この馬鹿弟子は、不完全な魔術を膨大な魔力でゴリ押し、発動してしまった」

青ざめ震えているグレンに、ルイスは侮蔑《ぶべつ》の目を向けた。

「お前が封印したかったのは、特定の出来事に関する記憶だったのでしょう？　本来は、ほんの数分程度の記憶を消すつもりだった……が、未熟なお前は不完全な術で、ロザリーの記憶全てを封印してしまった」

元々グレンは、魔術式の理解力は低いが、術式を見れば勘でなんとなく使えるだけの魔力とセンスがある。

だから、不完全でも術は発動してしまった。ただし、術者が想定しなかった形で。

ルイスは一片の慈悲も無い目でグレンを一瞥《いちべつ》し、杖《つえ》の先端を突きつけた。

「弁明があるなら言ってごらんなさい、グレン・ダドリー。沈黙は肯定とみなします」

「…………」

グレンは今にも泣きだしそうに、顔をグシャリと歪めた。それでも、頑《かたく》なに口を閉ざしている。

「ロザリーにかけた精神干渉魔術の術式を教えなさい」

精神干渉魔術には、幾つか種類がある。それこそ、記憶の封印術式だけでも数パターン存在し、その術式が分からないと解除は難しい。

時間をかければ、ロザリーに使われた術式を調べることもできるが、それよりもグレンに白状させた方が早いし確実だ。

だが、グレンは首を横に振った。

「い、嫌っす。ダメっす」

ルイスは無言で杖を振り上げた。それをライオネルが、肩を押さえて止める。

ネイトも無言で、ルイスとグレンの間に割って入った。

「ルイスよ、少し落ち着け。弟子の言い分も聞くべきだ」

「いいえ、この馬鹿弟子を締めあげて、一刻も早く術を解除させるべきです」

ルイスはグレンを睨み、低く吐き捨てる。

「グレン、お前は自分が何をしたか分かっているのですか？　精神干渉魔術は人間の精神に重篤な後遺症を残すこともあるのです。一歩間違えれば、ロザリーは二度と目覚めなくなっていたかもしれないのですよ？」

グレンは鞭《むち》で打たれたかのように、ビクリと体を竦《すく》ませた。大きな体を縮めて震わせ、目に涙を浮かべて。

それを見たライオネルが、静かに諭すような口調で言う。

「ルイスよ、お前の弟子をよく見ろ。私には、彼が悪意をもってロザリーの記憶を封印したようには見えぬ」

ライオネルはルイスとグレンの間に割って入ると、グレンと正面から向き合い、訊《たず》ねた。

「グレン・ダドリーよ。お前は、誰を庇《かば》っているのだ？」

「……！」

グレンがハッと目を見開いて、ライオネルを見上げる。

「事と次第によっては、情状酌量の余地があるやもしれん。どうか、正直に話してはくれまいか」

グレンの目が泳ぐ。迷っているのだ。

そんなグレンに、ライオネルは深々と頭を下げた。

「これは、リディル王国第一王子ライオネル・ブレム・エドゥアルト・リディルとしての言葉ではない。ルイスの友人としての頼みだ」

突然、第一王子を名乗りだしたライオネルに、グレンはますます混乱したようだった。

混乱、葛藤、罪悪感――幾つもの感情が、グレンの顔をよぎる。

「頼む。私の友人の大切な婚約者の記憶を、元に戻してほしい」

ライオネルの懇願に、グレンはブンブンと頭を横に振る。そして、堪《こら》えた感情が堰《せき》を切ったように、悲痛な声で叫んだ。

「嘘《うそ》っす！　だって、だって……師匠は、ロザリーさんのこと、全然大切にしてないっす！」

ルイスのこめかみに青筋が浮き、殺気を察したネイトが有無を言わさずルイスの服の裾を掴む。

ライオネルは殺気を撒《ま》き散《ち》らしているルイスを背中で隠し、グレンを興奮させぬよう穏やかな声で訊ねた。

「どうして、そのようなことが言い切れるのだ。ルイスは確かにロザリーのことを……」

「だって！　だってオレ、聞いちゃったんす！　師匠が……師匠がぁ……」

グレンは洟《はな》を啜《すす》りながら、みっともなくしゃくりあげる。まるで子どもだ。

ルイスは殺気を引っ込め、苦々しく訊ねた。

「……話しなさい、グレン。お前は何を見たのです？」

＊　＊　＊

それは、今から一ヶ月と少し前——丁度、冬招月《シエルグリア》の初日のことだった。

魔法兵団の雑用係であるグレンは、医務室の手伝いで薬瓶の入った箱を運んでいた。それなりに重い箱だ。カチャカチャと音を立てる薬瓶が割れぬよう、グレンは慎重に歩いた。

グレンの隣を歩くロザリーは、薬の入った箱を抱えている。

「助かるわ。私一人じゃ、そっちの箱は持ち上がらなかったから」

「そういう時は、いつでも言ってくださいっす！　オレ、力仕事には自信あるんで！」

快活に笑うグレンに、ロザリーは「ありがとう」と言って小さく微笑んだ。

グレンは初めてロザリーに治療してもらった時、魔術の訓練で無茶をしたことを、彼女に厳しく叱られている。だから、最初は怖そうな人だと思い込み、苦手意識を持っていた。

だが、何回も医務室に運び込まれ、言葉を交わせば、誠実な人柄と分かりづらい優しさも見えてくる。

ロザリーは厳しいことも言うが、それはグレンの身を案じてのことだ。いつも小言を言いながら、それでも丁寧に手当てをしてくれる。

物を知らないグレンに医務室の器具の扱い方を丁寧に教えてくれるし、くだらない冗談に小さく微笑んでくれると素直に嬉《うれ》しい。

「医務室に着いたら、お礼にお菓子をあげるわ。ハウザー先生が、美味《おい》しい焼き菓子を買ってきてくださったの」

「やったぁ！」

「他の人には内緒よ」

「勿論《もちろん》っす！」

弾む声で応じながら、グレンは軽やかな足取りで廊下を歩く。

だが、その足は、廊下の奥から聞こえる声にピタリと止まった。

「そういえば、ミラー団長は、最近ご婚約されたのだとか」

「ええ、そうなんです」

曲がり角の向こう側から聞こえたのは、ルイスと知らない男の声だった。

（そういえば、魔術師組合からお客さんが来てるんだっけ）

きっと、ルイスの七賢人選考会絡みだろう。このまま真《ま》っ直《す》ぐ進めば、きっと顔を合わせることになる。それなら、自分も挨拶《あいさつ》をした方が良いだろうか。

その時、客人の男が明るい声で言うのが聞こえた。

「おめでとうございます。なんでも婚約者さんは、〈治水の魔術師〉の娘さんなのだとか……やはり、七賢人に選ばれるのは、貴方で決まりでしょう」

ロザリーの足が、止まった。

――これは駄目だ。聞かせちゃいけない。

すぐにでもロザリーの手を引き、来た道を引き返したい。だが、荷物で手が塞《ふさ》がっている。

「しかし、貴方も大変ですなぁ。七賢人になるために、婚約までするなんて」

その先の言葉を、グレンは聞きたくなかった。ロザリーはきっと、もっと聞きたくなかったはずだ。

だが、二人は聞いてしまったのだ。それに続くルイスの言葉を。

「彼女が〈治水の魔術師〉殿の娘でなければ、婚約なんてしませんよ」

まるで、時間が止まったみたいだと思った。

グレンが呆然《ぼうぜん》としている間に、ルイス達の足音は遠ざかっていく。

グレンはゆっくりと首を捻《ひね》って、隣に立つロザリーを見た。

真っ白な顔で立ち尽くしているロザリーは、グレンの視線に気づくと、すぐに来た道を引き返す。

その華奢《きゃしゃ》な背中は、小さく震えていた。

「ロザリーさんっ、あの……えっと……」

グレンが慌てて追いかけると、ロザリーは足を止めた。

ポタリ、と涙の雫《しずく》が床に落ちる。

ロザリーは荷物を胸に抱いたまま、白衣の袖《そで》で涙を拭《ぬぐ》った。

「大丈夫よ。自分がどう思われてるかぐらい、分かってる」

グレンはなんだか酷《ひど》く悔しくなって、必死でロザリーを励ます言葉を探した。

「オレ、七賢人の娘とか、そういうの関係なしで、ロザリーさん好きっすよ。優しいし、親切だし……それに……」

不器用に慰めようとするグレンに、ロザリーは小さく微笑む。

「ありがとう」

優しくて、切なくて、胸がギュッとなる笑顔だった。

＊　＊　＊

自分が見た出来事を一通り語ったところで、グレンはスーハーと口で息をした。泣きじゃくったせいで、鼻が詰まっていたらしい。

洟を啜りながら、グレンはボソボソと言葉を続ける。

「だから、オレ、あの時の出来事だけでも、忘れさせてあげたくて……」

そうして、グレンはアスカルド大図書館に駆け込み、記憶を封印する魔術について調べ始めた。

だが、グレンは善人だ。当然に葛藤《かっとう》した。

「他人の記憶を弄《いじ》るのが良くないことだって、分かってるっす。だから、使うのやっぱやめよう。こんな魔術なんて忘れようって、思ってたら……」

グレンは恐ろしい光景を思い出したように、ブルブルと震えだす。

「ロザリーさんが、屋上から落ちてきて……」

あぁ、とルイスは頭を抱えたくなった。

ロザリーが屋上から落ちたと聞いた時、ルイスは真っ先に、事故か殺人の可能性を考えた。

だが、グレンはロザリーの涙を知っている。だから、早合点してしまったのだ。

「師匠が、あんな酷いこと言ったから、ロザリーさんは飛び降り自殺しちゃったんだって、思って……！」

医務室に駆けつけたグレンは、ロザリーが一命をとりとめたことに安堵《あんど》すると同時に、こう考えた。

このままでは、目を覚ましたロザリーはきっとまた、自ら命を絶とうとしてしまうに違いない。

だったら、それならば……。

「それならばと、お前はロザリーの記憶を封印したのだな」

ライオネルの言葉に、グレンは泣きじゃくりながら、ぶんぶんと頷《うなず》いた。

「あの時の出来事を思い出したら、ロザリーさん、ショックでまた飛び降り自殺しちゃうと思ってえええ……うっ、うぇぇぇぇっ……ひぐぅっ……」

ルイスは片手で顔を覆って項垂《うなだ》れている。そんな友人を、ライオネルは泣く子も黙るような迫力で睨《にら》みつけた。

「ルイスよ、何か言うことはあるか」

「反省してますごめんなさい」

「謝る相手が違うっ！　お前が謝るべき相手はロザリーだ！」

「返す言葉もありません」

つまり、グレンが庇っていた相手とは、他でもないルイスのことだったのだ。

ロザリーの記憶を封印した理由を誰かに話したら、ルイスが悪者になってしまう。だからグレンは、誰にも相談できぬまま一人で抱え込んでいた。

「オレ、師匠にも、ロザリーさんにも幸せになってほしいのに……師匠が、師匠があんな酷いこと言って、ロザリーさん泣かせるなんて……うっ、うぇぇぇぇん、師匠のひとでなし！　酷いっす！　ロザリーさんが可哀想《かわいそう》すぎるっすーーー！」

ワンワンと号泣するグレンと、険しい顔をしているライオネル、白い目を向けるネイト。

そんな三人に、ルイスは降参とばかりに両手を上げた。

「認めます。ええ、認めますとも。全面的に私が悪かったです」

「師匠の馬鹿ぁっ！　ロザリーさんと婚約しなくても、師匠なら実力で七賢人になれるじゃないっすか、それなのに、どうして……」

「順番が逆です」

ルイスの一言に、グレンは泣き腫《な》らし《は》て赤くなった目を丸くする。

ルイスは深々とため息をつき、低い声で噛《か》み締《し》めるように言った。

「ロザリーと結婚したいから、七賢人になりたいんですよ、私は」

「……へ？　……え？」

グレンには、言葉の意味がすぐには理解できなかったらしい。

泣き腫らした目でパチパチと瞬《まばた》きをする弟子に、ルイスは渋い顔で呻《うめ》いた。

「私は、ロザリーのお父上に言われてるんですよ。七賢人にならないと、ロザリーとの結婚は認めないと」

グレンはパクパクと口を開閉させていたが、ルイスが大真面目な顔をしているのを見て、恐る恐る訊ねた。

「師匠はロザリーさんのこと、愛してないんっすよね？」

「愛してると何回言わせるんですか。どいつもこいつも」

こちとら、人生賭《か》けるほど真剣に愛してるのである。

こんなことなら、もっと職場で惚気《のろけ》てやるんだった、とルイスは心の底から後悔した。

そういうのはロザリーが恥ずかしがるだろうと思って、自重していたのである。

「でも、師匠言ってたじゃないすか……『彼女が〈治水の魔術師〉殿の娘でなければ、婚約なんてしませんよ』って！」

「ええ、そうですね。〈治水の魔術師〉殿の娘でなけりゃ、婚約なんて面倒な工程かっ飛ばして、さっさと嫁にしてます」

唖然《あぜん》としているグレンに、ライオネルが腕組みをしながら言う。

「ルイスの言っていることは本当だ。ルイスは学生時代からロザリーに惚《ほ》れていた。ライオネル・ブレム・エドゥアルト・リディルの名に誓ってもいい」

グレンはポカンと開いていた口を閉じて、黙り込む。ルイスとライオネルの言葉を、すぐに飲み込むことができないのだろう。

正直、ルイスとしてはグレンのことなどどうでも良かった。それよりも今は、一人で部屋を飛び出したロザリーを探さなくては。

リンにロザリーを守るよう言いつけたのに、あの自称メイド長は何をやっているのか。

ルイスが苛々《いらいら》とポケットを探り、契約石の指輪を探していると、今まで黙っていたネイトがボソリと言った。

「……自分、思ったんですけど」

「後にしてくれません？　今はロザリーを探すのが最優先で……」

「ロザリー・ヴェルデ嬢は、地位目当ての男達に、まぁまぁそこそこ言い寄られていたと思うんですよ」

ルイスにとって、大変聞き捨てならない話である。

ルイスは「あ？」と恫喝《どうかつ》の声をあげた。なお、この「あ？」には、「喧嘩《けんか》売ってんのかてめぇ」の意が込められている。

だが、ネイトにこの手の威嚇は通じないのだ。

「……地位目当ての男に言い寄られ、それでも、結婚を約束したミラー様のことを信じて待っていたのに……好きな人は、変わり果てた姿で現れた」

随分な言い草である。

「素敵な紳士になって迎えに来た、の間違いでしょう？」

「ヴェルデ嬢はショックだったと思います……事情を知っている自分ですら、控えめに言って、『うわ、胡散臭《うさんくさ》っ……』と思いましたし……」

それのどこが控えめなんだ、とルイスは思った。率直に暴言である。

だが、ルイスが怒りを撒《ま》き散《ち》らそうと、ネイトは意に介さない。

「おまけに魔法兵団の詰所では、『ミラー団長は、七賢人の地位目当てで婚約をした』と誰もが口を揃《そろ》えて言う……ヴェルデ嬢は、相当不安だったのではないかと……」

「そういう噂《うわさ》があったのは知っていますが、所詮《しょせん》、噂は噂。誰もが口を揃えて言うほどではないでしょう」

唇を尖《とが》らせるルイスに、グレンがポツリと言う。

「オーエンさん以外、大体みんな言ってたっすよ。えーっと、『団長って、酒とジャム以外に愛せるものがあるのか？』『あの、人の心がない歩く暴力に』『婚約者さん可哀想に』……あと、なんだったかな……」

ルイスは一度目を閉じ、心を落ち着かせ、そして頭の中で喚《わめ》き散らした。

（なんだこれふざけんなお前ら死ぬほど惚気るぞクソどもがぁっ‼）

全くもって、理不尽にも程がある。

少し前まで、自分は全てを手に入れる直前まできていたのだ。

ロザリーと婚約し、七賢人に推薦され——薔薇色《ばらいろ》の未来はすぐそこだったはずなのに、〈沈黙の魔女〉というバケモノにボコボコにされ、弟子にはコケにされ、そして婚約者には逃げられた。惨《むご》すぎる。

人生の坂道を全力で転がり落ちている哀れなルイスに、ネイトがボソリとトドメを刺した。

「つまり……貴方の普段の行いの悪さ故に、弟子も部下も地位目当ての婚約と誤解し、ヴェルデ嬢を不安にさせてしまった……と」

ネイトも、ライオネルも、グレンも、物申したい気持ちと哀れみと同情が混ざり合った目で、ルイスを見ていた。

ルイスは片眼鏡を指で押さえて、顔を上げる。

「諸々《もろもろ》の反省は後でします。とにかく今は、ロザリーを探しましょう。まだ本調子ではないから、遠くには行っていないはず……それと、グレン」

名前を呼ばれ、グレンがビクッと背筋を伸ばす。

「ロザリーに使った術式を教えなさい。私が解除します」

「でも師匠、記憶が戻ったら、ロザリーさんがまた……と、飛び降り……」

「お前は致命的な誤解をしています。ロザリーが屋上から落ちたのは、自殺でも事故でも、まして、オーエンの仕業でもない」

だからこそ、急いでロザリーを保護する必要があるのだ。

ルイスは飛行魔術を使うか少し悩んだ。七賢人選考会で魔法戦をしたルイスは、残り魔力量が三分の一程しかないからだ。

やはり、ここはリンを呼ぶのが一番早い。

ルイスはポケットから指輪を引っ張り出して、詠唱をした。

「契約に従い、疾《と》くきたれ！　風霊リィンズベルフィード！」

ルイスが契約の指輪を掲げると、窓から強い風が吹く。やがて、メイドの姿をした風の上位精霊が窓から室内に入ってきた。

美しい金髪を揺らして、メイドらしい一礼をするリンに、ルイスは罵声《ばせい》を浴びせる。

「クソメイド、どこをほっつき歩いてたのです！　あれほど、ロザリーの周囲を警戒しろと言ったではありませんか！」

「はい。ルイス殿には、七賢人選考会が終わるまでロザリー様の周囲に警戒するよう、言われました故」

猛烈に嫌な予感がした。予感は当たっていた。

「選考会が終わるのは昼過ぎ。ですので、わたくしは午後のお茶の時間を待って、カーラの家の掃除に行きました」

ルイスは膝《ひざ》から崩れ落ちそうになった。

部下といい、弟子といい、契約精霊といい、どいつもこいつも、ルイスの神経を逆撫《さかな》でしたがっているとしか思えない。

ルイスはビキビキと青筋の浮かぶ額に指を添え、冷静になれ、冷静になれと己に命じた。今はロザリーの保護が最優先だ。

その時、廊下から誰かが駆け込んできた。第一部隊隊長のワイズだ。

「ミラー団長、大変です！」

ルイスが今日、七賢人選考会に出ていたことは、詰所の人間なら誰もが知っている。

それなのに、こうして部屋に駆け込んで報告に来るということは、本当に大変な事態なのだ。正直、耳を塞《ふさ》ぎたい。

「王都郊外にある、アルスーン魔導具工房で、魔力暴走事故が発生しました！　工房が崩壊して、職人及び、見学に来ていた子ども達が数名、中に取り残されています！」

ルイスは確信した。今日は厄災の日だ。

＊　＊　＊

アルスーン魔導具工房で、魔力暴走事故が起こった――そう報告を受けたルイスは制服の上にマントを羽織り、十数人の部下を率いて現場に向かった。

くだんの工房は、王都の郊外にある、二階建てのそれなりに大きい建物だ。それが今は半分ほど瓦解《がかい》し、火の手があがって、黒煙を撒き散らしている。

「事故が起こったのは、魔導具に魔力付与作業をする、一階の倉庫です」

そう言って、第一部隊隊長のワイズが建物の見取り図をルイスに差し出した。

魔導具は主に金属や宝石等に魔術式を刻み、魔力付与するものだが、物によっては付与した魔力が定着するのに時間がかかる。

そうした物を、魔力が定着するまで保管する倉庫で、魔力暴走事故が起こったのだ。

この手の作りかけの魔導具は、定着しなかった魔力が零《こぼ》れ落ちているので、魔力を好む精霊のような魔法生物を寄せつけやすい。

だから、作りかけの魔導具を管理する部屋は、精霊が入ってこないよう結界を張っておくのが一般的である。

「倉庫に、精霊避《よ》けの結界は張っていなかったのですか？」

「それが……長年張り直しをしていなかったらしく……」

「なるほど、経年劣化で綻《ほころ》んでいたと」

結果、結界の綻びから、魔力に引き寄せられた下位精霊達が倉庫に侵入し、作りかけの魔導具に接触して、暴走させてしまったのだ。

目の前の火勢はどんどん強くなっている。魔法兵団の団員達が水の魔術を放っているが、完全に消火するにはまだ時間がかかるだろう。

「逃げ遅れた一般人は、何人です？」

ルイスの問いに、ワイズは険しい顔で応じた。

「それが、正確には把握できていませんが、おそらく二〇人近くになるかと……」

「多いですね。職人と……見学に来ていた子ども達がいるんでしたっけ？」

「その通りです。一階の人間は全て避難できたのですが、階段が瓦礫《がれき》で埋もれ、二階の人間が逃げ遅れたようです」

この手の救助活動は、飛行魔術で一人ずつ抱えて救助するのが基本だが、今回は要救助対象が多い。

ルイスはすぐに結論を出し、見取り図の一点を指差した。

「私が行きます。着地点はここ。ワイズ隊長、指揮は任せます」

「了解」

今回、現場にリンは連れてきていない。風の上位精霊であるリンの力は強すぎて、この手の魔力暴走事故をより悪化させることがあるからだ。

だから、ロザリーの保護は、リンとグレンに任せた。その場に居合わせたライオネルとネイトも協力してくれている。

本当は、ルイスもロザリーを探しに行きたかった。

ロザリーにかけられた精神干渉魔術を解除して、すれ違った原因を話して、そして、自分は今も変わらずお前が好きなんだと伝えたい。

だが、今のルイスは魔法兵団の団長という責任ある立場なのだ。王都で起こった魔力暴走事故を看過できない。

仕事を放り出してロザリーに会いに行ったら、それこそ、弁明の余地なく嫌われてしまう。

ルイスが好きになった人は、我慢強くて、責任感が強くて、いつだって背負ったものを投げ出さない人なのだから。

「それでは、行ってきます」

ルイスは飛行魔術の詠唱をし、燃え上がる工房の窓から中に飛び込んだ。

＊＊＊

アルスーン魔導具工房二階の作業場には、工房の職人が八人と、工房の見学に来た一〇歳前後の子どもが一一人。それと、引率の教師一名が取り残されていた。

作業場の隅に集まり身を縮めている彼らの前では、火がまるで踊っているかのようにうねり、時々小爆発を起こしては、辺りに瓦礫を撒き散らしている。

火の合間には、チカチカと瞬く赤い光が見える。あれは工房の魔力に惹《ひ》かれて迷い込んだ、火の下位精霊達だ。

精霊達は豊富な魔力に喜ぶように瞬いては、パチパチと火花を散らしたり、炎を踊らせたりしている。

取り残された人々のすぐそばで、炎がゴゥッと音を立てて膨れ上がった。だが、その炎が彼らを焼くことはない。取り残された人々を覆う半球体型防御結界が、炎や瓦礫から彼らを守っているのだ。

それでも、膨れ上がった炎に怯《おび》えた子どもが悲鳴をあげて、教師にしがみつく。

「メイジャー先生ぇ……！」

「大丈夫ですよ、皆さん」

白髪をきちんとまとめた女教師——メイジャーは、この防御結界を維持しながら、子ども達を安心させる力強い声で言った。

かつて魔術師養成機関の最高峰ミネルヴァで、結界術の教師をしていた彼女の防御結界は非常に強固だ。下位精霊の炎程度ではびくともしない。

不安がる子ども達を守りながら、メイジャーは目の前で踊る炎を睨《にら》みつけた。

（この状況を切り抜けるには、あの精霊をなんとかしなくては……）

あの下位精霊に封印結界を施せば、消火活動が格段楽になるだろう。だが、封印結界はある程度対象に近づく必要がある。

半球体型防御結界を展開している今、彼女は身動きがとれないのだ。

まだしばらく防御結界は維持できるが、予想以上に建物の崩壊が早い。このままだと、生き埋めになってしまう。

目の前で、また炎が膨れ上がった。きっと精霊達は魔力を得ることができて、はしゃいでいるだけなのだろう。

だが、こちらにしてみれば迷惑でしかない。膨れ上がる炎が窓を遮って、外の様子すら分からないのだ。

その時、頭上で大きな音がした。硬い何かが砕ける音。少し遅れて、大きな瓦礫がバラバラと降ってくる。子ども達が悲鳴をあげた。

メイジャーの防御結界は、瓦礫程度ではビクともしない……が、床に大きな亀裂が入っている。

(このままだと、一階に落ちる……！)

頑丈な器に卵を入れて、高い所から落としたら、たとえ器は割れずとも、卵はグシャグシャになる。

器は防御結界、そして、卵はメイジャー達だ。

爆発音がして、建物が大きく横に揺れる。

立っていられないほどの振動に尻餅《しりもち》をつき、それでもメイジャーは、集中力を途切れさせたりはしなかった。

結界はまだ保たれている。だが無情にも、すぐ近くの床が崩壊し、大きな作業机が一階に落ちた。

硬い物が潰《つぶ》れ、砕け、破裂する音が響く。

煙と炎が巻き起こり、結界の外側の光景は不明瞭《ふめいりょう》だ。

パチパチと炎の爆《は》ぜる音、瓦礫がぶつかる音——その合間に微《かす》かに聞こえる男の声が、早口で詠唱をする。

（この詠唱は……）

防御結界だということは分かる。だが、ただの防御結界じゃない。

キィンと澄んだ硬質な音がして、防御結界が展開された。それは、盾型でも半球体型でもない。

崩れた建物を補うように、透明な硝子板をあてがった、複雑な形状の防御結界だ。

壁だけでなく、亀裂だらけになった床までもが、透明な防御結界にしっかり覆われている。

非常に複雑で精緻《せいち》な防御結界を展開した魔術師が、煙の向こう側から、こちらに歩いてきた。

栗《くり》色の髪を三つ編みにし、片眼鏡をかけた、上級魔術師の杖《つえ》を持つ魔術師だ。

身につけているのは、深緑色の制服とマント。その姿を目にした子どもの一人が、ポツリと呟《つぶや》く。

「……だれ？」

その魔術師は、片眼鏡を指先で押さえ、どこか得意気に笑った。

「そこにいる、すごい先生の教え子です」

飛行魔術でアルスーン魔導具工房の中に入り込んだルイスは、炎が踊る作業室の中、気丈に結界を保ち続ける恩師の姿をすぐに見つけた。

それは、周囲に無駄な魔力を撒《ま》き散《ち》らさない、最新術式を組み込んだ防御結界だ。魔力暴走事故の現場における最適解である。

あれは、常に新しい技術を学び続けないとできない魔術だ。〈結界の魔女〉は健在なのだ。

非常事態だと分かっているが、そのことがルイスは妙に嬉《うれ》しかった。

炎が踊って、建物が揺れる。ルイスは不安定な足場をものともせず、下位精霊の群れに駆け寄ると、早口で詠唱をした。

ルイスの指先から魔術式が金色の光の文字となって浮かび上がり、それが鎖となって下位精霊達をまとめて縛りつける。

（封印完了）

続いて、ここに来る前に見た建物の見取り図を思い出しながら詠唱。崩れかけの建物を補うように、透明な壁を走らせていく。

魔法兵団のトップであり、本来は指揮を執る側の人間であるルイスが、指揮を部下に任せて突入したのは、この複雑な結界がルイスにしか扱えないからだ。

——高難易度防御結界〈硝子の虚城〉。

硝子板のように透明な防御結界で、建物を再現する魔術だ。ルイスはそれを応用して、崩れかけの建物を一時的に補強した。

同時に、延焼している部分は結界で蓋《ふた》をするように塞いで、火勢を押さえ込んでいる。

「魔法兵団です。救助に来ました。怪我人は、そこの職人二名ですね？　それ以外の方は、窓辺にどうぞ」

窓から外に向かって、ルイスは板状の防御結界で坂を作っている。滑り落ちた先では、魔法兵団の団員達が待機していた。

ルイスは窓の下に向かって声をかける。

「〈硝子の虚城〉展開完了！　怪我人がいます、飛行魔術を使える者は手を貸しなさい！」

怪我をしていない職人や子ども達は、防御結界を滑り降りて、建物から脱出していった。

一人、また一人と滑り降りていく中、最後に残ったメイジャーがルイスを見る。

メイジャーが眼鏡の奥で感慨深げに目を細めた。

「〈結界の魔術師〉に相応《ふさわ》しい行いです」

ルイスは片眼鏡を指先で押さえて、ニヤリと唇の端を持ち上げる。

「教師が良かったもので」

メイジャーは、フッ、フッと息を吐くみたいに笑った。


メイジャー達を避難させたルイスは、建物の中を一通り見て回り、逃げ遅れた者がいないかを確認してから外に出た。

〈硝子の虚城〉はそれなりに魔力消費の多い魔術だ。事前準備なしで、長時間展開できるものではない。

建物の周囲にいた人々は、全て部下が離れた場所に避難させている。

「ミラー団長！　周囲に人がいないことを確認しました」

「よろしい」

部下の報告に短く応じて、ルイスは〈硝子の虚城〉を部分的に解除する。

防御結界で支えられていた建物は、轟音《ごうおん》と瓦礫を撒き散らしながら、瞬く間に崩壊した。部分的に残った結界は、その瓦礫が周囲に飛散するのを防ぐためのものだ。

炎の残滓《ざんし》も瓦礫に押し潰されて消え、周囲は一気に暗くなる。とうの昔に日は沈み、冬の夜空には星が瞬いていた。

とりあえず、これでこの件は一段落だ。あとは、ロザリーを見つけて保護しなくては。

(リンとグレンはあまり頼りにならないが、ライオネルなら……いや、駄目だな。あいつ世間知らずなとこあるし……)

頼むぞ、壁《ネイト》。なんとかしろよ、壁《ネイト》。

自分、壁なんで……が口癖の従者に念を送りつつ、ルイスは飛行魔術の詠唱を始める。残った魔力は少ない。飛行魔術で少し飛んだら、魔力切れになるだろう。

それでも構わなかった。体力には自信がある。魔力が切れたら、走ってロザリーを探すまでだ。

十章　背負うもの、選んだもの

婚約者に別れを告げたロザリー・ヴェルデは、魔法兵団の詰所を出ると、その足で自分のアパートを目指して歩いていた。アパートの場所は、グレンに頼んで確認したのだが、道を一つ見落としたらしい。

ウロウロと行ったり来たりを繰り返しているうちに、すっかり周りは暗くなり、おまけに傷が痛みだしてきた。

熱をもって疼《うず》く右腕を押さえ、ロザリーはきつく目を閉じる。

（私……きっと、らしくないことを、してるわ）

記憶を失う前のことは思い出せないけれど、これはきっと、ロザリー・ヴェルデらしからぬ感情的な行動なのだという自覚があった。

（前にも、何か、そういうことを、した気がする……）

その時のロザリーも感情のままに、誰かの後ろ姿を追いかけて、越えてはいけないと言われたロープを潜《くぐ》ったのだ。

いつしか、腕より頭が痛みだしていた。ロザリーはその場で足を止め、痛む頭を押さえて記憶を辿《たど》る。

日に当たるとオレンジがかって見えるパサパサの髪、ボロボロのブーツ。喋《しゃべ》る言葉は北部訛《なま》りで、ぶっきらぼうで……でも、時々子どもみたいに得意気に、八重歯を覗《のぞ》かせて笑うのだ。

——見たか、ロザリー！

その笑顔が、ロザリーは好きだった。

大胆不敵で、自信家で、自信に見合うだけの努力をしている人で、みんなから一目置かれていた。

（私は、彼の隣に並びたかった……）

ロザリー・ヴェルデは魔術師にはなれなかった。

それでも、自分は嫌々医師の道を選んだわけじゃない。ロザリーは自分がこの道を選んだことを誇りに思っている。

——お前は俺が認めたすごい女だからな。なんにだってなれるさ。

新しい道を選んだロザリーに、彼はそう言って背中を押してくれた。

それが、ロザリーは嬉しかったのだ。

彼の言葉はいつだって、ロザリーを奮い立たせてくれた。

「……会いたい」

声に出したら、ますます愛《いと》しさが募った。

自分に親切にしてくれた、婚約者のルイス・ミラーには申し訳ないが、ロザリーが好きなのは、名前も思い出せないあの男の子なのだ。

ロザリーは羽織っていたストールを巻き直して歩きだす。

冬の夜風は、ジワジワとしみるように冷たい。悴《かじか》む指を握りながら歩いていると、前方から歩いてくる人影が見えた。

ロザリーと同年代の黒髪の男性だ。ローブを羽織り、杖を持っているから、魔術師なのだろう。

「よぉ、ロザリー。久しぶりだな」

男は片手を持ち上げて、きさくに話しかける。

だが、ロザリーは彼が誰かを思い出せないので、素直に頭を下げた。

「ごめんなさい。私……記憶障害を起こしていて、貴方《あなた》のことを思い出せないの」

「記憶障害？　もしかして、あの事故でか？」

ロザリーがコクリと頷《うなず》くと、男は驚いたような顔でロザリーをまじまじと見つめた。

「俺はアドルフ・ファロン。お前とは同級生だったんだぜ」

「じゃあ、ミラーさん、とも？」

その一言に、アドルフはブッと吹き出した。よほど、ミラーさん発言が面白かったらしい。

「へぇ、本当に覚えてないんだな、あいつのこと」

その言葉に、ロザリーはどことなく悪意を感じた。

この男は、ロザリーが記憶を失っていることを、なんだか喜んでいる気がする。

「ごめんなさい。私、もう家に帰らないと……」

「なぁ、ロザリー」

暗い夜道で、周囲に人の姿はない。

ロザリーは無意識に一歩後ずさった。その分だけ、アドルフは距離を詰める。

「聞いてくれ。俺達は両想《りょうおも》いの恋人同士だったんだ。だけど、ルイスが横恋慕をして、お前の父親を言いくるめ、無理やりお前と婚約したんだ」

アドルフの声は切実だが、どこか白々しく聞こえた。

彼が熱意を向けているのは、ロザリーに対してじゃない。他の何かだ。

「俺達、もう一度やり直そうぜ。お前の父親にかけあって、俺達の婚約を認めてもらうんだ」

アドルフがロザリーを抱き寄せた。

自分を抱きしめる人の黒髪を見て、ロザリーは確信する。

（……違う）

ロザリーが好きな人の髪の毛は、もっと明るい色だった。パサパサに傷んだ髪は光を受けるとキラキラと反射して、それがロザリーは好きだった。

ロザリーが恋した人は、アドルフ・ファロンではない。

「待っ、て」

ロザリーは辛うじて動く左手で、アドルフの胸を押し返そうとした。だが、アドルフはより一層強い力でロザリーを抱き込む。

打撲の怪我《けが》が痛んで、ロザリーは痛みに呻《うめ》いた。だが、アドルフはロザリーの様子などお構いなしに言い募る。

「好きだ、ロザリー。愛してる」

「不愉快な寝言ですね」

真冬の空気より冷ややかなその言葉は、ロザリーが発したものではない。

アドルフに抱きすくめられたまま空を見上げたロザリーは、夜空を背にこちらを見下ろすルイスの姿を見つけた。

ルイスは手にしていた杖《つえ》を軽く一振りすると、ロザリーとアドルフから数歩離れた地面に着地する。

アドルフは歯軋《はぎし》りをして、ルイスを睨《にら》みつけた。

「不愉快なのはお前だろう。今も昔も、ことあるごとに俺に楯突《たてつ》いて」

「言葉は正しく使っていただけますか？　貴方が性懲りもなく、私に喧嘩《けんか》を売ってきたのでしょう……私の足下にも及ばぬほど、弱い癖に」

アドルフは抱きすくめていたロザリーを突き飛ばし、杖をルイスに向ける。そして、痛みに膝《ひざ》をつくロザリーには目もくれず、詠唱を始めた。

アドルフの杖が淡く発光し、周囲に風が巻き起こる。風の刃《やいば》を操る魔術だ。

不可視の風の刃が、ルイスに襲いかかる。ルイスは詠唱をしていない。

（このままでは間に合わない……！）

ロザリーは青ざめたが、ルイスは顔色一つ変えずにマントを外し、それを目の前で広げてみせた。

大きく広がったマントの陰から、ルイスの杖が真《ま》っ直《す》ぐに飛んでくる。

「はっ、杖を投げて、せめてもの抵抗か!?」

アドルフは嘲笑《あざわら》いながら、風の刃でルイスの杖を叩《たた》き落《お》とす。

そして、目の前に広がるマントごとルイスを風の刃でズタズタに引き裂いた……つもりだったのだろう。

だが、散り散りになったマントの残骸《ざんがい》の向こう側に、ルイスの姿はない。

「――――っ!?」

目を見開き立ち尽くすアドルフの肩を、ルイスの手がポンと叩いた。

「のろま」

マントで目眩《めくらま》しをしている隙にアドルフの背後に回りこんでいたルイスは、アドルフの鼻っ面に拳《こぶし》を叩きこんだ。

「……っぶ⁉︎」

鼻血を撒《ま》き散《ち》らして地面に倒れるアドルフの鳩尾《みぞおち》に、ルイスは容赦なくブーツの踵《かかと》を振り下ろす。

「ぐぼぉっ⁉︎　ぐっ、うぇぇぇ……っ」

空気の塊を吐き出して喘《あえ》ぐアドルフの腹をグリグリと踏みにじり、ルイスは唇を三日月のように吊《つ》り上《あ》げて笑った。

「魔術など使わずとも、目眩しをして距離詰めてぶん殴る方が、手っ取り早いでしょう」

とても魔術師とは思えないようなことを言い放ち、ルイスは指をパキポキと鳴らした。

「さて、少しお話をしましょうか。お前が犯した罪の話です」

「な、なんの、こと……っぐぇっ」

ヒィヒィと苦しげな呼吸をするアドルフの腹に踵を捩《ね》じ込み、ルイスは低い声で告げた。

「ロザリーを突き落としたのは、お前ですね？　〈風の手の魔術師〉アドルフ・ファロン」

その言葉に、ロザリーは凍りついた。


ルイスの足の下で、アドルフはゼィゼィと荒い呼吸をしながら、目を泳がせていた。

「何の話か、分からない……」

相変わらず、追い詰められると語彙《ごい》が貧相になる男だ。

ルイスは失笑に唇を歪《ゆが》め、言い放つ。

「以前、病院で会った時、お前はロザリーが屋上から落ちたと言いましたね？」

「それが、なんだって……」

「ロザリーの転落事件は、捜査関係者以外には、『階段から落ちた』と言うよう、伝えてあるのですよ」

ロザリーが目覚めた時から、ルイスは犯人を追い詰めるために、情報の規制を徹底していた。

魔法兵団とは無関係のアドルフが、ロザリーが屋上から落ちたと知っているはずがないのだ。

「お前はお得意の遠隔魔術で風を操り、ロザリーを屋上から突き落としたのでしょう？　私を七賢人候補から蹴落《けお》とし、自分が七賢人になるために」

その時、ルイスの背後でロザリーがハッと息を呑むのが聞こえた。

ロザリーはカタカタと震えながら、アドルフを見ている。

「貴方は……私を殺そうとしたくせに、婚約を提案したの？　その方が、七賢人選考に有利だから？」

アドルフ・ファロンの恐ろしさは、狡猾《こうかつ》なところではなく、神経の図太さだとルイスは常々思っている。

ルイスを七賢人候補から蹴落とすためだけにロザリーを狙い、ロザリーが記憶喪失だと知ったら、今度は口説き始めた。ロザリーのことを、何だと思っているのか。

腹立たしいのは、それだけじゃない。

「お前の親戚《しんせき》は、病院を経営しているそうですね？　その病院には、オーエンの父親が入院していた」

アドルフとオーエンは、ミネルヴァ時代、同じ研究室に所属しており、面識がある。

オーエンの家庭の事情も、アドルフはある程度知っていたはずだ。

「お前は、オーエンの父親の命を盾に、オーエンに命令したのでしょう？　ロザリーを屋上に呼び出せ、と」

オーエンはきっと、葛藤《かっとう》したのだろう。それでも父親の命を盾に取られ、仕方なく従った。

そして、自分もこっそりロザリーの後をついていったのだ。アドルフがロザリーに危害を加えようとしたら、止めに入るつもりで。

流石《さすが》のオーエンも、アドルフがロザリーを遠隔魔術で殺そうとするなんて、思いもしなかったのだ。

遠隔魔術でロザリーが突き落とされた瞬間を目撃したオーエンは、すぐにアドルフの仕業と察し、アドルフを追いかけた。

「オーエンは、お前に自首するよう説得するつもりだったのでしょうね。そこでお前は、話をしたいとでも言って、オーエンの家に上がり込み、紅茶にこっそり毒を入れて飲ませた。そうして自分のカップは洗って片付け、それっぽい遺書を残して、その場を立ち去った……違いますか？」

「何を、根拠に……」

「オーエンはコーヒー派です。紅茶は、客人にしか出さないのですよ」

更に言うなら、オーエンの部屋は客を通す部屋だけは比較的片付いていた。これは予想だが、アドルフは以前からオーエンの部屋に出入りしていたのだろう。

最初は先輩面して上がり込み、そうして、父親のことを盾に脅しをかけた。

実を言うと、ルイスはロザリーの事件に関して、同じ七賢人候補である〈飛翔《ひしょう》の魔術師〉と〈沈黙の魔女〉の関与も疑っていた。

だが、〈飛翔の魔術師〉は七賢人の座を辞退したから動機がない。

〈沈黙の魔女〉はロザリー転落事件の日は、ミネルヴァの研究室にいたと憲兵が裏付けを取っている。彼女は飛行魔術が使えないから、ミネルヴァと事件現場を短時間で往復するのは不可能だ。

「病院で会った時、言ったはずです。今だけは見逃してやると。あの時はまだ、確証が持てなかったから、見逃してやったのです」

ルイスはアドルフの腹を踏んだまま、ぐっと腰を折ってアドルフの顔を覗き込む。

「お前に『次』など、ないのですよ」

ルイスは見る者の背筋が凍るような笑みを浮かべて、その目を抜き身の刃のようにギラリと輝かせた。

「さて、事件当日のアリバイをお聞かせ願えますかな、〈風の手の魔術師〉殿？」

ルイスに追い詰められてもなお、アドルフは悪意と敵意を撒き散らしていた。

「こんなことして、ただで済むと思うなよ。俺には後ろ盾が……」

「クロックフォード公爵でしょう？　存じておりますとも」

憎悪に満ちた目で睨んでくるアドルフに、ルイスは芝居がかったしぐさで肩を竦《すく》める。

「ところでクロックフォード公爵は、お前が七賢人の娘を害したと知っても、庇《かば》ってくださるような寛大なお方なのですか？」

アドルフの顔色が、目に見えて悪くなった。

クロックフォード公爵は、第二王子を擁立し、この国で最も強い権力を持つ大貴族だ。

その辣腕《らつわん》ぶりは、この国の貴族なら誰でも知っている。

「お前がこの事件の犯人だと知ったら、クロックフォード公爵は、お前が逮捕される前に口を封じるでしょうね。事故死を装って」

クロックフォード公爵は、七賢人に自分の手駒を増やすべくアドルフを支援した。だが、アドルフが問題を起こせば、非難の矛先はクロックフォード公爵にも向かいかねない。

そうなる前にアドルフを始末してしまえばいい、とクロックフォード公爵が考えても、なんら不思議ではない。

アドルフは今更そのことに気づいたらしい。真っ青になって、ガタガタと震え出した。

クロックフォード公爵の残忍さは、貴族の子である彼なら当然、耳にしているだろう。

「だから、お前がクロックフォード公爵に消される前に、捕らえにきたのですよ。なぁに、私はクロックフォード公爵よりは寛大ですよ？　粛清はするけど、原形を留《とど》める程度にしてやります」

品の良い笑顔で凶悪なことを言うルイスに、アドルフは忌々しげに吐き捨てた。

「ふざけるなよ、雌顔野郎！　お前のその笑顔は世界で一番信用できな……………ぐぇえっ⁉」

アドルフの腹を踏みにじるルイスは、唇の端を持ち上げて白い八重歯を覗《のぞ》かせる。

そうして、俯《うつむ》いた拍子に垂れた三つ編みを手の甲で背に払い、ゆるりと首を傾けた。

「学生時代にその発言をしたお前を、ひん剥《む》いて木に吊るして、煙責めにしてやったのをお忘れですか？　私はあの時、お前に言ったはずです……『次にそれ言ったら、タマ潰《つぶ》すぞ』と」

雌顔と評された顔に凶悪な笑みを浮かべ、ルイスは片足を持ち上げる。アドルフ・ファロンの股《こ》間《かん》の上に。

「お望み通り去勢してやんよ、クソ野郎」

北部訛《なま》りで吐き捨てて、ルイスは持ち上げた足を勢い良く振り下ろした。

＊　＊　＊

ロザリーの捜索を頼まれたライオネル達は、グレン、リン、そしてライオネルとネイトの三手に分かれて、ロザリーを探していた。

気の利くネイトは、すぐに憲兵にも連絡をしてくれたが、アルスーン魔導具工房の事故に人手が割かれているため、ロザリー探しを優先してもらうのは難しいらしい。

アルスーン魔導具工房の事故は、大規模な火災になっていたらしく、遠目にも火の手が上がっているのが見えた。

今はそれも鎮火しているから、きっとルイスがなんとかしたのだろう。

ライオネルは友人のことを信じている。あの男ならきっと、この国もロザリーも守ってくれると。

ロザリーを探し、ある程度時間が経《た》ったところで、ライオネルとネイトは、集合場所である中央通りに向かった。ロザリーが見つかっても、見つからずとも、一度集合し、情報共有すると決めていたのだ。

ライオネル達が到着したのとほぼ同時に、グレンが駆け寄ってくるのが見えた。

「オレの方は、駄目だったっす……昼だったら飛行魔術で空から探せるんすけど、暗いと空からじゃ、よく見えなくて……」

息を切らせながら言うグレンは悔しそうだった。彼もロザリーのことを心配しているのだ。

その時、頭上からメイド服のスカートを揺らして、ルイスの契約精霊がフワリと降りてきた。

リンは、メイドらしくお辞儀をすると、淡々と言う。

「ルイス殿が、ロザリー様を保護されました」

「おぉ！　ルイスが……！」

「師匠、すげーっす！」

「……あの人、勘が野生動物じみてますもんね」

アルスーン魔導具工房の救助活動を終えたばかりだろうに、流石はルイスだ。

ライオネルが胸を撫《な》で下《お》ろしていると、リンの操る風がライオネル達を包み込んだ。

「これより、皆様を現場に案内いたします」

リンの風は、ライオネル、ネイト、グレンの三人を包み込み、そのまま宙に浮かび上がらせる。

ライオネルは飛行魔術の難しさを知っている。あれは、自分一人を浮かべるだけでも難しいのだ。

一度に複数人を浮かべるなんて、七賢人でもできない。

ライオネルの横で、ネイトがボソリと呟《つぶや》いた。

「在学中に、この精霊と契約してたら……あの人、もっとやりたい放題だったでしょうね……」

ライオネルは従者を窘《たしな》めようとして、言葉に悩む。

在学中にこの精霊がいたら……なるほど、ルイスが巻き起こす騒動は一層パワフルになり、教師陣は頭を抱えていただろう。ルイスが騒動を起こす度に、育毛エッセイが分厚くなっていた教授は元気だろうか。

ライオネルが当時を懐かしんでいると、グレンがポツリと呟いた。

「正直、意外っす。師匠が、その……学生時代はワルだったなんて」

「ワルというのはよく分からんが、よく喧嘩《けんか》をしていたのは事実だな」

ルイスは国境付近にある貧しい村の出身だ。それ故、苛《いじ》めの標的にされやすかった。

たとえ同じ制服を着ていても、身分の違いは一目で分かるものだ。

特に分かりやすいのが靴。貴族階級の者や裕福な者は、ピカピカに磨かれた美しい靴を履いているが、平民は靴に汚れや綻《ほころ》びがあるから、違いは一目瞭然《いちもくりょうぜん》。

そして、ライオネルの同級生の中で一番ボロボロのブーツを履いているのが、ルイス・ミラーだった。

だから今のルイスは、靴をピカピカにすることにこだわるのだろう。

「なんか、師匠が大人しく苛められてたとは、思えないんすけど……」

グレンの言葉に、ネイトが深々と頷《うなず》く。

「まぁ、お察しの通りですね……あの人を見て、苛められっ子と言う人はいないです……やられたら、嬉々《きき》として殴り返しにいくタイプですし……」

学生寮ジャム狩り事件、テレンス・アバネシー肥溜《こえだ》め送り事件、そしてアドルフ・ファロン燻製《くんせい》未遂事件。

どれもライオネルが入学する前の出来事だが、何度も噂《うわさ》を耳にしているぐらい有名な話である。

「懐かしいな。私もよく喧嘩の仲裁に入っては、巻き添えをくらって殴られたものだ」

「オレ、師匠は貴族の人なんだって思ってたっす。なんか、喋《しゃべ》り方とか振る舞いがお上品だし」

グレンの呟きに、リンがグルンと首を捻《ひね》ってグレン達を見た。

「わたくしがルイス殿と契約をした時には、既にあのような感じだったと記憶しております」

あのような感じとは、いかにも貴族階級の人間らしい振る舞いのことを指しているのだろう。

ライオネルは目を閉じ、卒業式前の休日に、ルイスが訪ねてきた日のことを思い出す。

『俺に、上流階級の発音とマナーを教えてくれ』

そう言って、あのルイスが頭を下げたのだ。

ライオネルは普段、ルイスに勉強を見てもらっている身だった。だからこそ、ルイスの力になることに否やはないが、正直驚きを隠せなかった。

ルイスは大の貴族嫌いだ。貴族に媚《こび》を売って生きるなんてまっぴらごめんだから、ミネルヴァを卒業したらフリーの魔術師になるのだと、いつも言っていた。

貴族に愛想売るぐらいなら、愛想なんて犬に食わせた方がマシだと考えているような男が、惚《ほ》れた女と結婚するためだけに、愛想笑いを覚え、上流階級の発音と作法を身につけたのだ。

竜討伐で得た報酬で新しい靴を買って、常にピカピカに磨いて。

パサパサに傷んだ髪には香油を馴染《なじ》ませて、毎日梳《くしけず》って。

アカギレだらけの指に軟膏《なんこう》を塗って、こまめに手入れをして。

媚を売るなんて死んでもごめんだ、と吐き捨てていた男が完璧《かんぺき》な愛想笑いを覚え、貴族達にこうべを垂れて、礼を尽くした。

「ルイスは、ロザリーとの結婚を認めてもらうために七賢人を目指し、振る舞いを改めたのだ」

そうして彼は魔法兵団団長まで上り詰め、遂《つい》には七賢人候補に選ばれたのだ。

全ては、ロザリーとの結婚を〈治水の魔術師〉バードランド・ヴェルデに認めてもらうために。

本当に、ただそれだけのために。

「ルイスは、誰よりもロザリーを愛している……愛に生きる男だ」

噛《か》み締《し》めるように呟くライオネルに、グレンが酢を飲んだような顔で「あいにいきるおとこ……」と復唱した。

その時、リンが下の方に目を向けてボソリと言う。

「愛に生きる男を発見しました。降下いたします」

既に日は暮れており、眼下の石畳には人影がぼんやりと見える程度である。それでも精霊であるリンは、何が起こっているのかが全て見えているらしい。

「ロザリーは無事か？」

ライオネルが訊《たず》ねると、リンはガクリと頭を上下させる。多分頷いたつもりなのだろう。

「ロザリー様は無事です……が」

「どうした？　ルイスに何かあったのか？」

歯切れの悪いリンにライオネルが詰め寄ると、リンは表情一つ変えずに言う。

「アドルフ・ファロン殿が股間を踏み抜かれ、瀕死《ひんし》です」

うわぁ、とグレンが悲痛な声を漏らした。

＊＊＊

七賢人と国王だけが出入りを許される〈翡翠《ひすい》の間〉で、〈星詠みの魔女〉メアリー・ハーヴェイは一人、星を見上げていた。

ガラス張りの天井を身じろぎ一つせずに見上げている姿は、どこか作り物じみている。だが、彼女が生きていることを証明するかのように、長い睫毛《まつげ》は緩やかに上下していた。

メアリーの背後で扉がノックされる。この〈翡翠の間〉で、律儀にノックをする者は案外少ない。〈宝玉の魔術師〉が来たのなら、彼が身につけている装飾品がジャラジャラと音を立てるところだが、今はその音も聞こえない。

「失礼いたします」

部屋に足を踏み入れたのは、〈治水の魔術師〉バードランド・ヴェルデだった。

メアリーは上を向いていた頭をゆるりと戻して、バードランドに目を向ける。

「サンダーズ様のご容態は～？」

「起き上がることが困難のようです……それと、お心も変わりないと」

「ギックリ腰じゃあ、仕方ないわねぇ。サンダーズ様もご高齢だし……」

メアリーは頬に手を当てて、憂いのため息をつく。

最年長の七賢人〈雷鳴の魔術師〉グレアム・サンダーズがギックリ腰で倒れたのは、七賢人選考会が終わった直後のことであった。

医者は、安静にしていればいずれ良くなるでしょうと言ったが、ベッドに横たわるグレアムはこう宣言したのだ。

『わし、七賢人引退するー』

もう硬い椅子に長時間座りたくない、というのがグレアムの主張である。

それならば椅子を新調するので、と周囲は説得したが、グレアムの意思は固く、七賢人を引退すると言って聞かなかった。

〈雷鳴の魔術師〉グレアム・サンダーズは、数多《あまた》の戦場を飛び回り、国の危機を救った大英雄だ。現国王も国の重鎮達も、グレアムには最上級の敬意を払っている。

今でこそ、おとぼけおじいちゃんだが、教本に名前が載り、各地に石像が建てられるぐらいすごい人なのだ。

だからこそ、周囲はあの手この手でグレアムを七賢人の座に引き留め続けてきたのだが、それももう限界らしい。

ここ数年、リディル王国では七賢人の入れ替わりが続いている。

大天才と言われた〈星槍《せいそう》の魔女〉は身内の不祥事で退任せざるを得なくなり、名門である〈茨《いばら》の魔女〉と〈深淵《しんえん》の呪術師〉は若い当主に代替わりをしたばかり。

〈治水の魔術師〉の引退も決まっている上に、〈雷鳴の魔術師〉までもが引退するとなったら、不安に思う者も出てくるだろう。

「貴方《あなた》は引退を考え直す気はないのぉ？」

メアリーが色の薄い目を向けると、バードランドはユルユルと首を横に振った。

「七賢人は、最大魔力量が一五〇以上必要と定められております。今の私は緩やかに衰退している。一五〇を切るのは時間の問題でしょう」

最大魔力量は二〇歳が成長のピークで、それ以降は加齢とともに緩やかに減少していく。

この減少度合いには個人差があるのだが、〈治水の魔術師〉バードランド・ヴェルデの場合、直近の計測で出た数字が一五二。

一年前に比べると随分減少しており、一五〇を切るのは時間の問題だった。

だからこそ〈治水の魔術師〉バードランド・ヴェルデは引退を決意したのだ。

「皮肉なものです。私は幼い時、魔術の修行をしている娘に、『そんなことも、できないのか』と言ってしまったことがある。娘は魔術師になるには、あまりにも魔力量が少なすぎたのです」

あの時のバードランドは驕《おご》っていたのだ。

魔術師としての才能に恵まれた彼は、努力をすれば大抵の結果は出すことができた。だからこそ、結果を出せない者には努力が足りないのだと考えた。

その結果、妻に逃げられ、娘とは疎遠になってしまったのだ。

「年とともに魔力量が減っていくのを実感し、自分の限界を知って、ようやくあの時の娘の気持ちを理解しました……七賢人だなんて片腹痛い。私は世界一愚かな父親だ」

バードランドは眉間《みけん》の皺《しわ》に指を添えて、深々と息を吐く。

メアリーは首を傾けて、ガラス天井を見上げた。

漆黒の空には銀の砂を散らしたような星が、儚《はかな》く瞬いている。その星の瞬きが、メアリーにこの国の未来を囁《ささや》くのだ。

「貴方は、次の七賢人は、誰が相応《ふさわ》しいとお考えかしら？」

会議の場でバードランドは皆で話し合って決めるべきだと主張し、自身が推薦したルイス・ミラーを推したりはしなかった。

だが、今この場にはメアリーしかいない。

バードランドは口髭《くちひげ》を弄《いじ》りながら言った。

「この国の魔術の発展を思うなら、〈沈黙の魔女〉モニカ・エヴァレットの保護を優先すべきと考えます。彼女の才能は他国に渡れば大きな損失となる。あの才能は保護されるべきだ」

「一人娘のパパとして言うなら～？」

バードランドは気まずそうに目を泳がせた。

メアリーがニコニコしながら無言で見つめ続けると、バードランドはゴホンと咳払《せきばら》いをして言う。

「〈結界の魔術師〉ルイス・ミラーは、かつて私に宣言しました。七賢人になってロザリーと結婚するのだと」

メアリーは、その時のやりとりを現場にいたブラッドフォードから聞いている。

それはもう、〈治水の魔術師〉バードランド・ヴェルデらしからぬ取り乱しっぷりだったらしい。

話を聞いたメアリーは、思わず手を打って笑い転げたものだ。

「……生意気ではありますが、娘のためにそこまでできる男を、認めてやりたいという気持ちがないと言えば、嘘《うそ》になります」

「情熱的ぃ～。若いっていいわね～」

鈴を転がすような声で笑い、メアリーは夜空を眺めた。

形の良い唇が、歌うような口調で言葉を紡ぐ。

「〈結界の魔術師〉ルイス・ミラーは、七賢人に相応しい実力を持っているわ。魔法兵団の団長だから、各方面に顔が利くし、実戦にも強い……ただ、彼は第一王子派だから、きっと七賢人内に不和が生まれるでしょうねぇ」

現七賢人である〈宝玉の魔術師〉エマニュエル・ダーウィンが、第二王子派なのだ。ルイスと対立するのは目に見えていた。

「〈沈黙の魔女〉モニカ・エヴァレットは、苦境の多い星の下に生まれているわねぇ。素晴らしい才能と、人間性の欠落——彼女の選択は、多くの人間に影響を与えるわ。本人が望まずともね」

モニカの欠点は明白だ。あの人見知りである。

なにせ彼女は、魔法戦の後の面接で緊張のあまり過呼吸を起こし、泡をふいてひっくり返ってしまったのだ。

七賢人は国の祭典に出席する機会が多いので、あの性格は不安すぎる。

「〈風の手の魔術師〉アドルフ・ファロンは、分かりやすい第二王子派ねぇ。クロックフォード公爵は、この子をゴリッゴリに推してくるでしょうし、下手したら、七賢人会議そのものに圧力をかけてくるかも〜」

〈治水の魔術師〉と〈雷鳴の魔術師〉が引退するのなら、空いた席は二つ。

無難に選ぶのなら、〈結界の魔術師〉と〈風の手の魔術師〉の二人だろう。

〈沈黙の魔女〉モニカ・エヴァレットの才能は稀有《けう》なものだが、それは別のやり方でも保護できる。

それこそ、七賢人の誰かの弟子にしてもいい。そうすれば、〈沈黙の魔女〉の才能が他国に流出するのを防げる。

……だが。

「お星様が、こう告げているわ」

この国一番の予言者は、星を仰いで、白い頬に手を添える。

「アドルフ・ファロンが再起不能ですって……まぁ、可哀想《かわいそう》に」

「彼の身に、何が？」

「男として一生役に立たなくなるでしょう、ってお星様が言っているわ～」

お星様の無慈悲な不能宣言に、バードランドは閉口した。

＊　＊　＊

アドルフ・ファロンを再起不能にしたルイスが、フンと鼻を鳴らして顔を上げたその時、背後で苦しげな呻《うめ》き声が聞こえた。

振り向くと、ロザリーが地面に膝《ひざ》をつき、頭を押さえている。

「あ……あ、あ……」

ロザリーは全身を痙攣《けいれん》させながら、口をパクパクさせていた。

ルイスはすぐさま、詠唱を始める。

ロザリーにかけられた記憶封印術式は、ここに来る前にグレンから聞き出している。それを元に逆算し、解除に必要な術式を慎重に編み上げ、形にした。

ルイスの指先に白い輝きが集い、蝶《ちょう》の鱗粉《りんぷん》のように光の粉を零《こぼ》す。その指先をロザリーの額に押し当てると、パキンと何かが砕ける音がした。

それは、記憶の引き出しにグルグル巻きにされた鎖――グレンが施した、拙い記憶封印の魔術だ。

苦しげに呻いていたロザリーが、ゆっくりと目を開く。

「ロザリー？」

ロザリーの体を支えながら声をかけると、ロザリーはルイスの顔を見つめた。

「…………ルイス」

掠《かす》れた声が、ルイスの名を呼ぶ。記憶が戻ったのだ。

感極まったルイスがロザリーを抱き寄せようとすると、ロザリーは悲しげな顔で頭を下げた。

「ごめんなさい。私は、また……貴方に迷惑をかけたのね」

おい、というのが正直な一言である。

（言うに事欠いて第一声が……そこは、もっとこう、もっとこう……）

助けてくれて嬉《うれ》しいわ、と感動の言葉が出てくるところではないだろうか。

なんだったら、抱きついてキスしてくれても構わない。

（いや、そうだった。ロザリーはいつもこうだった……）

まず真っ先に、迷惑をかけたことを気にしてしまうのが、ロザリー・ヴェルデなのだ。

その時、ルイスの背後が賑《にぎ》やかになった。リンが風を操り、ライオネル、ネイト、グレンを連れてきたのだ。

「ロザリーさぁぁぁぁん！」

涙目のグレンが、ワァワァと叫びながら駆け寄ってきた。うるさい。

ルイスがしかめっ面をしていることも気にせず、グレンはロザリーの手を取る。

「ロザリーさん、ごめんなさい……ロザリーさんの記憶を封印したの、オレなんす。オレ、ロザリーさんに苦しんでほしくなくってぇ……うっ、えぐっ……でも、師匠、本当はロザリーさんのこと……」

ルイスは泣きじゃくるグレンの首根っこを掴《つか》み、有無を言わさずロザリーから引き剥《は》がした。

「グレン、人の婚約者に鼻水をつけるのは、やめてもらえますか？」

ルイスがグレンをポイッと地面に放り捨てると、今度はライオネルが苦い顔でルイスに話しかける。

ライオネルはチラチラと、地面に倒れるアドルフを見ていた。

「ルイスよ、少々やりすぎではないか。七賢人選考中に、同じ候補者に暴力を振るったとなると、選考そのものが見直しになるやもしれんぞ」

ロザリーがハッと顔色を変えてルイスを見る。

そういえば今回は、ルイスが七賢人になりたくて婚約したのだという噂に、随分と振り回されたのだった。まったく、面白くない話だ。

だからこそルイスは、胸を張って堂々と答える。

「ライオネル、私は優先順位を間違えたりはしないのですよ」

ルイスは爽《さわ》やかに笑い、親指で首を掻《か》き切るジェスチャーをした。

「人の女に手ぇ出したクソ野郎を、ブチ殺すのが最優先です」

「口調」

「人の婚約者に手を出したならず者を、粛清するのが最優先です」

ライオネルはうむと一つ頷《うなず》く。ライオネルの背後では、ネイトが憲兵やら護送用の馬車やらを連れてくるのが見えた。

「ルイスよ、先に馬車に乗るが良い」

「ここは、貴方が先に乗るべきでは？」

お忍びの王族が、いつまでも現場にいるのは、あまり良いことではない。ルイスがそのことを仄《ほの》めかすと、ライオネルはルイスとロザリーを交互に見て、キッパリと言った。

「お前達には、話し合いが足りなすぎる。馬車の中で二人で語り合え」

ライオネルはルイスに背を向け、駆けつけた憲兵達に指示を出し始めた。

誤魔化しの下手なライオネルに任せて大丈夫だろうか、という不安もあるが、気の利くネイトが、上手《うま》いこと言いくるめてくれるだろう。

その時、ルイスの背後で抑揚のない声がした。

「愛に生きる男のルイス殿」

ルイスは頬を引きつらせながら振り向き、リンを睨《にら》みつける。

「お前は、いちいち主人をおちょくらんと気が済まないのですか」

「こういう時、使用人は空気を読んで席を外すものだと本で読みました。有能なメイド長の私は、グレン・ダドリー殿を家まで送ります」

リンの提案に、ルイスは珍しく感心した。

「お前にしては随分と気の利く提案ではありませんか。空気の読み方を覚えたようで何よりです」

「恐れ入ります。それでは、どうぞごゆるりと。なお、ロザリー様の勝負下着はタンスの上から二番目の引き出しです」

やっぱりこの精霊は、いまいち空気を読めていないのだ。

＊＊＊

馬車の中は、ガラガラと車輪の音だけが響いていた。

気まずい沈黙の中、隣り合って座ったルイスとロザリーは何も言わず、足下に視線を落としている。

〈風の手の魔術師〉アドルフ・ファロンの起こした傷害事件の取り調べを受けるため、城へと向かっているのだが、馬車の進みは酷《ひど》くゆっくりとしていた。

夜間で、かつ市街地ということもあるが、恐らくはライオネルが気を利かせて御者に命じたのだろう。二人に話し合いの時間を与えるために。

だが、二人の間に会話はない。何から切り出せば良いのかが、分からないのだ。

学生時代のルイスは、休み時間にロザリーに話しかけたくて、課題の解き方を訊《き》きに行ったりしたけれど、今はもう、共通の話題にできる課題なんてない。

「……どうして」

ポツリと呟《つぶや》いたのは、ロザリーだった。

ロザリーは膝の上で手を握り、俯《うつむ》きながら、絞り出すような声で問う。

「どうして、そこまでして、七賢人になりたいの」

ロザリーとの結婚にあたり、〈治水の魔術師〉がルイスに出した条件を、ロザリーは知らなかったのだろう。

やっぱり、そこは言わなきゃ駄目だったよな。とルイスは今更反省した。

お前のために、七賢人目指したんだぜ！　と得意気に主張するのは、紳士ではない。

なにより、七賢人を目指すことになった事情を話して、ロザリーが負い目や責任を感じたりするのが、ルイスは嫌だったのだ。

だが、そうして口をつぐんだ結果、ロザリーを不安にさせてしまった。

「貴方のお父上に言われたのですよ。お上品で、王都に家を持っていて、七賢人になれるぐらいの男でないと、娘はやらん、と」

「……え？」

ロザリーは分かりやすく混乱し、動揺していた。無理もない。

ロザリーは、自分が父親に疎まれていると、ずっと思っていたのだ。

「貴方のお父上は、こう言ってはなんですが、かなりの親馬鹿ですよ。私に対して、だらしない服装だの、みっともない髪だのと、散々ケチつけた挙句、なんて言ったと思います？　『ロザリーは、王子様のような男と結婚するんだっ！』ですよ？　親馬鹿も大概にしろよ、あのオッサン」

最後の方でうっかり本音が漏れてしまったが、ロザリーはそれどころではないようだった。口を半開きにして、唖然《あぜん》としている。

ルイスはフフンと鼻を鳴らした。

「だから、ライオネルに頼み込んで、上流階級の発音と教養を身につけたのですよ。それこそ、お父上が望む王子様仕込みの教養です。これなら文句はありますまい」

硬直していたロザリーはノロノロと両手を持ち上げ、己の頬を包み込む。薄く開いた唇は、動揺に震えていた。可愛《かわい》い。

「だって、そんな、それじゃあ……私のために？　なんで、そこまで……」

「貴女《あなた》と結婚したかったからですよ」

「私の知ってるルイス・ミラーは、周りの言うことなど無視して、自分の目的を強行するような人だったわ」

両想いのはずなのに、辛辣《しんらつ》である。だが、ロザリーの言葉は正しい。

ルイスは上から押さえつけられると、反発する性分だ。

昔のルイスだったら、「七賢人にならなければ結婚を認めん」などと言われたら、相手をぶちのめして、無理矢理認めさせていた。

あるいは、以前ネイトに言われたように、ロザリーとの駆け落ちを強行していたかもしれない。

だが、ミネルヴァの悪童は、ロザリーのために目一杯考えたのだ。

「貴女は、お父上を尊敬しているし、心の底では慕っているでしょう？」

ロザリーは父親について、「きっと、疎まれてるわ」と寂しく笑うだけで、多くは語らない。

それでも、父や周りの期待に応えようとする姿を見ていれば分かる。

ロザリーは父親を慕っているし、力になりたいと思っているのだと。

「それなのに、お父上をボッコボコにして駆け落ちなんてしたら、貴女は私に隠れて悲しむでしょう？　父を裏切ってしまったと」

「そ、れは……」

ロザリーは何かを言いかけて、言葉を濁らせる。図星だったのだろう。

(お前のことなんて、お見通しだ)

ルイスは苦笑し、少しだけ遠い目をした。

「私は、ダングローツという寒村の出身です。母は娼婦《しょうふ》で父はいません。母は物心つく頃に亡くなったので、顔も覚えていない」

ルイスの昔語りを、ロザリーは神妙な顔で聞いている。

ルイスは不幸自慢がしたいわけでも、深刻な顔をさせたいわけでもなかったので、あえて軽い口調で続けた。

「家族なんていないから、背負うものは何もない。身軽なものです。だから……」

ルイスは目だけを動かして、ロザリーを見る。

「貴女やライオネルが背負ってるものを、身軽な私が少しだけ負担してやろうと思ったんですよ」

ルイスが気に入っている人間は、どうにも要領が悪いくせに、なんでもかんでも背負いこもうとする癖がある。

ロザリーは「魔術師になれず、父の期待に応えられなかった」という引け目を背負っていた。だけど、結婚相手のルイスが七賢人なら、文句を言う奴はいなくなる。

ライオネルはずるいことができないくせに、王族として多くのものを背負おうとしている。それなら、ライオネルが苦手な政治的駆け引きは、自分が担ってやればいい。七賢人になれば、それができる。

「私が七賢人になれば、お父上の期待に応えられる。貴女も将来安泰。ついでに、ライオネルの力になれる。良いことずくめです。だったら多少の不自由ぐらい、目を瞑《つぶ》りますよ」

かつてのルイスは貴族を嫌い、将来はフリーの魔術師になるのだと口にしていた。背負うものなどない方が気楽だった。

それでも、ルイスは自ら自由を捨てて、七賢人になる道を選んだのだ。欲しいものを手に入れるために。

ロザリーは込み上げてくる感情を押し殺している、苦しげな顔をしていた。

ルイスには、ロザリーが何を考えているか、手に取るように分かる。

「私のせいで、貴方の人生が……」

「ロザリー」

ルイスはロザリーの言葉を遮り、隣り合った手を繋《つな》ぐと、ロザリーの額に自分の額を押し当てた。

多分、自分は怒っている顔をしている。構うものか。ロザリーが遠慮ばかりするから、ルイスは少しだけ拗《す》ねているのだ。

「俺は、迷惑なんて、思ってねーからな」

懐かしい北部訛《なま》りに、ロザリーの表情がクシャリと歪《ゆが》む。

目を潤ませ、鼻の頭を赤くした泣き笑い。それは、いつも押し殺していた感情が瓦解《がかい》した時の顔だ。

ルイスはしてやったような気持ちで胸を張り、唇の端を持ち上げる。

いつも自分の気持ちを押し殺してしまうロザリーが感情を露《あら》わにする瞬間が、ルイスはいっとう好きなのだ。

ロザリーは目尻《めじり》に浮いた涙を拭《ぬぐ》うと、恥ずかしそうに小さく微笑《ほほえ》む。

「私、箱入り娘だったのよ」

話の流れが分からず、ルイスがキョトンとしていると、ロザリーは唇をモゴモゴさせて続けた。

「だから……大胆不敵で口の悪い不良さんに、惹《ひ》かれてしまったの……」

「それって、惚気《のろけ》ですよね？　もっと惚気て良いですよ」

もっと褒めていいんだぜ。という悪童の本音を察したのか、ロザリーは目元を赤くしたまま、ジトリとルイスを睨む。

「どうして貴方は、すぐ調子に乗るの」

「何年我慢したと思ってるんです？」

「私もよ」

「そうでした」

二人はどちらからともなく、顔を見合わせて笑う。

そうだ。自分はこうやって、ロザリーとくだらない話をして、笑い合いたかったのだとルイスは思い出した。

十一章　新七賢人

オーエン・ライトは意識を取り戻し、見上げた天井が病院のそれであると理解すると同時に、絶望した。自分は、助かってしまったのだ。

医師達がバタバタと慌ただしく出入りし、オーエンに処置を施していく。自分に、助けてもらう価値なんてないのに。

（そうだ……僕は……）

閉ざした瞼《まぶた》の裏側に蘇《よみがえ》るのは、オーエンがまだ少年だった頃、課題を押しつけてきた同級生達の姿。

――いいだろ、優等生。

――お前ならできるだろ、頼むよ。

本当は嫌だって言いたかったのに、何も言い返せずに、オーエンは言いなりになった。

その同級生達の姿に、一人の男が重なる。

ミネルヴァ時代、同じ研究室に所属していた先輩、〈風の手の魔術師〉アドルフ・ファロン。

――頼むよ、オーエン。お前の親父《おやじ》さんの治療、滞ったら困るだろ？

オーエンはまた、嫌だと言えず、言いなりになったのだ。

＊＊＊

アドルフがオーエンに連絡を取ってくるようになったのは、ルイスが七賢人に推薦されて、少し経《た》った頃だった。

聞くところによると、アドルフも七賢人候補として名前が挙がっているらしい。アドルフは、ルイスと同じ職場のオーエンに、探りを入れるつもりなのだ。

とは言え、この件でオーエンが知っていることなど大してない。だからオーエンは、今まで通りアドルフに接した。

「ルイスなら、いつも通り忙しく訓練して仕事してますよ。僕に構ってる暇があれば、ファロン先輩も訓練されたらどうですか」

オーエンが素っ気ない態度をとっても、アドルフはしつこくオーエンのもとに押しかけてきては、ルイスの弱みを知らないか、などと訊いてくる。

この時はまだ、オーエンはアドルフのことを危険視していなかった。

アドルフがルイスの弱みを訊いてくるのは、学生時代からよくあったのだ。だからこの時は、相変わらず傍《はた》迷惑な先輩だなぁ、ぐらいにしか思っていなかった。

状況が一転したのは、七賢人選考会を一週間前に控えたある日のこと。

アドルフはオーエンの部屋を訪れ、こう持ちかけたのだ。

「実は俺、ロザリーのことが好きだったんだ」

アドルフは来客用の紅茶に口をつけると、真剣な顔でオーエンに言う。

「最後に気持ちを伝えたいんだけど、ロザリーにはいつもルイスが張り付いてるだろ？　だから、どうにか詰所の屋上に呼び出してくれないか？」

「……手紙でも書いたらどうですか」

「直接伝えたいんだよ」

アドルフの提案に、オーエンは眉《まゆ》をひそめた。

七賢人選考会を一週間前に控えているこの時期に、同じ七賢人候補の婚約者に接触するなど、嫌な予感しかしない。

「お断りします」

オーエンがハッキリ断ると、アドルフは紅茶を飲み干し、その顔にいかにも同情的な表情を浮かべた。

「そういえば、お前の親父さん、入院中なんだって？」

「……それがなにか」

「あの病院、俺の親戚《しんせき》が経営してるんだ」

嫌な予感がどんどん膨らんでくる。

まさか、この人。と顔を強張《こわば》らせるオーエンに、アドルフは頬杖《ほおづえ》をついて薄く笑った。

「頼むよ、オーエン。お前の親父さんの治療、滞ったら困るだろ？」

＊　＊　＊

——ロザリーに告白するだけだ。お前はロザリーを屋上に呼び出すだけでいい。

アドルフはそう言ったけれど、やはり不安だったオーエンは、ロザリーを呼び出した後、急いで先回りし、屋上に身を潜めた。

もし、アドルフがロザリーに乱暴なことをしたり、どこかに連れ出そうとしたら、割って入ろうと思ったのだ。

だが、物陰に身を潜めて見守るオーエンの目の前で強い風が吹き、あっと思った時には、ロザリーの体は柵《さく》を乗り越えていた。

風属性の遠隔魔術。アドルフ・ファロンの得意技だ。

（あの人は……僕は、なんてことを……！）

オーエンは、アドルフの残忍さを見誤っていた。まさか、アドルフがロザリーを殺そうとするなんて、思ってもいなかったのだ。

すぐにこの場を飛び出して、犯人はアドルフだと主張したい。だが、この状況では誰が見ても犯人はオーエンだ。アドルフに脅されたと言っても、証拠がない。

信じてもらうには、真犯人を連れてくるしかないのだ。

そうしてオーエンはすぐさま飛行魔術で、その場を飛び立ち、アドルフを探した。

遠隔魔術を使うなら、標的の位置がよく見える場所でないといけない。障害物の位置を考慮すれば、アドルフが狙撃地点に選ぶ場所はすぐに見つかる。

教会の屋根に潜んでいたアドルフは、自分に詰め寄るオーエンの姿を見ると、両手で顔を覆って項垂《うなだ》れた。

「オーエン……俺は、なんてことを……」

いつも居丈高なアドルフが、今は背中を丸めてブルブルと震えている。今になって、自分がしでかしたことの恐ろしさに気づいたのだろう。

「ファロン先輩。自首してください」

「あぁ、でも……その前に、俺の話を聞いてくれないか」

そこは、オーエンが暮らすアパートから、そう離れていない場所だった。だから、オーエンの部屋に場所を移し、紅茶を出した。

思えば、アパート近くでオーエンに捕まってみせたのも、アドルフの計算の内だったのだ。

そうしてオーエンは紅茶に毒を盛られ、犯人に仕立て上げられた。

＊　＊　＊

目を覚ました直後は、ろくに会話もできる状態ではなかったが、それでも一晩休めば、なんとか起き上がれるぐらいには回復した。これでも魔法兵団の団員なのだ。それなりに鍛えてはいる。

医師が言うには、アドルフはロザリーとオーエンに対する殺人未遂の容疑で、既に捕まっているらしい。オーエンが証言をせずとも、ルイスは自力で真相に辿《たど》り着《つ》いたのだ。

（……もう、魔法兵団には、戻れない）

オーエンはベッドで上半身を起こし、窓をぼんやりと眺めた。窓の外が見たかったわけじゃない。扉を見るのが怖いのだ。

病室の扉を開けて、ルイスが入ってきたら、自分はどんな顔をすればいいのだろう。

オーエンはルイスを裏切り、彼の大事な婚約者を騙《だま》して、死なせかけたのだ。

昼下がりの冬空はどんよりと暗い灰色をしていて、今にも雪が降り出しそうだった。

雪嫌いのルイスが嫌がりそうだ――なんてことを考えていたら、病室の扉がノックされる。

「失礼します」

オーエンは窓に向けていた顔を、ゆっくりと扉側に向けた。

そこには、魔法兵団の制服を着たルイスが佇《たたず》んでいる。断罪の時が来たのだ。

ルイスはベッドサイドに立ち、オーエンを見下ろした。

「オーエン・ライト。魔法兵団団長として、お前に命じます」

断罪の時が、来たのだ。

無言で断罪の言葉を待つオーエンに、ルイスは人差し指を突きつける。そして、深い怒りの滲《にじ》む声で告げた。

「いい加減に、掃除をしろ」

「…………」

想定していた断罪と違う。

オーエンが黙りこくっていると、ルイスは早口で捲《まく》し立《た》てた。

「お前の部屋の散らかり具合に、皆呆《あき》れているのですよ。捜査員に『おたくの団員さん、どうなってるんです？　部屋が酷《ひど》すぎません？』って何回言われたと思っているんです？　まったく、恥ずかしいったらありゃしない」

ルイスはオーエンの額に、人差し指をグリグリと捩《ね》じ込みながら文句を言う。痛い。

ひとしきり愚痴をこぼしたところで、ルイスは「あぁ、そうそう」と付け加えた。

「七賢人選考会、結果が出ましたよ。今回、〈治水の魔術師〉殿だけでなく、急遽《きゅうきょ》〈雷鳴の魔術師〉殿も引退することになり、枠が二つになったんです。結果、新七賢人は私と、〈沈黙の魔女〉モニカ・エヴァレットの二名となりました」

「…………」

「元ルームメイトの現上司が、念願叶《かな》って七賢人になったのですよ。祝いの言葉ぐらい、くれても良いのでは？」

「……おめでとう」

「はい、どうも」

沈黙が部屋を満たす。オーエンは気まずくて死にそうなのに、ルイスはベッドサイドの椅子に足を組んで座った。

そして、あろうことか入院患者の目の前で、懐から酒瓶を取り出し、中身をあおる。

寒い日は酒を飲んで体を温めるのが手っ取り早い、という思考回路は昔から変わっていないのだ。

オーエンはゆっくりと息を吐き、そして口を開いた。

「ルイス」

「はい」

「……ごめん」

オーエンは震える手で毛布を握り、声を絞り出す。

「僕は、君を裏切った」

「何の話か、分かりかねますな」

「僕は、ファロン先輩の悪事に荷担したんだ」

「脅されて嫌々従ったのでしょう？」

オーエンは顔を上げてルイスを見る。

ルイスの表情は学生時代によく見た、己の考察を淡々と語る時のそれだった。

「あのデコ野郎が、入院中の貴方《あなた》のお父上を盾に脅したことは、とっくに調べがついてるんですよ。お父上には、新しい入院先を手配しました」

違うか、オーエン？　と言いたげにルイスがオーエンを見る。

オーエンは唇を噛《か》み締《し》めた。自分がアドルフに脅されて、嫌々従っていたことは事実だ。

「それでも、僕は……」

鼻の奥がツンとする。自己嫌悪で胸が苦しい。

「嫌だって、言わなくちゃ、いけなかったんだ」

オーエンがアドルフの提案を突っぱねていたら、こんな事態にはならなかった。

自分は脅されて嫌々従っている。ロザリーを呼び出すだけだから。何かあったら割って入るつもりだから……そうやって言い訳を重ねた結果、ロザリーは重傷を負い、ルイスは七賢人選考会前なのに奔走する羽目になった。

オーエンは一度洟《はな》を啜《すす》り、言葉を続ける。

「僕が君の婚約者を屋上に呼び出したことを、他の団員達は知っている。僕がファロン先輩の共犯だって、みんな分かっているはずだ。だから……」

だから、自分は魔法兵団にはいられない。

そうオーエンが言うより早く、扉が開いた。

「ごめんなさい。私、勘違いしていたみたい」

静かに入ってきた人物を見て、オーエンは息を呑《の》む。

冬物の外出着に身を包んでいるのは、焦茶の髪をきちんとまとめた女性――ロザリーだ。

「私が、ライト副隊長を屋上に呼び出したの。婚約者のジャムまみれの生活が心配だったから、元ルームメイトの貴方に、何かアドバイスを貰《もら》えないかと思って」

屋上から落ちたロザリーは、まだ怪我《けが》が完治していないらしく、ところどころに包帯を巻いたり、ガーゼを当てたりしている。

そんな痛々しい姿なのに、立ち姿は凛《りん》と美しかった。

言葉を失うオーエンに、ルイスがロザリーに椅子を譲りながら言う。

「オーエン・ライト副隊長は、たまたまロザリー転落の現場に居合わせた。アドルフ・ファロンの犯行だと気づいたライト副隊長は、追いかけて自首するよう説得を試みるも、毒を盛られ、犯人に仕立て上げられた……という体で処理しているので、口裏を合わせるように」

ルイスとロザリーは口裏を合わせて、オーエンを庇《かば》おうとしている。

あれだけ迷惑を被ったのに。ロザリーなんて、一歩間違えれば死んでいたかもしれないのに。

オーエンはロザリーに頭を下げた。自分はまだ、彼女に一言も謝っていない。

「ヴェルデ先生、申し訳ありませんでした」

「もし、また同じようなことがあったら……」

ロザリーは患者に指導をする医師の穏やかさで言い、椅子の横に立つルイスを横目で見る。

「次は、この人を頼って。貴方が頼ってくれなくて、拗《す》ねているのよ」

オーエンは口を半開きにして、ルイスを見上げた。

ルイスはフンと鼻を鳴らし、偉そうに腕組みをして言い放つ。

「もし貴方が罪悪感で死にそうになっているなら、仕事で返上しなさい。この私が、もうすぐ団長を辞めるんですよ？　使える部下を手放すわけないでしょう？」

なんて、ルイスらしい言葉だろう。

どんなに紳士を取り繕ったって、根っこの部分は何も変わっていない。

自分の意志を、不屈の執念と努力で押し通すルイス・ミラーのままだ。

「私は、超絶有能な団長が退職した後の、魔法兵団を心配して言っているのです。お分かりですね？」

ルイスは口の端を持ち上げ、不敵に笑っている。

オーエンはボソリと言ってやった。

「……ルイスが七賢人になったら、『ミラー団長追い出し祭り、今までの恨みを込めたドッキリ一〇連発企画』をやるって聞いたんだけど」

ルイスの頬が引きつる。懐かしい悪童の顔だ。

「首謀者は誰です。まぁ、何がこようと、かわす自信がありますが……ロザリーを巻き込んだら、アドルフ・ファロンと同じ目に遭わせます」

物騒なことを言うルイスの横で、ロザリーが何やら考え込むように、口元に手を当てた。

「……この場合、私も追い出す側になるのよね？」

「ロザリー？」

「こういう企画って初めてで……そうね、楽しみだわ」

「ロザリー⁉」

二人のやりとりを聞きながら、オーエンは声をあげて笑う。

なんだか随分久しぶりに、肩の力を抜いたような気がした。

＊＊＊

七賢人選考会に、アルスーン魔導具工房の魔力暴走事故に、アドルフ・ファロンの逮捕——目まぐるしい一日を終えてからも、ルイスの多忙な日々は続いた。

事件の調査や後始末、アドルフへの過剰暴力を誤魔化してくれたネイトとの口裏合わせ。それ以外にも、魔法兵団の仕事の引き継ぎに、七賢人就任のための準備。やるべきことは幾らでもある。

食事をする時間もろくにとれないルイスは、疲れた体に酒とジャムを流し込み、ロザリーとデートしたいとぼやきながら仕事に明け暮れ、そうして遂《つい》に魔法兵団団長としての出勤最終日を迎えた。

魔法兵団の団員達はルイスを快く送り出すため、詰所の食堂を使って送別会を開いてくれた。無論、送別会という名の追い出し祭りである。

オーエンがくれた事前情報の通り、部下達はありとあらゆる手を使ってルイスにイタズラを仕掛け、悲鳴をあげさせようとしたが、あまりにも相手が悪すぎた。ルイス・ミラーは、やられたら活《い》き活《い》きとやり返しにいく、ミネルヴァの悪童なのだ。

最終的には「団長、最後に一発殴らせてください！」という部下達との大乱闘になり、食堂で酒瓶片手に大暴れをした翌日、ルイスは新七賢人就任式典の朝を迎えた。

七賢人のローブは、高級な布をたっぷりと使い、そこに金糸銀糸の刺繍《ししゅう》を施した物だ。その立派なローブに袖《そで》を通し、ルイスは式典会場のそばにある控え室に向かった。新七賢人はこの部屋で待機するよう言われているのだ。

もう一人の新七賢人である〈沈黙の魔女〉は、控室のソファに腰掛け、立派なローブに埋もれるようにして、ガタガタと震えていた。

「おはようございます、〈沈黙の魔女〉殿」

「はひっ、おっ、おは……ござい……まひゅ……」

この調子で大丈夫だろうか。ルイスは不安に思いつつ、モニカの隣に座る。

モニカの奇行は、リハーサルも大概に酷かった。

数歩歩くだけで足をもつれさせて転び、挨拶《あいさつ》の言葉はろくに言葉にならず、緊張のあまり白目を剥《む》いて卒倒する始末。

あまりに酷いので、新七賢人の挨拶はルイスが代表して行うことになったぐらいなのだ。

「大丈夫ですか、〈沈黙の魔女〉殿？　陸に打ち上げられた魚のような顔をしていますが」

「は、は、はひ……」

虚《うつ》ろな目、青白い顔、そしてパクパクと開閉を繰り返す口——まさに打ち上げられた魚である。とても大丈夫には見えない。

「もう少し、人間っぽい振る舞いをしてくれません？　でないと、貴女《あなた》に敗北した私の立場がない」

「そ、そそ、それは、偶然……で……」

「あぁ？」

思わず苛立《いらだ》ちの声が出た。モニカがビクッと体を竦《すく》め、縮こまる。

ルイスは片眼鏡を指先で押さえ、目を細めた。

「この私が、偶然などという不確定要素に敗北したと？」

「ひぃっ……」

「私は実力で貴女に負けたのです。そこを履き違えてもらっては困りますなぁ」

「ごっ、ごめんなさいっ、ごめんなさいぃぃっ」

なんで勝った方が、ヘコヘコしてんだ、とルイスは思う。

勝者とは、己の主張を貫く権利を得る者だ。負けた人間に権利はない。負け犬は、どれだけ吠《ほ》えても骨すら貰えないのだ。だからルイスは、貪欲《どんよく》に勝ちを求める。

それなのに、モニカは自分が勝利したことを喜ばない。どころか、申し訳なさそうに縮こまっている。謙虚というより、卑屈なのだ。それがルイスは気に入らない。

「あ、の……」

モニカは指をこねながら、小さく呟《つぶや》く。前髪の隙間からルイスを見る目は、どこか暗い輝きを宿していた。

「あなたは、どうして、そんなに……自分を信じられるんです、か」

その言葉に、この小さなバケモノの歪《いびつ》さの理由を、垣間見《かいまみ》た気がした。

モニカは、信じられないのだ。自分も、おそらく他人も。

ルイスには、自分の才能と努力に対する自負がある。

才能がある、努力もしている、ついでに結果も出しているのだから、誰にも文句は言わせねぇ、と考えている。

だが、それだけが自信の理由ではないのも事実だ。

「……信じてくれた人がいたから、ですかね」

ルイスはソファの背もたれに背を預け、窓の外——北の空を見た。

「私は、北部地方の寒村の出身です。雪以外何もない、寂れた村ですよ。自分は、そこで一生を終えるものだと思っていました」

ルイスは自分の出自を隠しているつもりはないが、モニカにとっては初耳で、意外なことだったのだろう。丸い目が更に丸くなっている。

「偶然ラザフォード教授と出会って、魔術を学ぶきっかけを貰い、故郷の人間に、帰ってくるなと背中を押されて、あの村を飛び出したんですよ」

あんたはここを出ていくんだよ、と言ってくれたショーナが、ジャムの空き瓶に詰められた大銀貨が、頭をよぎった。

「田舎育ちのクソガキなもので、まぁまぁやっかまれたり、喧嘩《けんか》売られたりもしましたけどね、良くしてくれた人もそれなりにいました」

ゴアの店の気の良い人々。問題集を握りしめて押しかければ応じてくれた、ミネルヴァの教師達。コーヒーを淹《い》れてくれたルームメイト。

そして、ロザリーとライオネル。

ルイスは、出会った人全てを大事にしたいだなんて、聖人のようなことは考えない。

ただ、自分の大切なものだけは、しっかり握りしめておこうと思った。それだけなのだ。

「そういう人達がいるから、自分を信じられるんです。貴女にだって、一人ぐらいいるのでは？」

モニカはハッと顔を上げ、唇をムズムズさせた。

「……養母と……友達、一人、います」

「なら、あまり卑屈だと、その人達に失礼では？」

モニカは自分の中にある答えを手探りで探すみたいに黙り込む。

子どもみたいな手で指をこね、最年少の新七賢人はポツリと言った。

「こ、この式典が終わったら……七賢人になれたよって、報告……してきます」

モニカの頬に、少しだけ血の気が戻った。体の震えも止まっている。

これなら、モニカがこの部屋のカーテンに潜り込む事態だけは、避けられそうだ。

モニカはソファに座ったまま、足のつま先をパタパタと上下させた。子どもじみた仕草は、彼女なりの感情の発露だろうか。

「……やっぱり、ルイスさんは、すごいです、ね」

「ええ、勿論《もちろん》。貴女に言われずとも存じております。私ってすごいんですよ」

「…………」

モニカが肩透かしをくらったような顔をする。

ルイスは片眼鏡をクイと持ち上げて、不敵に笑ってみせた。

「そのすごい私に魔法戦で勝ったのですから、もう少し堂々としていなさい、同期殿」

モニカは眉《まゆ》を下げ、幼い顔に淡い笑みを浮かべた。

もしかしたら、笑ったところを見るのは初めてかもしれない。

「わ、わたし……ちょっとだけ、ルイスさんのこと、怖くなくなった、かも」

「先に言っておきますが」

ルイスは真面目くさった顔で、モニカに告げる。

「素敵な年上男性に憧《あこが》れるのは、年頃の少女によくあることですが、私にはロザリーという婚約者がおりますので」

「いえあの、そこまでは言ってな……」

その時、ドアがノックされ、式典の進行担当が声をかけてきた。どうやら準備が整ったらしい。

「さて、冗談はこのぐらいにして、参りましょうか……あぁ、そうだ」

ルイスはソファに座るモニカの前で腰を折って、その顔を覗《のぞ》き込んだ。

「実は貴女に頼みがあるのです」

「へ？　え？」

「嫌とは言いませんよね、同期殿？　式典の挨拶、引き受けてやったのですから」

「…………ひぇ」

＊＊＊

七賢人就任式典の後、街では盛大なパレードが行われる。

そのパレードを一目見ようと、街には人が溢《あふ》れかえっていた。

「ロザリーさぁん！　大丈夫っすかー！」

人混みに果敢に突進していき、ブンブンと手を振るグレンに、ロザリーは人混みの一歩手前で足を止め、声をかけた。

「私は、ここでいいわ」

「でも、そこじゃあ、よく見えないっすよー！」

グレンはなるべく良い位置でパレードを見ようと必死だが、ロザリーは遠くからチラッと見ることができれば、それで充分だった。

この距離でも楽団の奏でる音楽は充分に聞こえるし、先頭を行く騎兵隊の帽子ぐらいは辛うじて見える。

〈治水の魔術師〉の娘であり、新七賢人の婚約者であるロザリーは、現魔法伯令嬢であり、未来の魔法伯夫人でもある。

その気になれば、式典やパレードの観覧席にコネで潜り込めるのだが、ロザリーはそれを選ばなかった。

まだ、怪我は完治していないし、元より華やかな社交界に興味はないのだ。

「ロザリーさん！　師匠達の馬車が来たっす！」

グレンが人混みを抜け出してロザリーのもとに駆け寄り、馬車が来た方角を指で示す。

豪奢《ごうしゃ》な装飾を施された煌《きら》びやかな馬車には、七賢人のローブを身につけた二人の魔術師が座っていた。

フードを目深にかぶって人形のようにジッとしている方が〈沈黙の魔女〉モニカ・エヴァレット。その横に座っているのがルイスだ。

もっとも、この位置からだと、ルイスの顔までは見えないのだけど。

「うーん、よく見えないなぁ……そうだ！　オレがロザリーさんを抱っこして飛行魔術でピューンとひとっ飛びしたら、よく見えるかも！」

「ルイスから、監督者なしでの魔術使用は禁止されているでしょう」

「あうっ」

精神干渉魔術を使ってロザリーの記憶を封印したグレンは、公にはそのことを咎《とが》められていない。ロザリーが、自分の記憶喪失は転落の衝撃によるものだと主張し、グレンを訴えなかったからだ。

とは言え、精神干渉魔術は本来準禁術。使用には許可が必要であり、それを破ると魔術師資格剥《はく》奪《だつ》もありえる。魔術師資格を持っていないグレンなら、魔術師試験受験資格の永久剥奪が妥当だろう。

たとえ公的機関の咎めがなくとも、何の処罰も無いのはグレンのためにならない、とルイスは主張し、グレンに魔術の使用制限をかけたのだ。

ただ、飛行魔術の使用禁止に関しては、ルイスの家の壁にヒビを入れたことが大きな原因である。

「そうだ！　それなら、オレがロザリーさんを肩車すればいいんだ！」

グレンは、飛行魔術を使わずパレードを見る方法を——というより、ロザリーにパレードを見せる方法を、真剣に模索してくれているようだ。

「いいわよ、そこまでしなくても……」

ロザリーとしては申し訳ないという気持ちより、この年で肩車をされることの羞恥心《しゅうちしん》の方が圧倒的に強かった。

しかし、グレンはどうしてもロザリーにパレードを見せたいらしい。

「じゃあ、オレがロザリーさんを、こう……後ろから抱き上げて……」

グレンがロザリーの背後に回って、胴体に腕を回したその時、

「お前は人の婚約者にベタベタ触りすぎなのですよ、グレン」

聞き覚えのある低い声が、二人の背後から聞こえた。

グレンもロザリーも、思わず息を止めて振り向き、目を見開く。

振り向いた先で腕組みをしているのは、ルイスだった。七賢人のローブと杖《つえ》は身につけておらず、動きやすそうな服の上に、私物のマントを羽織っている。

「し、ししょぉ？　……えっ、パ、パレードは？」

「サボりました」

「えぇぇぇぇっ⁉」

グレンが声をあげ、ロザリーは額に手を当てる。

そうだった、この人はそういう人だった。とロザリーは思い出す。

ミネルヴァの悪童は、授業は意地でもサボらないが、それ以外はサボることに躊躇《ちゅうちょ》しないのだ。

（だからって、自分が主役のパレードを堂々とサボるだなんて！）

グレンは首を前に後ろに忙《せわ》しく動かして、パレードの馬車と、目の前にいるルイスを交互に見ている。

どういうことかと、ロザリーが視線で問うと、ルイスはあっさりとネタばらしをした。

「あの馬車の上の私は、〈沈黙の魔女〉殿が幻術で見せている幻ですよ」

「……幻術って、すげー難しいんすよね？」

グレンの言う通り、幻術は一般的な魔術や結界術とは、また違った系統の魔術だ。誰にでも使えるものではない。

ルイスはフフフと薄く笑った。

「〈沈黙の魔女〉殿は優秀でいらっしゃる。なんと言っても無詠唱だから、人前で幻術を使っても気づかれない。いやぁ、実に素晴らしいですね」

ロザリーは思わず馬車を見た。

豪奢な馬車にちんまりと座って、居心地悪そうに俯《うつむ》いている〈沈黙の魔女〉は、とても魔術を使用しているようには見えない。

だが、無詠唱魔術の使い手ならば、周囲に悟られることなく、幻術を発動できるだろう。

「〈沈黙の魔女〉が共犯なの？　……よく協力してもらえたわね」

「『どこぞの誰かさんが、リハーサルでとちりまくったせいで、私の帰宅時間が遅れ、ロザリーと過ごす時間が減ったのです。どう落とし前をつけるつもりで？』と言ったら、快く協力してくれましたよ」

「師匠、それ脅迫っす」

突っ込むグレンに、ルイスは弟子を諭す師の顔で言った。

「私は〈沈黙の魔女〉殿に、リハーサルの貸しを返してもらっただけですよ。グレン、今から言う師の教えを胸に刻みなさい」

ルイスは己の胸に手を当て、聖句を読み上げるような口調で言う。

「貸しは忘れない内にキッチリ回収せよ。返せないとほざく輩《やから》は、身ぐるみを剥《は》げ」

「オレ……金貸しに弟子入りしたんだっけ？」

首を捻《ひね》るグレンを無視して、ルイスはロザリーを横抱きにした。

ロザリーは小さく悲鳴をあげて、ルイスの首にしがみつく。見上げたルイスの顔は、満足気だ。

「さて、それでは一緒に特等席でパレードを見学しましょうか」

「ちょ、ちょっと……!?」

ロザリーの文句などどこ吹く風。ルイスはロザリーの体を抱いたまま、飛行魔術の詠唱をして、ふわりと宙に浮かび上がる。

そんな目立つ光景も、パレードに釘付《くぎづ》けの人々は気づかない。

「師匠ずるいっすー！」

グレンの叫びを聞きながら、二人は屋根よりも高く飛び上がった。

眼下に広がる民衆と、パレードの行列を見下ろし、ロザリーは呆《あき》れ顔《がお》になる。

「いくら特等席でも、主役のいないパレードを見たって仕方がないじゃない」

「こういうのは、好きな人と見る方が楽しいでしょう？　……それに」

「それに？」

ロザリーがルイスを見上げると、彼はニィと唇の端を持ち上げた。

風に揺れる栗《くり》色の髪が、日の光を透かしてオレンジがかった色に煌《きら》めく。

「優等生のお前に、サボりの楽しさを教えてやろうと思って」

このタイミングでそれはずるい。ロザリーは唇を尖《とが》らせてルイスを睨《にら》む。

「……不良」

「その不良が好きなのでしょう？」

あぁ、まったくなんてずるい人だろう！

まったくもってその通り。彼の粗野な振る舞いを窘《たしな》めつつ、本当は誰よりも喜んでいるのはロザリーなのだ。

胡散臭《うさんくさ》い紳士的な振る舞いも、ロザリーとの婚約のためだったと思えば、前ほど苦手意識は感じなくなったけれど。

それでもやっぱりロザリーが好きなのは、八重歯を見せて得意気に笑う悪童なのだ。

「……悔しいけど、馬車の上の幻の一〇〇倍格好良いわ」

ロザリーが頬を染めて呟《つぶや》くと、ルイスは上機嫌に笑って、ロザリーの頬にキスを落とした。

エピローグ　何もない場所に、あなたと二人

秋中月《オーヴェ》の空は、薄い水色に濃い雲が広がっていて、渡り鳥が暖かい土地を求めて南の空へ飛んでいく。

久しぶりに訪れた北部地方は、どこかどんよりとした空模様だった。そういえば、こっちはいつもこんな空の色だったとルイスはボンヤリ思い出す。

一年中大体いつも白い山と荒野。そして曇天の空——懐かしい景色だ。

ヒンヤリと冷たい風が吹いて、ルイスはクチュンとくしゃみをした。

隣を歩くロザリーが、襟巻きを少しきつく巻き直す。

ロザリーは暑くても寒くても愚痴をこぼさないし、顔にも出さない。だが本当は、寒いのがあまり得意ではないことをルイスは知っている。

「冷えるわね」

「こっちは冬精霊が冬を告げたりしなくとも、大体いつも冬なんですよ……本当に良かったのですか、新婚旅行がここで」

「えぇ」

また強い風が吹いた。ロザリーは襟巻きを手で押さえ、噛《か》み締《し》めるように呟く。

「ここが、良かったの」

その一言に込められた想《おも》いを察して、ルイスは隣に立つ妻の手を無言で握りしめる。

娼館の雑用係だった少年が、ジャムの瓶を握りしめて旅立ってから一三年と少し。

〈結界の魔術師〉ルイス・ミラーは、妻のロザリーと共に、故郷の地を訪れていた。

＊＊＊

ルイスが七賢人に就任してから、半年と少しが経《た》った秋、ルイスは長年の想い人だったロザリーと挙式した。

王都の教会で誓いを立てて、結婚証明書にサインをして、その後は世話になった人達をルイスの家に招いて宴会をするのだ。

臙脂色《えんじいろ》のドレスに花飾りをあしらい、純白のヴェールを被《かぶ》ったロザリーは綺麗《きれい》だった。ルイスもまた、上品な光沢のある黒い礼服を着て、ピカピカに磨いた靴で式に臨んだ。

教会での式には、ロザリーの父であるバードランドと、お忍びのライオネルが出席した。

殊にライオネルは、その立場上、個人の結婚式には気軽に出られる立場ではないので、駆けつけるだけでも、相当無理をしてくれたのだろう。

それでも、ライオネルはそんな苦労をおくびも出さず、「おめでとう、おめでとう」と涙ぐみながら何度も言う。

暑苦しいけれど、まぁ悪い気分はしなかったので、ルイスはロザリーに一言断って、花嫁のドレスに飾った花を一つ、ライオネルの胸元に捩《ね》じ込んでやった。花嫁が身につけている花は、幸運を呼ぶと言われているのだ。

家に戻ってからの宴会は、入れ替わり立ち替わりで知人が訪れ、賑《にぎ》やかなものとなった。

訪れた者の殆《ほとん》どは魔法兵団の人間だが、ミネルヴァの教授も何人か訪れた。ラザフォードやマクレガン、それと、退職したメイジャーだ。ラザフォードに招待状を出した記憶は無かったのだが、ロザリーが出していたらしい。

ラザフォードは、カーラから預かったという酒の瓶をドンとテーブルに置いた。姉弟子であるカーラには当然招待状を出していたのだが、こちらは旅先故に立ち寄ることができなかったのだという。ただ、近い内にルイスが挙式すると知っていたカーラは、ラザフォードに祝いの品を託していたのだ。

「あのクソガキが所帯を持つ日が来るなんてなぁ……」

「ボク達も、年を取るわけよね」

「羨《うらや》ましいでしょう」

遠い目をしているラザフォードとマクレガンに、ルイスは得意気に鼻を鳴らす。

すると、ラザフォードが煙管《きせる》をクルリと回し、ニヤッと笑った。

「あぁ、そうだな。羨ましい話だ。なにせ、こんな良い嫁さん貰《もら》ったんだからな」

ロザリーが恥ずかしそうに赤面して俯いた。

そんなルイスとロザリーを交互に見て、メイジャーが穏やかに微笑《ほほえ》む。

「最近は、わたくしの教え子達が、〈結界の魔術師〉の話を色々と聞きたがるのですよ。おかげで、結界術に興味を持つ子が増えて、嬉《うれ》しい限りです」

「おや、〈結界の魔女〉殿の仕事を、増やしてしまいましたかね」

ルイスの返しに、メイジャーは珍しくワインを飲みながら、フッ、フッと喉《のど》を震わせて笑った。


「はいこれ」

そう言って、オーエンがジャムの瓶の詰め合わせを差し出した。

ありがたく受け取りつつ、ルイスは悪戯《いたずら》っぽく笑う。

「コーヒーでも良いのですよ？」

「好きじゃないくせに」

「最近、〈沈黙の魔女〉殿に、コーヒーを出していただく機会があったのですけどね」

ルイスと同時期に七賢人になった〈沈黙の魔女〉モニカ・エヴァレットは、王都から少し離れた山小屋で暮らしている。正確に言うと、引きこもっており、七賢人会議にすらろくに顔を出さないのだ。

そんなモニカのもとに、ルイスは度々、書類や手紙の類を届けに行っている。

その際に、モニカからコーヒーを出され、ルイスは冥府《めいふ》の闇を上回る味を知ったのだ。

「そのコーヒーが、死ぬほど苦いんですよ。私に対する嫌がらせかと思ったら、〈沈黙の魔女〉殿はケロッとした顔で飲み干して……味覚ヤバイだろ、あの小娘」

「ジャム中毒のルイスが、それ言う？」

「あのコーヒーに比べたら、貴方《あなた》のコーヒーの方がマシです。まだ飲める」

「マシって言い方は失礼だ。もう淹《い》れない」

ルイスは下唇を突き出して、不本意の表明をした。

七賢人になってからも、ルイスは仕事の都合で魔法兵団に顔を出すことがある。

以前、顔を出した時、たまたま手すきだったオーエンが用意したのが、紅茶だったのだ。

「コーヒーにしてください。貴方に紅茶を淹れられると、とても複雑な気分になる」

オーエンはクックッと喉を震わせて、「マーマレードジャムを添えようか？」と意地の悪いことを言った。


「師匠ぉー！　オレ、追加の肉を取ってくるっすー！」

今日の料理の一部は、弟子のグレンが作ったものだった。肉屋の倅《せがれ》であるグレンは、肉料理にはこだわりがあるらしく、ルイスが火を通しすぎたり、ジャムをかけようとしたりすると、いつも文句を言うのだ。

特に、高級肉にジャムをかけようとした時の、「あんた馬鹿じゃないすか」の一言は、ちょっと忘れられない。あのグレンが、目から光が消えた真顔だったのだ。

そんなわけで、ルイスはグレンが料理をする時は口を挟まないことにしている。

ところで、グレンの言う「追加の肉を取ってくる」は、彼の実家に取りに行くことを意味するらしい。

元気に家を飛び出すグレンに、飛行魔術は使うなと声をかけようとしたルイスは、グレンと入れ違いで訪れた来訪者に目を丸くした。

「……七賢人って、暇なんです？」

「七賢人のお前が言うな」

呆れ顔で返したのは、同じ七賢人の〈砲弾の魔術師〉ブラッドフォード・ファイアストンだ。

その背後には、〈星詠みの魔女〉メアリー・ハーヴェイと、〈茨《いばら》の魔女〉ラウル・ローズバーグもいる。

ルイスは現同僚である七賢人達を、宴会に招いていない。七賢人は多忙だから——というのは建前で、政治的に面倒くさかったのである。

ブラッドフォード、メアリー、ラウルの三人は七賢人のローブではなく、きちんとした礼服を着ていた。

ただ一人、礼服姿で荷車をゴロゴロ引いている男がいる。荷車には、色とりどりの花がドッサリと詰め込まれていた。

大量の花を持ってきた男、ラウル・ローズバーグは元気に言う。

「ルイスさん！　結婚おめでとう！　お祝いに、花いっぱい持ってきたぜ！」

「いっぱいすぎて、ビックリしましたよ。どこに飾るんです、この大量の花……」

既に宴会も中盤だ。今更飾り付けてる暇もないし、せめて前日に持って来い、と言いたい。

ルイスが呆れていると、メアリーが「まぁまぁ〜」とおっとりと割って入る。

「お花はお客様へのお土産にすればいいじゃない。あたくし達は、ちょっと挨拶《あいさつ》したら、すぐに帰るから、あまり気を遣わないでちょうだいな」

そう言ってメアリーは家の中に入り、バードランドやラザフォード達に挨拶をする。

元七賢人であるバードランドだけでなく、メアリーはラザフォードとも面識があるらしい。

談笑を始めたメアリー達との会話に交ざるか、酒を飲むかで迷っていると、ラザフォードがルイスに声をかけた。

「おい、ルイス。メアリーから聞いたんだが、お前……新婚旅行でダングローツ行くのか？」

「それが何か？」

ダングローツは、ルイスとラザフォードが出会った場所でもある。ルイスの故郷の寒村だ。

あんなつまらない所に行ってどうするんだ、新婚旅行ならもっと良いところがあるだろう、と言われるのだと思った。

だが、ラザフォードは予想外のことを言う。

「あの村は、随分前に、なくなっちまったぞ」

＊　＊　＊

十三年前、〈紫煙の魔術師〉ギディオン・ラザフォードは、雪崩で立ち往生をし、娼館《しょうかん》に泊まることを余儀なくされていた。

女はいらんから、煙草《たばこ》の葉を売ってくれ。と言うラザフォードに、店の娼婦であるヴィヴィアンは煙草の葉の袋を渡しながら、こっそり頼み込んだ。

「ルイスをさ、連れていってやってくんない？」

ヴィヴィアンが言うには、ダングローツはいずれ廃村になることが決まっているらしい。

この娼館もいずれなくなる。そうなる前に、店主は店のものをどんどん売って、手放そうとしている。

雑用係の少年も、きっと売られてしまうだろう。頭が良くて、黙っていれば顔も良い少年だ。上《う》手《ま》くすれば、それなりの値がつく。

「優しいお貴族様に買われたら幸せになれる、って夢を見る子は、娼婦にもいるよ。でも、それで幸せになった人間を、アタシは見たことがない」

この辺りには、ろくな貴族がいないしね。とヴィヴィアンは暗く笑った。

「別に引き取ってくれとまでは言わないよ。ただ、村の外を見せてやってほしいんだ。そうすりゃ、あの子は頭がいいから……外にも生きる場所はあるって、ちゃんと気づける」

煙草の葉が入った袋は、やけに重かった。これは硬貨の重みだ。

ラザフォードは袋を押し返し、煙管を咥《くわ》える。

「恵まれない境遇のガキなんざ、うんざりするほど見てきた。俺は教育者だが、不遇なガキを全員救えるわけじゃない」

ラザフォードは懐からミネルヴァの推薦書を取り出し、ちらつかせる。

「俺はあくまで推薦するだけだ。そこからどう生きるかは、あのガキ次第だぜ」

「大丈夫。あの子、強いから」

ヴィヴィアンの声は、優しく、そして強かった。

――こうして、少年の知らないところで、大人達の約束が交わされたのだ。

＊　＊　＊

新婚旅行に、ルイスが生まれた土地を見たいと言ったのは、ロザリーだった。

ダングローツが廃村になったのなら、別の場所にしてはどうかと、ルイスは提案したが、ロザリーは首を横に振る。

「このままでいいわ」

それからポツリと小声で「貴方が、いいのなら」と付け加えた。


北部地方への旅は、季節や旅程にもよりけりだが、馬車だと片道で一～二週間はかかる。整備されている道が少ないのだ。

それでも、ルイスの契約精霊であるリンの力を使えば、だいぶ移動時間を短縮できる。

移動時にゆったり流れる時間も旅の醍醐味《だいごみ》だが、北部地方への道のりは決して快適なものではないし、ルイスもロザリーも、まとまった休みは限られている。

だからルイスはリンに、ダングローツ跡地までの移動を頼み、しばし自由時間を与えた。

ルイスとロザリーは、二人並んで村の跡地を歩く。

一三年ぶりに帰ってきた村は、建物こそ半分近く残っていたが、僅《わず》かばかりの農耕地は草が生え放題になっていて、見る影もない。残った建物も、このまま草に埋もれて朽ちていくのだろう。

かつて暮らしていた娼館は、建物すらなくなっていた。

(雪以外何もない村だと思っていたが……本当に、何もなくなっちまったんだな)

故郷がなくなったことに対し、哀《かな》しみ嘆くほどの思い入れはない。

ただ、一抹の寂しさが胸にあった。

ルイスに家族を作れと言って死んだショーナも、ジャムの瓶に「帰ってくんなよ!」と書いたヴィヴィアンも、ダングローツが廃村になることを、おそらく知っていたのだろう。

彼女達の優しさは、いつも分かりづらいのだ。その優しさに気づいた時にはもう、彼女達は手の届かない場所にいる。

だから、今は隣にいる人の手をしっかり握っておこうと、ルイスはロザリーの手を握った。

ロザリーは何も言わず、ルイスの手を握り返す。

二人はそのまま、村の外れに向かい歩いた。

そこはかつて墓地があった場所だ。今はもう草が生え放題だし、野生動物に荒らされている。それでも、墓標は幾つか残っていた。

その一つの前にルイスはしゃがみ、ポケットから取り出したマーマレードの瓶を置く。

「ヴィヴィアンには、帰ってくんなって言われたけど、見逃してくれな」

ショーナ。ファミリーネームは知らない。マイペースで手先が不器用な、南部生まれの娼婦。

ルイスにマーマレードを教えてくれた人。

「家族ができたぞって、自慢しに来たんだ」

ロザリーがルイスの横に並び、墓標にペコリと頭を下げる。

「初めまして、ルイスの妻のロザリーです」

しゃがんでいたルイスはロザリーを見上げ、思わず真顔になった。

「……お前って、真面目だよな」

「挨拶は大事でしょう」

「初めて会ったばかりの頃、お前に名前を聞いたら、お前は、課題に出てくる王様の名前？　とか言ったんだぜ」

「そんなこともあったわね」

二人は墓標の前にしゃがんで、ポツリ、ポツリと昔話を始めた。

他愛もない話だ。学生時代の思い出話とか、ゴアの店にまた食べに行こうとか、ロザリーと再会する前のライオネルの話とか。

そういう他愛もない話をできる人が愛《いと》しい。

ルイスは「寒《さみ》ぃ」と呟《つぶや》き、ロザリーに身を寄せた。ロザリーはルイスの長い三つ編みを「汚れるわよ」と言って持ち上げる。

そうして喋《しゃべ》り続け、日が傾き始めた頃、二人はゆっくりと立ち上がった。

ルイスは片眼鏡をしっかりと指で押さえて、ロザリーに手を伸ばす。

「そろそろ行きましょうか、ロザリー」

「ええ」

ルイスはマーマレードジャムを供えた墓標に、胸の内で「またな」と呟き、歩き出す。

ようやく手に入れた、温かな家族と寄り添いながら。

——それが、寒村の少年が七賢人になって、家族を手に入れるまでの物語だ。

【シークレット・エピソード】

七賢人の日々

The days of Seven Sages

寒村育ちの不良少年は、猛努力をして七賢人になり、好きな女の子と結婚しましたとさ。めでたしめでたし──で、話は終わらない。

七賢人になってからも、ルイスの人生は続くのだ。

ここで不良に逆戻りしては、どこぞの馬鹿親に、やっぱり離縁だ！　などと言われかねない。

七賢人で居続けるためには……そして、お人好《ひとよ》しの王子様を陰ながら支えるには、継続的な努力がいる。

「……それにしても」

七賢人達が集う〈翡翠《ひすい》の間〉で、ルイスは依頼書を握りしめて呻《うめ》いた。

「私にばっかり、竜討伐任務が多すぎませんかねぇぇぇ？」

「ごめんなさいねぇ。今はブラッドフォードちゃんが、別の任務で遠征中なのよぉ」

今、〈翡翠の間〉にいる七賢人はルイス以外に四人。〈星詠みの魔女〉、〈宝玉の魔術師〉、〈深淵《しんえん》の呪術師〉、〈茨《いばら》の魔女〉だ。

メアリーの言う通り、〈砲弾の魔術師〉は別の竜討伐任務で遠征しており、〈沈黙の魔女〉は今日も山小屋に引きこもっている。

竜討伐は基本的に竜騎士団や魔法兵団の仕事だが、被害状況や竜種によっては、七賢人が赴くこともある。

そして、七賢人の中で竜討伐任務を割り振られることが多いのが、〈砲弾の魔術師〉とルイスであった。

殊にルイスは、魔法兵団時代から竜討伐の実績があるので、是非にと指名されることが多い。

ルイスは依頼書の文字をジロリと睨《にら》みつける。

七賢人に回ってくる案件なだけあって、相手はただの竜ではない。今回の討伐対象は、上位種の中でも伝説と言われている黒竜なのだ。

「……まさか、生きている内に黒竜討伐をすることになるなんて、思いもしませんでしたよ」

黒竜がリディル王国史に登場したのは二回だけ。その二回で、国に壊滅的な被害を及ぼしている、一級危険種だ。

上位種の竜の中でも一際大きな巨体。強靭《きょうじん》な翼。そしてなにより厄介なのが、黒竜が操る黒炎という炎だ。

黒炎はありとあらゆるものを焼き尽くす冥府《めいふ》の炎。伝承によると、黒炎は防御結界ですら焼き尽くしてしまうらしい。

つまりは、防御結界が武器であるルイスとは、致命的に相性が悪い相手なのだ。

それなのに、なんで指名した、と言いたいところだが、〈砲弾の魔術師〉がいない以上、他に適任がいないのも事実だった。

唸《うな》るルイスの背後で、〈深淵の呪術師〉レイ・オルブライトがボソボソと言う。

「俺の呪いは、竜には効かない……俺に竜討伐はできない……」

その横で〈宝玉の魔術師〉エマニュエル・ダーウィンが、いかにも申し訳なさそうな顔を取り繕った。

「わたくしめの本分は魔導具作り。竜討伐は専門外です。あぁ、必要な魔導具がありましたら、わたくしの工房に注文してくれて構いませんぞ」

「いいえ、結構」

きっちり金を毟《むし》り取って、その上で恩を売るんだろ、とルイスは胸の内で悪態をついた。

エマニュエルは第二王子派筆頭。七賢人の中でも殊更ルイスと不仲だ。

ルイスがしかめっ面で依頼書に目を通していると、〈茨の魔女〉ラウル・ローズバーグがプラムを齧《かじ》りながら言った。

「オレ、手伝おっか？　ルイスさんには、セレンディア学園に防御結界張るの、手伝ってもらっちゃったし」

そういえば、そんなこともあったな、とルイスは思い出す。

ラウルは少し前に、第二王子派筆頭貴族であるクロックフォード公爵から、第二王子が通うセレンディア学園を、外部の攻撃から守る魔術を用意してほしいと依頼されていた。

だが、ラウルは防御結界の類は専門外。そこでルイスはラウルに助力を乞《こ》われ、ルイスの防御結界とラウルの薔薇《ばら》を組み合わせた結界をセレンディア学園に張っていた。

外部から攻撃があったら、ルイスの防御結界が発動。もし、内部犯が防御結界を書き換えようとしたら、ラウルの薔薇が襲い掛かる、という手の込んだ大魔術だ。

ルイスは第一王子派であるが、第二王子派からの依頼がないわけではない。こういう形で、第二王子派絡みの仕事を受けることも多々あるのだ。

それにしても、セレンディア学園に張った結界は、我ながら力作であった。

書き換えられるもんなら、書き換えてみやがれ、とばかりに複雑なダミー術式を組み込んだので、経年劣化でもしない限り、そうそう破られることはないだろう。

〈さて、〈茨の魔女〉は、黒竜討伐に協力的だが……〉

セレンディア学園の件を、ラウルは感謝しているらしい。だが、黒竜討伐で彼が役に立つかは微妙なところである。

ラウルが得意としているのは、薔薇を操る魔術。つまりは、空を飛んでいる相手には攻撃が届きづらいのだ。

竜討伐の現場に高い建物があれば話は別だが、今回、討伐任務で向かう先はケルベック伯爵領。土地勘のない場所なので、ラウルの力を有効に使えるかは怪しい。

ルイスは依頼書をパラパラと捲《めく》った。この任務、協力者はルイスが指名できるらしい。

「この黒竜討伐任務……〈沈黙の魔女〉殿に、ご協力願いましょう」

ルイスの発言に、七賢人達は各々驚きの反応を見せた。

〈沈黙の魔女〉の引きこもりは筋金入りだ。彼女は基本的に魔術研究絡みや計算の仕事を抱え込んでいて、山小屋から滅多に出てこない。

故に、誰もが彼女のことを研究者気質の魔術師だと思い込みがちだが、ルイスは忘れていない。

あの小娘は、かつて七賢人選考の魔法戦でルイスを凌駕《りょうが》した、バケモノなのだ。

それなのに、モニカはことあるごとに「わたしなんて」と俯《うつむ》くばかり。

ルイスはモニカの人間性に興味はないが、あの卑屈さはどうにかならないかとは思う。

特に七賢人になってから、モニカの卑屈さに拍車がかかった気がするのだ。

七賢人就任式典前に、ルイスがちょっと良い話をしてやったことは、もう忘れてしまったのだろうか。嘆かわしい。

「黒竜討伐で箔《はく》をつければ、〈沈黙の魔女〉殿も、少しは自信をつけることでしょう」

七賢人になってから、面倒な外回りの仕事が片っ端からルイスに割り振られているのだ。少しは手伝ってもらわなくては割に合わない。

かつてのルイスが竜討伐に飛び回ったのは、金を貯《た》めて家を買い、名声を得て七賢人になり、そしてロザリーと結婚するためだ。

それなのに、今になって竜討伐をガンガン押し付けられ、ロザリーが待つ家に帰れないのでは本末転倒も良いところではないか。

こうなったら、なにがなんでも〈沈黙の魔女〉を引きずり出して、黒竜討伐を手伝わせてやる。そして速やかに帰宅し、愛しの妻が待つ家に帰るのだ。

〈待ってろよ、ロザリー。さっさと黒竜ぶち殺して、家に帰るからな……!〉

愛妻家の七賢人、〈結界の魔術師〉ルイス・ミラーは固い誓いを胸に、〈翡翠の間〉を後にした。

ここまでの登場人物

Rising of the Barrier Mage

Characters

Rising of the Barrier Mage

ルイス・ミラー

魔法兵団団長を務め、七賢人に就任した〈結界の魔術師〉。かつてミネルヴァの悪童と呼ばれた不良少年。口調や身なりは改めたが、暴力直結の思考はあまり変わっていない。

ロザリー・ヴェルデ（ロザリー・ミラー）

〈治水の魔術師〉の娘。魔力が関係する諸症状にも対応できる優秀な医者。魔法兵団医務室勤務。ミネルヴァ退学後は、ルイスと連絡が取れずとも、特に気にせず勉強していた。

リィンズベルフィード

ルイスの契約精霊。客人と尊敬できる人にだけ様をつける。ロザリーは当初客人だったので様をつけ、以降も尊敬に値するのでロザリー様と呼ぶ。ルイスのことは尊敬していない。

オーエン・ライト

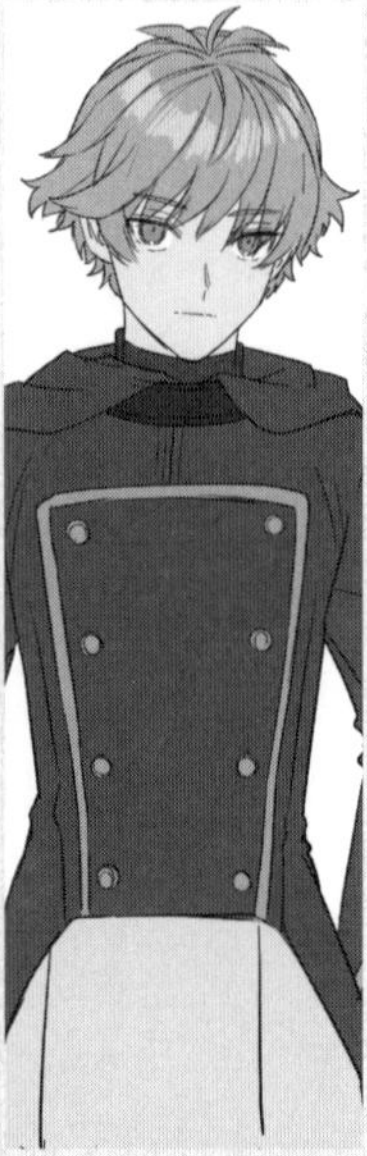

魔法兵団第一部隊副隊長。ルイスの元ルームメイト。退院後は魔法兵団に復帰。その後、散らかし癖は改善したと本人は言い張るが、ルイス曰く「これでか？　嘘だろ」とのこと。

アドルフ・ファロン

魔術師組合幹部候補。遠隔・遠距離狙撃の魔術を得意としている〈風の手の魔術師〉。クロックフォード公爵と懇意の第二王子派。お星様に不能宣言をされた。

ライオネル・ブレム・エドゥアルト・リディル

リディル王国第一王子。ルイス曰く「金のゴリラ」。腹違いの弟達を心から可愛がっている。母親がランドール王国の姫で、第一王子派はランドール王国と親交のある者が多い。

カーラ・マクスウェル

ルイスの姉弟子〈星槍の魔女〉。元七賢人だが、身内の不祥事で退任。現在は土地の魔力濃度調査の旅に出ている。七賢人の地位に未練はない。

ギディオン・ラザフォード

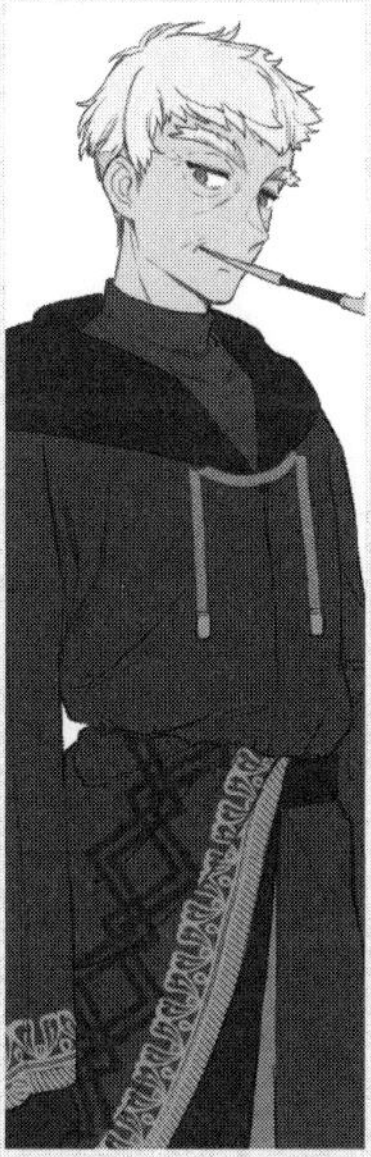

通称〈紫煙の魔術師〉。ルイスの師匠だが、七賢人候補に〈沈黙の魔女〉を推薦した。自身も何度か七賢人候補に推薦されている実力者。〈星詠みの魔女〉とは旧知の仲。

Characters
Rising of the Barrier Mage

バードランド・ヴェルデ

ルイス、モニカと入れ替わりで退任した七賢人〈治水の魔術師〉。ロザリーの父。仕事一筋で家庭を顧みなかったことを後悔している。娘の婚約後、生涯禁酒を誓った。

ブラッドフォード・ファイアストン

七賢人が一人〈砲弾の魔術師〉。六重強化魔術の使い手。魔法戦に強い若者二人が新七賢人に就任したので、ウキウキと魔法戦に誘ったら、ルイスは逃げだし、モニカは気絶した。

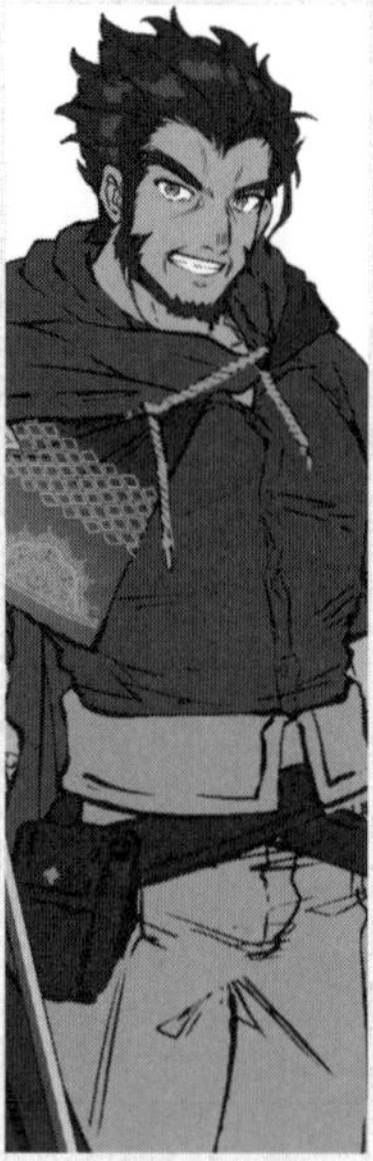

メアリー・ハーヴェイ

七賢人が一人〈星詠みの魔女〉。国一番の予言者。政治に無関心な七賢人が多い中、国王の相談役としての務めを最も果たしている七賢人。政治的には中立派。

ラウル・ローズバーグ

七賢人が一人〈茨の魔女〉。魔術の名門ローズバーグ家の現当主で、植物への魔力付与が得意。モニカが七賢人になる前は、彼が最年少七賢人記録の持ち主だった。

レイ・オルブライト

七賢人が一人〈深淵の呪術師〉。国に唯一認められた呪術師の家の当主。先代は高齢のため退任したが、今も健在。オルブライト家を取り仕切っているのは、実質先代。

ダライアス・ナイトレイ

リディル王国有数の権力者、クロックフォード公爵。第二王子フェリクスの祖父で、第二王子派筆頭。第一王子派のルイスが七賢人にならないよう根回しをしていた。

エマニュエル・ダーウィン

七賢人が一人〈宝玉の魔術師〉。カーラと入れ替わりで七賢人に就任した。魔導具作りが得意で、複数の工房を経営している。クロックフォード公爵と懇意の第二王子派。

モニカ・エヴァレット

ルイスと同時に七賢人に就任した〈沈黙の魔女〉。世界で唯一の無詠唱魔術の使い手。臆病で人見知り。ミネルヴァでは「エヴァレットがいない時はカーテンを捲れ」がお約束。

Other Characters
その他の登場人物紹介
Rising of the Barrier Mage

グレン・ダドリー
ルイスの弟子。どの属性の魔術も魔術式を見ればなんとなく使える才能があるが、術式理解が低く精度はイマイチ。ルイスが教える魔術の数を絞ったのも、暴走事故を防ぐため。

クラリス・メイジャー
魔術師養成機関ミネルヴァの元教師で、ルイスの恩師。現在は魔術師養成機関入学を目指す子ども達に魔術の基礎を教えており、自身も最新の魔術の勉強を怠っていない。

サリー
ルイスが学生時代に働いていた食堂の娘。現在は夫の実家の近くで暮らしている。時々、夫や娘と一緒に実父の経営するゴアの店に顔を出し、ルイスの武勇伝で盛り上がっている。

ネイト・ウォール
ライオネルの従者。ランドール王国の騎士の家の出身で、かつてはヴィルマ妃の小姓だった。熱烈なヴィルマ妃の信奉者。毒味で喉を痛めた過去がある。

グレアム・サンダーズ
ルイス、モニカと入れ替わりで退任した七賢人〈雷鳴の魔術師〉。単独竜討伐数不動の一位で、リディル王国で最も銅像の多い英雄。七賢人退任後は弟子の育成に力を入れている。

ウィンストン・バレット
七賢人候補になった上級魔術師〈飛翔の魔術師〉。飛行魔術を得意としており、伝令として活躍して、地方貴族達に感謝されている。出世欲が薄く、七賢人選考会を辞退した。

あとがき

『サイレント・ウィッチ　－ａｎｏｔｈｅｒ－　結界の魔術師の成り上がり』下巻をお手に取っていただき、誠にありがとうございます。

下巻はルイスと本編主人公、〈沈黙の魔女〉モニカ・エヴァレットの出会いの巻になります。

今回登場した本編主人公のモニカは、臆病《おくびょう》で内気な女の子です。

そんな少女が主人公な話のスピンオフが、田舎ヤンキーが拳《こぶし》で成り上がる話で大丈夫だろうか……と塩梅《あんばい》に悩みながら執筆しました。

もし、ヒロインのロザリーがいなかったら、元悪童はフリーの魔術師として、やりたい放題していたと思います。

そして数年後、フリーの魔術師であるルイスの活躍を良く思わない魔術師組合と、ルイスは衝突。押さえつけられると反発する気質のルイスは、当然に大暴れ。追い詰められた組合は、七賢人に助けを求めるのだった。

かくして始まる、不良魔術師ルイス・ミラーと七賢人の熾烈《しれつ》な戦い！

ルイスは〈茨《いばら》の魔女〉の薔薇《ばら》の蔓《つる》を引きちぎり、〈宝玉の魔術師〉が仕掛けた魔導具の罠《わな》を破壊し、猛獣の如《ごと》く暴れ回る。

途中で〈深淵《しんえん》の呪術師〉の呪いをその身に受けながらも、根性と執念で戦場を駆け抜け、遂《つい》に〈砲弾の魔術師〉と対峙《たいじ》した。

今、国内最高火力である〈砲弾の魔術師〉の六重強化魔術と、ルイスの最高峰の防御結界がぶつかり合う！　最後まで立っているのは果たして……⁉

そして、物陰でプルプルと震えている〈沈黙の魔女〉の出番はあるのか⁉

……リディル王国の魔法史が変わってしまいますね。

ロザリーがいて良かった。愛の力は偉大です。

ここで一つ、ご報告を。

『サイレント・ウィッチ　-another-　結界の魔術師の成り上がり』は現在、コミカライズ企画が進行中となっております。

本作はルイスの少年時代から青年時代までを描いており、時間経過が早い物語です。

コミカライズのキャラクターデザインでは、少年少女がグッと成長する中等部から高等部への変化を丁寧に描かれていて、とても嬉《うれ》しくなりました。

今から連載が始まるのが楽しみで、ワクワクしております。

連載が始まりましたら、こちらのコミカライズも是非、お手に取っていただければ幸いです。

藤実《ふじみ》なんな先生、いつも魅力的なイラストをありがとうございます。

藤実なんな先生のイラストは、ラフの時点で既に魅力的なのですが、完成データを見ると想像以上に美しい仕上がりで、胸がいっぱいになります。
厚みがありながら、透明感もある。そして光の煌《きら》めきが美しいイラスト、とても素晴らしいです。いつも心をギュムッと鷲掴《わしづか》みにされています。

次は、『サイレント・ウィッチ』本編八巻を刊行予定です。
七賢人になったルイスとモニカが活躍する本編も、どうぞよろしくお願いいたします。

依空《いそら》まつり

お便りはこちらまで

〒102－8177
カドカワBOOKS編集部　気付
依空まつり（様）宛
藤実なんな（様）宛

カドカワBOOKS

サイレント・ウィッチ -another-
結界《けつかい》の魔術師《まじゅつし》の成《な》り上《あ》がり〈下《げ》〉

2024年4月10日　初版発行

著者／依空《いそら》 まつり

発行者／山下直久

発行／株式会社KADOKAWA

〒102-8177
東京都千代田区富士見2-13-3
電話／0570-002-301（ナビダイヤル）

編集／カドカワBOOKS編集部

印刷所／大日本印刷

製本所／大日本印刷

ISBN 978-4-04-075208-2 C0093

新文芸宣言

かつて「知」と「美」は特権階級の所有物でした。

15世紀、グーテンベルクが発明した活版印刷技術は、特権階級から「知」と「美」を解放し、ルネサンスや宗教改革を導きました。市民革命や産業革命も、大衆に「知」と「美」が広まらなければ起こりえませんでした。人間は、本を読むことにより、自由と平等を獲得していったのです。

21世紀、インターネット技術により、第二の「知」と「美」の解放が起こりました。一部の選ばれた才能を持つ者だけが文章や絵、映像を発表できる時代は終わり、誰もがネット上で自己表現を出来る時代がやってきました。

UGC（ユーザージェネレイテッドコンテンツ）の波は、今世界を席巻しています。UGCから生まれた小説は、一般大衆からの批評を取り込みながら内容を充実させて行きます。受け手と送り手の情報の交換によって、UGCは量的な評価を獲得し、爆発的にその数を増やしているのです。

こうしたUGCから生まれた小説群を、私たちは「新文芸」と名付けました。

新文芸は、インターネットによる新しい「知」と「美」の形です。

2015年10月10日
井上伸一郎

重版続々！
シリーズ好評発売中！
奇跡に詠唱は要らない――
気弱で臆病だけど最強な
魔女の物語、書籍で新生！
B's-LOG COMIC
ほかにて
コミカライズ連載中！
コミックス
好評発売中！
作画：桟とび
サイレント・ウィッチ
沈黙の魔女の隠しごと
依空まつり　イラスト／藤実なんな
無詠唱魔術を使える世界唯一の魔術師〈沈黙の魔女〉モニカは、超がつく人見知り!?　人前で喋りたくないというだけで無詠唱を使う引きこもり天才魔女、正体を隠して第二王子に迫る悪をこっそり裁く極秘任務に挑む！
カドカワBOOKS

シリーズ好評発売中!!
魔術で「目」を作りたい――
その好奇心が少年を
水魔術の天才へ飛躍させる!

前世リーマンの
フリーダム問題児、
エリート校に
殴り込み!?
電撃コミック
レグルスほかにて
コミカライズ
好評連載中!
漫画:田辺狭介

――彼女は本当に【無才無能】か？

最強悪女の痛快コメディ開幕!!

あるときは
有無を言わせぬ力で
他を圧倒する天才魔法師。

またあるときは、
妄想を具現化して
人々を魅了する
売れっ子恋愛小説家!?

性悪、魔法の才能無し、無責任、無教養と悪評高い公爵令嬢ラビアンジェ。【無才無能】扱いだけど、実は――前々世が稀代の悪女と名高い天才魔法師!?　前世が86歳で大往生した日本人!?

過酷に生きた前々世の反動か、人生三周目は魔法の才能を隠し、喜んで【無才無能】を利用して我が道を行く。しかし順調な学園生活は、野外訓練で崩れちゃう!?

中身はお婆ちゃんな最強魔法師の無自覚大暴走で、嫌われ令嬢から一変、愛され令嬢に!?

カドカワBOOKS

稀代の悪女、
二度目の人生で
【無才無能】を
楽しむ
嵐華子
illustration
八美☆わん